I VERI COLORI

Il vero amore #2

ANYTA SUNDAY

Traduzione di
ELORIEE

Prima pubblicazione nel 2019 di Anyta Sunday,
Casella di posta: Bürogemeinschaft ATP24, Am Treptower Park 24,
12435 Berlin, Germany

Una pubblicazione di Anyta Sunday
http://www.anytasunday.com

ISBN 978-3-947909-12-4

Copyright 2019 Anyta Sunday

Copertina: Natasha Snow

Content Editor: Teresa Crawford
Line Editor: HJS Editing
Proofreader: Wolfgang Eulenberg

Traduzione italiana di Eloriee
@Triskell Translation Service

Questo libro contiene scene di sesso esplicito.

Ci sono parecchie cose di cui non sono sicuro.
Cose che sto ancora cercando di affrontare.

Che *riuscirò* ad affrontare.

Ma quello che so con assoluta certezza?

Io e Oskar? Quando tutto è cominciato, non ci
odiavamo.

NERO

Tutto è cominciato tre giorni dopo il mio tredicesimo compleanno, a bordo dell'Audi e con il ghiaccio.

MIA MADRE, CHE STAVA CANTICCHIANDO CON POCA intonazione Cyndi Lauper, smise di colpo. Mio padre urlò mentre la nostra auto slittava. Gli pneumatici stridettero e, con un fragore metallico, la strada innevata si ribaltò. La vista mi mancò per un istante, e poi definitivamente. Quando mi svegliai, il fumo denso che puzzava di gomma mi artigliò la gola e si insinuò nei miei polmoni. Avevo le orecchie che fischiavano, una morsa al petto e il grembo che bruciava.

Riuscii a mettere a fuoco il retro del sedile anteriore, dei vetri e una ciocca sciolta dei capelli rossi di mia madre, prima che le immagini si distorcessero in una foschia priva di forma.

Delle mani la squarciarono. Mani robuste e callose che mi avevano tenuto stretto centinaia di volte.

Mio padre mi stava tirando fuori dal nero rovente e assordante.

Mi correggo. Tutto è cominciato qualche settimana prima, con mia madre e il suo spettacolo teatrale.

Mi fermai sulla soglia dello studio di mia madre. «Posso giocare un po' a MazeStuff sul tuo iPad?»

Lei stava digitando sulla tastiera del portatile. Un paio di secondi dopo la stampante sopra lo schedario si avviò con un cigolio. «Non potresti fare qualcosa di diverso che fissare uno schermo?»

«Sei proprio l'esempio di vita perfetto, mamma.»

Le rughe d'espressione agli angoli degli occhi azzurri le si acuirono mentre si appoggiava allo schienale della sedia, a braccia conserte. Il suo sguardo divertito si posò sulla stampante in funzione. «Che ne dici se leggiamo il primo atto del nostro spettacolo natalizio?»

Emisi un lamento. I miei genitori dovevano proprio

organizzarne uno *ogni* anno? «Una mezz'ora di MazeStuff?»

Lei scosse il capo e mi fece cenno di recuperare i fogli stampati. Obbedii con riluttanza, strascicando i calzini sul tappeto in una maniera che lei odiava.

Spense il portatile e mi ammonì con un'occhiata. «Vedi di cambiare atteggiamento, Marco. Altrimenti puoi scordarti di usare il mio iPad.» Afferrò i fogli che tenevo sospesi sopra la scrivania. «In più sarà divertente. Questa trama la sto scrivendo per te. Parla di due pirati nemici che si lanciano all'avventura in mare aperto alla ricerca del tesoro perduto di Lord Large. Niente e nessuno potrà fermarli eccetto i loro cuori... ammesso che ce li abbiano.»

Sbuffai. «Pirati? Ho praticamente tredici anni.»

A quell'affermazione, lei si accigliò. «Ma tu adori i pirati.»

«Li adoravo. Adesso adoro MazeStuff.»

Mia madre alzò gli occhi al cielo. «Bel tentativo. Scordatelo. Sul serio, niente pirati?»

«Scusa,» le risposi con una scrollata di spalle. «Avresti dovuto parlarmene prima di cominciare a scriverla.»

Un mugugno gutturale seguì un sorriso. «Ci ho provato, solo che sei scappato via con Oskar. Lo fai di continuo.»

Un vago ricordo di quando me l'aveva chiesto mi ritornò alla mente, ma era successo in una giornata d'inverno in cui io e Oskar volevamo giocare a basket, visto che non pioveva. «Niente pirati, mamma. Che ne dici se ti aiuto a trovare una nuova idea per una decina di minuti, e in cambio tu mi presti l'iPad per una ventina?»

«Non ti arrendi mai.»

Si mise a ridere, strappando un grosso sorriso anche a me. «È un sì?»

«Sono una madre terribile.» Arrotolò il primo atto della rappresentazione e lo gettò nel cestino della carta con un sospiro. «D'accordo. Ragioniamo insieme per un quarto d'ora e poi ti lascio giocare a MazeStuff.»

LASCIATE CHE CI RIPROVI. TUTTO È COMINCIATO LA **settimana prima dell'incidente, il giorno del mio primo colore. È cominciato con il giallo sole e con *lui*.**

GIALLO SOLE

Io e Oskar arrancavamo sull'erba coperta di brina e foglie d'acero secche. «Spero che abbia fatto abbastanza freddo da ghiacciare il lago,» commentai, strofinando le mani per combattere la morsa gelida del mattino.

Oskar risistemò i lacci ingarbugliati dei pattini che gli pendevano attorno al collo, le lame che catturavano la luce in linee oblique sul suo petto. Gli occhi nocciola gli brillarono mentre mi soffiava una grossa nuvola di condensa in faccia. «Sì, direi che fa abbastanza freddo.»

Mi sfilai i pattini da sopra la spalla e li usai per dargli una sculacciata scherzosa. Oskar scattò in avanti con una risata soffocata.

Ruotò su se stesso e cominciò a camminare all'indietro con un sorriso pigro. «Ti sfiderò a chi arriva prima all'altro capo del lago, e quest'anno vincerò io.»

«Ne dubito. E comunque...» indicai alle sue spalle, «cacca di cane.»

Oskar balzò di lato con destrezza, mancando gli escrementi per un pelo. «Certo, certo. Hai vinto solo perché avevo il raffreddore.»

Calciai un mucchietto di foglie variopinte verso le sue ginocchia e Oskar rise di nuovo, bocca spalancata, guance piene. Le punte dei denti superiori ben dritti fecero capolino e le fossette si acuirono.

Ridacchiai a mia volta e subito dopo inciampai sulla radice sporgente di un albero. Agguantai il braccio di Oskar per evitare di finire faccia a terra sul sentiero. Lui sobbalzò sotto il mio peso improvviso e la lama di uno dei suoi pattini mi sbatté sulla fronte. Mi raddrizzai in fretta e mi massaggiai il punto dolorante.

Oskar sghignazzò. «Vincerò *eccome.*»

Svoltammo lungo il sentiero e il lago comparve alla vista. Gli alberi circondavano l'acqua, intervallati da alcuni pezzetti di prato. Mi bastò un'occhiata per provare una fitta di delusione allo stomaco. Oskar rallentò, le spalle accasciate.

Il ghiaccio che ricopriva la superfice sembrava un singolo strato di pellicola trasparente. Troppo sottile per pattinarci sopra.

Raccolsi un rametto umido e lo gettai nel lago. Spaccò il ghiaccio senza problemi. «Cavolo, bella sfiga.» La cosa peggiore fu vedere il viso di Oskar rabbuiarsi.

Lanciai i miei pattini alla base di una quercia annerita dall'inverno e cercai di trovare un'attività alternativa con cui passare il tempo. Non volevo tornare a casa, dove mi attendeva la mia parte di faccende domestiche settimanali. Sapevo che Oskar aveva bisogno di una pausa più lunga di cinque minuti dal tenere d'occhio sua sorella minore, Zoe.

Mi avventurai sul tronco di un albero rovesciato che sporgeva sul lago. Ci saltai su un paio di volte per testarne la resistenza.

Oskar mollò i suoi pattini e mi seguì. Avanzammo lentamente in avanti sull'acqua fin dove era prudente e ci sedemmo a cavallo del tronco, uno di fronte all'altro. Il rombo di corteccia ruvida tra noi divenne il nostro tavolino.

«Cosa ci intaglio?» mi domandò Oskar. Tirò fuori il coltellino svizzero e premette una delle lame sul legno. «Le nostre iniziali?»

«Ma è un albero morto. Se intagliamo le nostre iniziali, non dovremmo farlo su un albero che vivrà per centinaia di anni?»

«No. È meglio uno morto.»

«Perché?»

«Perché marcirà e alla fine creerà una nuova vita.» Con la lama, Oskar staccò la corteccia secca dal tronco e scoprì il legno liscio e più chiaro. «È di *quello* che vorrei facessimo parte.» Mi lanciò un'occhiata, poi cesellò per prime le mie iniziali. «Stai ridendo di me?»

Niente affatto.

Rivolsi il mio sorriso verso il cielo azzurro e inspirai una grossa boccata d'aria gelata. Me ne riempii i polmoni, leggera e frizzante, e rabbrividii.

«Ecco qui,» dichiarò Oskar. Richiuse il coltellino con uno scatto e se lo rimise in tasca.

Feci scorrere le dita sulle nostre iniziali. MB + OR. Marco Brandt e Oskar Richter.

«Stai ancora ridendo,» notò Oskar. Incrociò le braccia, imbronciato.

Non sapevo come spiegargli. Avevo un gorgoglio allo stomaco. Non potevo farci niente. «Tieni.» Tirai fuori due biscotti ben impacchettati dalla tasca del giubbotto. «Ho portato questi.»

Oskar accettò il suo e si affrettò a scartarlo, quasi non mangiasse da una settimana. «Tua madre fa i biscotti più buoni del mondo.»

Lanciò un grido quando gli cadde di mano. Tentò di acchiapparlo al volo, ma finì comunque sul ghiaccio sottile. Nonostante qualche crepa, la superficie resistette come a volerci deridere.

Io ridacchiai.

«Ora dovrai offrirmi metà del tuo,» mi informò Oskar, incurvando le dita.

Allontanai subito il biscotto dalla sua presa. «Non se ne parla.»

Lui scattò in avanti e, invece di mirare alla delizia

puntellata di gocce di cioccolato, mi fece il solletico sotto le ascelle.

Abbassai subito le braccia, riportando a tiro il biscotto. Lui me lo sgraffignò, negli occhi una luce trionfante.

Finché non glielo feci saltare di mano, dritto sul ghiaccio.

«Oh, andiamo! Sei uno stronzo.» In realtà stava ridendo.

Puntammo lo sguardo sui biscotti perduti e oltre il ghiaccio sottile. Sul letto del lago ricoperto di alghe, riuscivo a scorgere alcuni vuoti di birra e bottiglie di vino.

«Dovremmo farlo, una volta o l'altra,» dissi, con in mente la trama sui pirati che mia madre aveva scartato. Forse non era poi un'idea così noiosa, alla fin fine.

All'espressione interrogativa di Oskar, indicai le bottiglie.

«Cosa, spargere in giro spazzatura?» domandò lui.

«Lasciami finire, scemo.»

Mi mostrò il dito medio.

«Dovremmo ficcare dei messaggi per i noi stessi del futuro dentro delle bottiglie, sigillarle e lasciarle sul fondo del lago,» spiegai. «Che ne pensi?»

«Ci sto.»

All'improvviso il sole filtrò attraverso i rami della quercia vicina e si riversò su di noi. I capelli biondi e il sorriso di Oskar risplendevano.

Mia madre aveva l'abitudine di etichettare ogni giornata con un colore. Quando era triste, era un giorno blu. Verde se si sentiva speranzosa. Rosa per l'anniversario suo e di papà.

Non mi era mai importato di assegnare un colore ai miei giorni, ma nel vedere Oskar inondato dalla luce calda dell'inverno, giallo sole mi balenò subito in mente.

Non per la giornata, per *lui*.

«Cos'è che ti diverte tanto? Ho qualcosa tra i denti?» mi chiese, passandosi un'unghia su quelli frontali.

Io scrollai le spalle e mi strofinai nervosamente i palmi sui jeans, prima di puntellarli sulle nostre iniziali incise per rialzarmi in piedi. «Torniamo a casa a recuperare degli altri biscotti. Puoi sempre tentare di battermi sul lago la prossima settimana.»

«Se ghiaccerà come si deve.»

«Pregherò che succeda.»

NOCCIOLA

SETTE ANNI E MEZZO DOPO.

Venti secondi rimasti sul cronometro.

«Svelta, Zoe,» mormoro dalle tribune su cui sono seduto, una gamba che tremola nervosamente. Le Basket Bears stanno giocando contro le loro acerrime rivali, le Black Eagles, e sono sotto di tre punti.

Zoe fa rimbalzare la palla con dita abili, ignara della numero ventuno avversaria che corre verso di lei.

Alla mia sinistra la signora Richter, la madre di Zoe, si mordicchia il labbro. Sorrido nel rendermi conto che guardare sua figlia che gioca a basket l'ha resa silenziosa.

Suo marito, al contrario, non parla molto ma applaude di continuo. Imbarazzante quando applaude l'altra squadra, intendiamoci. La pallacanestro non è il suo sport.

È quello di Zoe, però. È brillante in campo e, anche se non sono suo fratello, mi piace pensarmi tale. La conosco fin da quando i Richter sono venuti a vivere nella casa accanto alla mia. Io avevo sette anni e lei ancora gattonava. Ora ne ha sedici e crede di sapere tutto.

Quello che non sa – e che mi sono ripromesso di dirle dopo la partita – è che sto per trasferirmi.

Zoe lancia la palla alla sua buona amica e compagna di squadra Stefanie e scatta in avanti. Acchiappa un passaggio rapido e tira a canestro proprio da dietro la linea dei tre punti.

Mi alzo e grido il suo nome, in modo che l'intero campo e le tribune semipiene sappiano quant'è fantastica la mia non-sorellina. A giudicare dal rossore che le imporpora le guance, più tardi me lo rinfaccerà di brutto, ma so che in realtà le fa piacere.

Cinque secondi rimasti sul cronometro. Zoe va a caccia di un altro canestro. Si prepara a tirare...

La Black Eagles numero sedici le dà una spallata e sia io che il fischietto emettiamo un suono stridulo a quel fallo evidente.

Zoe si piazza dietro la linea del tiro libero. Le Basket Bears hanno bisogno di questo canestro per vincere, altrimenti finiranno ai supplementari... e non possono. Sono troppo stanche e la squadra avversaria ha cambi più freschi.

Alleniamo i tiri liberi nel mio cortile sul retro ogni settimana, a volte ogni giorno. So che Zoe può farcela, ma so anche che di tanto in tanto vacilla, se è sotto pressione. La partita si decide con questo tiro.

«Dai, dai!»

Sono il primo a balzare in piedi quando segna. «Brava la mia Zoe!»

Le Basket Bears vincono di un punto.

Un quarto d'ora più tardi, dopo che l'allenatore ha detto "due paroline" alla squadra e le ragazze si sono divise per raggiungere i loro familiari, Zoe mi placca da un lato. «Marco, razza di scemo. Fai troppo casino.»

«Non è vero, è questo pubblico che fa schifo.»

Lei alza gli occhi al cielo. «Lo pensi di *ogni* pubblico fin da...»

Per fortuna, i signori Richter decidono di unirsi a noi. Mi faccio un po' indietro e concedo loro un momento con Zoe, prima che debbano scappare al parcheggio e tornare in città. Sono musicisti, per cui il venerdì in genere hanno una serata. È raro che riescano ad assistere alle partite della figlia. Mi fa piacere che ci provino, comunque.

Mi piace anche quando siamo solo io e Zoe, come è stato per quasi tutto lo scorso anno. Per tradizione, dopo la partita ci abbuffiamo di pizza. Stasera non farà eccezione.

Saluto con un cenno i signori Richter che si allontanano e mi carico in spalla il borsone sportivo di Zoe, da bravo fratello maggiore. «Prendiamo l'autobus?» le chiedo, visto che non possiedo né guido un'auto. A Berlino non ce n'è praticamente bisogno. Le partite di basket sono l'unico caso in cui mi rendo conto che sarebbe comodo averne una.

«Steffi ci ha offerto un passaggio, ma c'è una pizzeria

fantastica in fondo alla strada. Quindi prendiamo l'autobus.» Si infila una felpa col cappuccio sopra la maglia blu e oro con il numero sedici e riaggiusta la fascia che le tiene indietro i corti capelli biondi. Punta un pollice verso l'uscita e mi sorride. «Allora, sei pronto a dirmi che succede? Ho anch'io delle novità.»

Mi scappa una risatina nervosa. «Verrò sempre alle tue partite, finché mi ci vorrai.»

Lei si ferma a metà del campo. «Non promette bene.»

«Possiamo comunque allenarci insieme ogni settimana. In più, tra poco iniziamo le prove per la rappresentazione teatrale. Ci vedremo di continuo.»

«Sputa il rospo, Marco.»

«Ho trovato un monolocale in affitto. Mi trasferisco.»

Zoe corruccia la fronte e si fissa le scarpe da ginnastica consumate. «Immagino che dovesse capitare, prima o poi. Ma mi piaceva sciabattare alla porta accanto per stare un po' con te.»

Le avvolgo un braccio attorno al collo e la guido verso la porta. La cena stasera la offro senz'altro io. «L'appartamento è a dieci minuti di distanza. Puoi venire tutte le volte che vuoi, d'accordo? Non sarà poi così diverso. Per di più, credo che verrò a cena da papà e Opa molto spesso e ti scriverò per avvisarti.»

Zoe si rallegra, per quanto cautamente, e dà una tiratina al mio dito medio, che le pende sulla spalla. «Almeno *io* ho buone notizie.»

Mi giro verso di lei con un sorriso.

«Il mio fratellone torna a vivere a casa.»

Mi si gela il sangue e il sorriso mi muore sulle labbra.

Non sono buone notizie. Non lo sono affatto.

IL GREEN CORNER PROMUOVE UNO STILE DI VITA salutare ed ecologico. La nostra famiglia fa la spesa qui da anni e niente è cambiato, eccetto i cassieri. Cesti di vimini carichi di frutta e verdura fresche, sagome di mucche sorridenti appese sulla corsia dei latticini e l'odore del pane alle noci appena sfornato che mi fa brontolare lo stomaco.

«In questo posto c'è un profumino delizioso,» commenta il mio amico Ben, inspirando esageratamente mentre spinge il carrello.

Si è offerto di accompagnare me e la mia spesa al mio nuovo appartamento, un monolocale al piano terra con il parquet che scricchiola e una doccia che mi costringe a chinarmi per lavare i capelli.

Non è il Ritz ma, da oggi in poi, è tutto mio.

E giusto in tempo.

«Uhm,» mormoro. «Prendo il latte e possiamo andarcene.»

Il trasloco mi ha stremato. Averi accumulati in vent'anni da scegliere e trasportare alla e dalla macchina di

Ben, per di più sfilando davanti alla casa dei Richter, dove so che Oskar sta per tornare.

Voglio collassare sul mio nuovo materasso e fissare le pareti bianche finché la testa non smetterà di martellarmi. L'avrei già fatto ma, considerato che non c'era nulla nei mobili della cucina, un salto al Green Corner era obbligatorio.

Ben imbocca la corsia con le sagome delle mucche e si ferma, sbattendomi appena sul sedere con il carrello. Si sventola per farsi aria.

Oggi c'è un caldo afoso e l'aria condizionata del supermercato fa schifo. Gocce di sudore mi imperlano l'attaccatura dei capelli, la base della schiena e il retro delle ginocchia.

Non provo nemmeno a sventolarmi la camicia. Sono abituato a soffrire durante l'estate o una giornata d'autunno insolitamente calda come questa.

A Ben cade l'occhio sul gelato alle noci di macadamia con scaglie di cioccolato e, tutto allegro, ne lancia una vaschetta nel carrello con il sorrisetto pigro che conosco da più di un anno. Il suo modo di fare incoraggiante e scanzonato è rinfrancante. Affidabile. Attendibile. Dedito a strappare un sorriso a chiunque. Ben è turchese. A volte verde acqua.

Non siamo migliori amici, ma forse lo stiamo diventando?

Ben apre un frigorifero e lascia che l'aria fredda gli

scorra addosso. «Cazzo, se fa caldo oggi. Come fai a sopportare quelle maniche lunghe?»

Mi fermo, in mano un cartone di latte, e lo fisso con più intensità del dovuto. Mi ci sono voluti anni per imparare a non arrossire. Il calore mi risale lungo il petto e si espande fino alla base del collo. Lo fermo lì. Aggiusto la presa sul cartone e lo butto nel carrello.

«Ti ho già detto quant'è stato carino da parte tua comprare i biglietti del Pine Breeze Festival per l'intero corso di Scienze Politiche?»

Se Ben ha notato l'improvviso cambio di argomento, non commenta. Scrolla le spalle. «Non è niente di che. Sono il figlio privilegiato di un milionario. Si tratta di quattro spiccioli.»

Per alcuni dei nostri compagni non lo sono. Tipo Sebastian, che a malapena si può permettere i libri di seconda mano. Sebastian, che Ben ha studiato con attenzione per un semestre, è la ragione della sua generosità caparbia, ma taccio al riguardo.

Proprio come taccio riguardo a me stesso. «Comunque sia, amico, è fantastico.»

Mi gratto la nuca e assumo il comando del carrello. Con il mal di testa e la gola asciutta, percorro le corsie e ripenso alle volte in cui io e Oskar siamo venuti qui con i soldi della paghetta a fare incetta di caramelle sfuse.

Cavolo, mi auguro che trasferirmi in un posto tutto mio serva ad acquietare le ondate di nostalgia.

Raggiungiamo le casse.

Emila indossa il solito cappellino e ha un sorriso tanto smagliante quanto falso. Cerco di evitare la sua coda perché ha l'abitudine di tirare su col naso e ripulirselo sul dorso della mano.

Esamino le altre casse.

Andre.

Andre è un trionfo di marrone. È nei ciuffi della frangia che gli ricadono su un occhio, negli orecchini che adornano il lobo destro e nel tatuaggio che gli spunta dal colletto della camicia. Da lui c'è meno fila ed è più svelto a servire i clienti.

Spingo il carrello verso la coda di Emila.

Ben corruccia la fronte e indica Andre, che si volta verso di noi. «Perché non quella cassa?»

Perché non la uso mai. Andre era nella mia squadra di basket. Era uno dei ragazzi che Oskar...

Distolgo lo sguardo dal suo sopracciglio inarcato e mi riscuoto dalla rabbia che tenta di arrossarmi le guance.

Un bullo resta per sempre un bullo. Non gli darò la soddisfazione. Ho preso in considerazione l'idea di cambiare supermercato quando ha cominciato a lavorare qui all'inizio dell'estate, ma questo è il mio territorio. Continuerò a venire qui tra cinque anni, lui invece prima o poi si leverà dalle scatole.

Per fortuna una famiglia con il carrello pieno si è messa

in fila alla sua cassa, rendendo futile l'obiezione di Ben. «Vuoi mangiare da me?» gli propongo.

Lui scuote il capo e io mi sento pervadere dal sollievo. Ho troppi pensieri per la testa per essere di compagnia. «Devo cenare con mio fratello,» mi spiega. «Ma passerò a prenderti presto per andare al festival. Voglio evitare il traffico.»

Gli rivolgo un sorriso d'intesa mentre la mia tasca comincia a vibrare. Tiro fuori il cellulare.

«Ehi, papà,» rispondo.

«Trasloco finito, allora,» mi dice con voce roca.

Annuisco, senza sapere bene come proseguire. Ho sempre vissuto con lui e Opa. Anche se sono a tre isolati di distanza e lavoro con papà al deposito di legname per dieci ore a settimana, mi mancheranno. Siamo stati tutto, l'uno per l'altro, fin dalla morte di mia madre.

«Hai scordato uno scatolone,» continua lui. So a quale si riferisce. L'ho lasciato sulla scrivania dello studio. Contiene tutti i regali che Zoe mi ha donato nel corso degli anni. Voglio trasportarlo con cautela, non ammassarlo sul sedile posteriore dell'auto di Ben.

«Verrò a prenderlo presto,» gli assicuro.

È il mio turno di sistemare la spesa sul rullo, quindi saluto in fretta mio padre. Emila passa in cassa i miei acquisti, che pago, poi io e Ben ci rimettiamo in strada.

Mentre estraggo l'ultimo sacchetto della spesa e chiudo il bagagliaio, Ben mi ricorda ancora di aspettarlo sul marciapiede domattina con l'attrezzatura da campeggio. Lo saluto con le dita a V, e mi ritrovo a fissare la facciata ricoperta di graffiti della mia nuova casa.

Non ci metto molto a rinunciare a fissare i muri spogli nell'attesa che la testa smetta di scoppiarmi. È evidente che non sta funzionando.

Mi infilo delle scarpe da ginnastica e percorro i tre isolati fino a casa. Gli ultimi scampoli di sole tracciano i contorni dei castagni turchi che delineano la strada in cui sono cresciuto.

Per tutto lo scorso anno, al rientro da ogni giornata all'università, al lavoro o a spasso con gli amici, ho osservato la porta accanto.

Lo faccio anche adesso mentre mi incammino verso il cancello. Ho trascorso più di metà della mia infanzia tra quelle mura. La casa dei Richter è simile alla nostra: facciate a graticcio con i muri bianchi, travi a vista color legno e un tetto di tegole rosse.

Lo sguardo mi cade su una Ford marroncina con il paraurti ammaccato, parcheggiata a filo del marciapiede tra i due edifici. Un formicolio mi parte dalle dita dei piedi e si arrampica come l'edera che soffoca la nostra facciata laterale.

Non è l'Honda malandata di Oskar, però. Lui arriverà solo alla fine della prossima settimana.

Mi scuoto di dosso il disagio, supero il vialetto che mi separa dalla porta ed entro. Le assi del parquet mi danno il benvenuto con il loro tipico scricchiolio e, dal cuore della casa, sento la risata roca di mio padre.

Con un mugolio incuriosito, seguo il suono fino a raggiungere la sala da pranzo. La mia pancia brontola al profumo di aglio e cipolla rosolati che mi solletica le narici. Mi assicurerò di rubare una porzione di ciò che stanno cucinando prima di andarmene con l'ultimo scatolone rimasto.

Papà ride di nuovo, stavolta accompagnato da un mormorio di voci. Una dolce, giovane e femminile: chiaramente Zoe. L'altra più profonda e con una nota accattivante che conosco ancora meglio. Con un enorme macigno sullo stomaco, finisco di aprire la porta dischiusa.

È qui. Seduto al nostro lungo tavolo ricoperto da una tovaglia a scacchi giallo zafferano che un tempo era la preferita di mia madre. Zoe gli sta seduta accanto, guance arrossate e ciocche di capelli che le sfuggono da dietro le orecchie. Dall'altro lato c'è Opa, che sorseggia il suo tè con le spalle incurvate.

Oskar rapisce tutta la mia attenzione.

Continua a ridere, il mento riverso sul petto, le dita che tamburellano su uno dei riquadri della tovaglia. Non mi ha ancora visto, per cui sono tentato di indietreggiare e celarmi tra le ombre, ma Zoe gli dà un pizzicotto sul braccio nudo e punta un dito nella mia direzione.

Afferro lo stipite della porta, grato per il supporto. Oskar sbatte le ciglia quando posa gli occhi su di me. Riconosco il momento esatto in cui registra la mia presenza perché smette di tamburellare le dita e le lascia sospese sopra il tavolo, la gola che ingoia a vuoto.

Quando i nostri sguardi si incrociano, mi tremano le ginocchia e mi si infiamma il petto.

Papà chiama il mio nome, ma io non riesco a scollare gli occhi dal ragazzo della porta accanto.

L'*uomo* della porta accanto, sarebbe più corretto.

È cambiato dall'ultima volta che l'ho visto, quindici mesi fa. Voglio distogliere lo sguardo, agguantare lo scatolone che sono venuto a prendere e tornarmene di corsa al mio monolocale. Invece i miei occhi percorrono ogni centimetro del suo corpo per catalogarne le differenze.

Le spalle si sono allargate e le braccia sfoggiano bicipiti più segnati, nonostante abbia sempre avuto un fisico sodo e muscoloso. I capelli biondi sono più corti, seppur abbastanza lunghi da spuntare sulla fronte. Un'ombra di barba gli delinea la mascella, ma le iridi restano la spruzzata d'autunno che sono sempre state e sul ponte del naso c'è ancora un bozzo familiare.

Il sorriso che gli incurva gli angoli della bocca. Sono passati anni dall'ultima volta che l'ho visto.

Sento una stretta traditrice allo stomaco e serro lo stipite tanto forte da sbiancarmi le nocche.

Osservo quelle labbra lievemente incurvate che racchiudono i ricordi di centinaia di canzoni intonate insieme, decine di recite teatrali, una manciata di segreti e cinque parole devastanti.

«Marco,» mi saluta Oskar. La sua voce roca e profonda, paziente ed educata, mi spinge a staccarmi dalla porta.

«Che ci fai qui?» gli chiedo, senza pazienza né educazione. Il mio tono è brusco, la gola gonfia e dolorante.

«Sono appena tornato,» mi risponde. «I miei suonano con l'orchestra stasera, così tuo padre ci ha invitati a cenare con lui.»

Papà mi raggiunge e mi piazza una mano sulla spalla. «Non credevo che saresti venuto. Io e Opa volevamo un po' di compagnia.» Mio nonno mugugna il suo assenso. Ha la mente più affilata di un rasoio eppure, di questi tempi, mugugni e mormorii sono gli unici suoni che emette. Mio padre continua: «Rimani a cena anche tu, spero.»

Ho un nodo alla gola dal bisogno di rifiutare. Ma la gioia che brilla negli occhi di papà e la sua voce intristita durante la nostra ultima telefonata mi provocano una stretta al cuore. Non voglio deluderlo.

Per di più, se me ne vado darò l'impressione che la presenza di Oskar mi abbia toccato. La cosa migliore è restare, mangiare la cena e fingere indifferenza.

«Mi sembra un'ottima idea.»

Papà esce dalla stanza per recarsi in cucina, oltre il corridoio, lasciandomi qui con Oskar, Zoe e Opa.

Oskar alza un piede sotto il tavolo e spinge indietro una sedia, che striscia sul pavimento diretta verso di me. «Siediti,» mi dice.

Lo faccio, ma prendendo quella di fronte a Zoe, che lui non ha toccato. Mi sforzo di mantenere un tono neutro. «Non ho visto la tua Honda, qui fuori.»

«Mi ha abbandonato. Adesso ho una Ford.»

Avrei dovuto fidarmi del mio sesto senso. «Credevo che saresti rientrato solo la prossima settimana.»

Oskar si appoggia allo schienale e incrocia le braccia. «Domani vado a un festival. Ho deciso di passare a lasciare le mie cose, dato che ero di strada.»

«Un festival?» La sensazione di disagio si fa strada lungo il corpo e mi blocca sulla sedia. *Non dire il Pine Breeze.*

«Il Pine Breeze.»

Impreco.

A Zoe scappa una risatina. Quando le presto attenzione, noto che ha tra le mani un plico di fogli pinzati e che ce n'è un altro dall'aria stranamente familiare tra le tazze di tè di Oskar e Opa. Mi suona un campanello d'allarme. «Cos'è quello?» domando.

Zoe lo sventola con un sorriso. «Tuo padre ci ha assegnato le parti per la rappresentazione di quest'anno.»

«*Le* parti?» Lancio un'occhiata colma di panico verso Oskar, che inarca le sopracciglia.

«C'è qualche problema?» mi chiede.

Ho la gola così serrata che deglutire è doloroso. «Quali parti?»

Temo di saperlo già.

Zoe risponde con calma, per prendermi un po' in giro. Ballonzola sulla sedia mentre si getta nel ruolo della figlia di Lord Large che si intrufola da clandestina sulla nave di Casper. Casper "Buonvento" Nelson. Il ruolo che dovrò recitare. Il ruolo che mia madre aveva scritto per me.

«Oskar,» continua alla fine lei, «interpreterà Devin "Spadaccino" Salt.» Sfoglia le pagine. «In pratica metà delle battute sono sue.»

So anche questo, perché ho letto il copione. Papà ha tirato fuori i vecchi fascicoli della mamma e ha trovato la trama incompiuta. Mi ha sentito raccontare a Opa che l'avevo scartata da ragazzino. Che rimpiangevo di non averle detto che scriverla per me era la cosa più carina che avesse mai fatto. Nell'ultimo anno ha passato mesi interi a concludere la sua storia e questo è l'unico spettacolo che ho davvero *bisogno* di mettere in scena.

Devin è il pirata mellifluo e sicuro di sé che Casper disprezza.

Non voglio che Oskar interpreti quel ruolo. Speravo che lo facesse il signor Richter o perfino mio padre.

«Devin?» ripeto, quasi sperando che Zoe mi dica che ho capito male.

«Devin,» conferma Oskar.

I suoi occhi nocciola brillano, sfidandomi ad ammettere ciò che penso. Le labbra si arricciano quando mi agito sulla sedia. Un sorriso amichevole, all'apparenza. Attraente. Caloroso. Di cui non mi fido... di cui non *posso* più fidarmi.

Oskar appoggia i polpastrelli sulla tovaglia, attirando il mio sguardo sugli scacchi di un caldo color zafferano e ricordandomi per un istante stordente che un tempo lui era il mio giallo sole. La mia gioia, il mio tutto.

Ora è ruggine. Ruggine scura, di un arancione bruciato. Un colore da gettare via.

«Tu che ruolo interpreti?» mi chiede mentre versa altro tè nella tazza di mio nonno.

Mi appoggio rigidamente allo schienale. «Casper,» rispondo. Di sicuro lo sa. Papà gliel'avrà detto. «Interpreto il tuo nemico.»

«Amico», ribatte lui. «All'inizio è un amico.»

«A malapena per una scena, prima che tu mi ferisca.» Mi manca la voce, che si rompe sulle ultime due parole, e mi affretto ad alzarmi dalla sedia. Quand'è che imparerò? Con lui attorno, è impossibile fingermi indifferente. Mi sforzo di emettere una risatina allegra. «Sarà meglio che aiuti papà.»

Riesco a non scappare via dalla stanza e tengo un passo lento e regolare.

Non appena sono fuori dalla visuale, mi fermo all'ingresso della cucina e appoggio la fronte sullo stipite.

«Marco?» mi chiama mio padre, con le sopracciglia aggrottate. Vicino alla bocca ha un mestolo che gocciola sugo. Entro in cucina, spalanco un mobile e mi procuro una bottiglia di Merlot. Se devo restare a cena, cazzo, ne ho bisogno.

«Perché?» sbotto.

Papà appoggia il mestolo di legno dentro la pentola. «Perché cosa?»

«Perché Oskar partecipa alla rappresentazione?»

«È perfetto per il ruolo di Devin.»

«È il copione di *mamma*,» gli ricordo per convincerlo a cambiare idea. Per fargli comprendere quant'è importante. «L'ultimo che ha scritto. Non posso recitarlo insieme a lui.»

«Capisco che avete litigato. Capisco che ti ha ferito, ma sono passati anni. Non è arrivata l'ora di lasciartelo alle spalle?»

Alla nota di insistenza nella sua voce, inizio a rimettere insieme i pezzi. Serro la presa sul Merlot. «Hai scritto due finali di proposito, vero?»

In uno i pirati si uccidono a vicenda e nessuno dei due conquista il tesoro più grande dei sette mari. Nell'altro ricuciono la loro amicizia e se lo dividono.

Mio padre non dice nulla, il che è una conferma sufficiente. Barcollo all'indietro, il sedere che colpisce il bordo del lavandino. «Hai rigirato lo spettacolo di mamma in modo che si trattasse di me e lui? Come hai potuto farlo?»

Papà sbatte un coperchio sulla pentola e mi fissa. «Come avrei potuto non farlo? È l'ultima rappresentazione che metterò in scena. Sono pronto a interrompere la tradizione e passare oltre. C'è una ragione per cui ho aspettato a finire questa trama, Marco. Perché significa tutto per me. È l'ultimo addio che le darò e...»

Distoglie lo sguardo, il che basta a strapparmi una smorfia e farmi pentire di aver aperto bocca.

Quando riprende a parlare, la sua voce è calma e roca. «Per tua madre non siete mai stati altro che migliori amici. Vorrei che provassi a riallacciare i rapporti. Ho scritto due finali perché penso che è quello che avrebbe fatto lei.» Scrolla le spalle con aria triste. «La scelta è tua.»

A sentirglielo dire, calore e tenerezza mi divampano nel petto. Purtroppo non cambia quel che provo riguardo al ragazzo seduto nella stanza accanto.

Papà ha ragione: sono passati anni. Quattro e mezzo da quando abbiamo litigato. Certo, ci siamo visti comunque spesso – vivendo in case adiacenti, era inevitabile – ma ogni volta che ci siamo ritrovati insieme in una stanza o sul medesimo treno, un deserto di dolore si estendeva tra di noi.

Dopo che Oskar è stato ammesso a una scuola privata, abbiamo smesso di avere lo stesso giro di amici. Poi nei fine settimana hanno cominciato a spuntare delle ragazze e un nuovo dolore è andato a sommarsi a quello vecchio. Sono trascorsi tre anni e poi, quindici mesi fa, qui in questa cucina, Oskar è venuto ad annunciare a me, mio padre e Opa che si trasferiva a Mannheim.

Provo una stretta allo stomaco. «Reciterò con lui. Però non restarci male, papà. Metteremo in scena il finale tragico.»

Lui aggrotta la fronte, ma per fortuna non insiste. «Porta il vino e i bicchieri a tavola. La cena è pronta.»

Obbedisco, distribuendo i bicchieri e piazzando la bottiglia al centro del tavolo. Non è sufficiente a coprire Oskar alla mia vista.

Opa ha chiuso le palpebre e calato il mento sul petto. Zoe sta raccontando di come tutte le sue amiche abbiano il ragazzo e credano di esserne "innamorate". Alza gli occhi al cielo. «Solo che non può essere vero amore. Siamo troppo giovani. Giusto?»

«Giusto,» mi scappa di bocca sotto forma di esclamazione.

Oskar mi scruta oltre la bottiglia di vino, lo sguardo colmo di interesse. «Be', non lo so, Zoe,» mormora. «Penso che possa essere vero amore. Ma a sedici anni è un sentimento intenso da gestire. Può spingerti a fare delle stupidaggini.»

Sembra parlare per esperienza personale, e mi domando di quale delle sue ragazze fosse convinto di essere innamorato.

Mi agito sulla sedia. Il Merlot riflette la luce del lampadario e io lo fisso a lungo e intensamente. Eppure non sto pensando a quant'ho bisogno di bere. Sto pensando al giorno in cui abbiamo gettato i nostri messaggi in bottiglia sul letto del lago.

Zoe inclina la testa e osserva suo fratello. «Sì, però come fai a sapere che è amore?»

Oskar le sorride, le nuove rughe di espressione ai lati degli occhi che si acuiscono. «Quando una persona ti manca anche se è all'altro capo della stanza.»

Papà fa il suo ingresso con un tegame di pasta al sugo. Lo appoggia sul sottopentola che Oskar recupera dal mobile alle sue spalle. Zoe, da brava ragazza premurosa, scatta subito a prendere i piatti dai ripiani inferiori della credenza.

In pochi secondi, la tavola è apparecchiata e papà sta servendo la pasta pomodoro e basilico. Il mio sguardo torna al Merlot e devo mordermi il labbro per difendermi da un turbine di ricordi. Non posso evitarlo. Sbircio Oskar oltre il collo della bottiglia e sobbalzo quando lo trovo già a fissarmi.

Abbassa gli occhi sul vino e un sorriso gli solletica le labbra.

Odio che dopo tutto questo tempo lontani sappia comunque a cosa sto pensando. Odio che una parte di me ne sia sollevata.

Afferro la bottiglia stappata, ma la strattono troppo in fretta e una fontana di Merlot mi spruzza sul petto.

Opa alza la testa di scatto e Oskar gli posa una mano sulla spalla per tranquillizzarlo. Papà scoppia a ridere. «Meglio levarti quella camicia e lavarla, prima che la macchia si assorba.»

Cazzo.

Nel bagno adiacente alla mia camera, mi sfilo l'indumento e lo tuffo nell'acqua saponata. Strofino la chiazza rossa e strizzo la stoffa, poi riprendo a strofinare.

Lo sguardo mi cade sul riflesso del mio petto nudo nello specchio appeso alla parete. Sbatto le palpebre e sfrego la camicia più forte.

Mentre raggiungo l'armadio nella mia vecchia stanza, mi rendo conto che i miei vestiti sono nel nuovo appartamento. Merda.

Dovrò indossare qualcosa di papà. Accasciandomi un po', emetto un sospiro e afferro l'asciugamano umidiccio. Me lo avvolgo attorno alle spalle per assicurarmi che mi copra il braccio e il...

È troppo corto. Posso coprirmi il petto o il braccio, non entrambi. Gli asciugamani puliti sono nell'armadietto in fondo al corridoio, ma non ho nessuna intenzione di passare davanti alla sala da pranzo.

Lo blocco con il mento e mi copro il torso, gettandomi un angolo sopra la spalla. Meglio. Scivolo fuori dal bagno e mi intrufolo in camera di mio padre.

Nel cassetto ci sono solo maglie a maniche corte, per cui apro l'armadio fatto a mano.

Il legno è nodoso con delle venature scure. A papà piace perché è un pezzo unico, però quando ha provato a venderlo nessuno l'ha voluto. Alla fine se l'è tenuto a malincuore.

L'asciugamano mi scappa da sotto il mento e io lo tiro su di scatto.

«Non devi nasconderti,» mi sgrida sempre mio padre.

Fisso i nodi nel legno. So che dovrei credere alle sue rassicurazioni, ma non ci riesco.

Frugo tra le vecchie camicette di mia madre, da cui papà non ha il cuore di separarsi. Tocco le maniche morbide dal motivo floreale e mi affretto a richiudere l'anta. L'asciugamano rimane incastrato e mi viene strappato via.

Lo specchio del comò cattura il mio riflesso. Stavolta distolgo lo sguardo dalla bruciatura che mi avvolge la parte superiore del braccio. Ci sono altre tre cicatrici grandi quanto il bordo di una tazza sul mio torso. Una sopra il capezzolo sinistro all'altezza del cuore; una sullo sterno; una a destra sulle costole. E non sono le uniche.

Un'asse del parquet scricchiola nel corridoio.

Strattono l'asciugamano dall'armadio e me lo stringo forte al petto mentre la porta si dischiude di qualche centimetro con un cigolio. Oskar ha un pugno alzato, pronto a bussare.

«Si è aperta,» mi spiega, con in mano una scatola di sale da tavola. Non mi sfugge il modo in cui il suo sguardo si sofferma sull'ustione che spunta da sotto l'asciugamano. «Zoe dice che devi strofinare questo sulla camicia per far andare via il vino.»

Stringo i denti per combattere il rossore che minaccia di invadermi le guance. Adesso è difficile trattenerlo. Raggiungo la porta in poche falcate e gliela sbatto in faccia. Una volta che ho chiuso il passante, le gambe cominciano a tremarmi. Appoggio la fronte sul legno e faccio un respiro profondo.

Cazzo. Cazzo. Cazzo.

Trovo una maglia termica a maniche lunghe e me la infilo in fretta.

Dopo un altro paio di respiri, torno in sala da pranzo. Oskar è seduto al suo posto e fissa il piatto senza espressione mentre Zoe legge a voce alta la scena iniziale del copione di mia madre. Papà si illumina in volto nel vedermi e le scuse che avevo preparato per scappare via si dissolvono nel nulla.

Posso resistere e mangiare un piatto di pasta prima di andare.

Papà e Zoe portano avanti il grosso della conversazione durante la cena, Oskar si limita a qualche breve commento. Non appena l'ultima forchetta si è posata sul piatto vuoto, balzo in piedi e comincio a sparecchiare.

In cucina, carico la lavastoviglie rispondendo distrattamente a mio padre, che sta sfregando pentole e padelle. «Che ne dici di una partita a Scarabeo?» mi propone. «Zoe insiste che ci batterà tutti senza problemi e io penso proprio che Opa debba insegnarle cos'è la modestia.»

Nessuno vince mai contro Opa.

«Devo rientrare. Gli scatoloni non si svuoteranno da soli.» La mia scusa mi ricorda perché sono venuto.

Trovo il contenitore nello studio. Quando entro nella stanza, rivedo mia madre seduta alla scrivania che mi sorride e, di rimando, sorrido allo spazio vuoto. Sono passati otto anni dall'incidente e il tempo ha lenito il dolore della sua scomparsa. Di tanto in tanto una nuova ondata di sofferenza mi coglie di sorpresa, ma perlopiù la ricordo con affetto.

Dentro ci sono i regali che ho ricevuto negli ultimi anni: pitture, pennelli con il manico inciso, una cornice realizzata a mano con una foto di mamma, un album da disegno e il mio preferito, un'orribile statuetta d'argilla scolpita da Zoe che sembra un sirenetto lasciato al sole troppo a lungo.

Tiro fuori la statuetta pesante, grande quanto un palmo. C'è una spruzzata di ogni pittura che Zoe è riuscita a trovare. Puntava a una scelta stravagante, ma i colori si sono mischiati e confusi l'uno con l'altro. Riesce sempre a farmi sghignazzare.

Con lo scatolone sottobraccio, mi incammino a passo svelto lungo il corridoio.

Mi fermo nell'atrio d'ingresso.

Oskar riempie il vano della porta, il cellulare all'orecchio. Parla a bassa voce e si lascia sfuggire una risatina dolce. Dalla sua postura e dal tono sommesso, deduco che sia qualcuno di speciale.

Vorrei che si levasse dalla porta. Prendo in considerazione l'idea di tornare indietro fino all'uscita posteriore e girare attorno alla casa, ma sarebbe ridicolo. Non m'importa abbastanza di Oskar da fare tutta quella fatica.

Mi vede prima che possa schiarirmi la voce e chiedergli di spostarsi. Si appoggia allo stipite. «Devo andare, Jessie,» dice e chiude la chiamata.

Con un lieve cipiglio che gli aggrotta la fronte, si stacca dalla porta e dimezza nervosamente la distanza tra noi. Io sono inchiodato sul posto.

Mi sforzo di comportarmi come se non m'importasse di non averlo avuto tanto vicino per anni. Mi sforzo di non domandarmi, per la centesima volta, come e quando si è rotto il naso. Mi dipingo in faccia un sorriso. Lo sento freddo e tirato, e mi concentro su una chiazza di barbetta sul suo mento. «Ci vediamo, Oskar.»

Lui osserva lo scatolone che ho sottobraccio, gli occhi che indugiano sulla statuetta d'argilla, e trattiene il respiro. «Tuo padre ha detto che ti sei trasferito.»

Per il timore che la voce mi tradisca, annuisco rigidamente.

Oskar si passa una mano sui capelli a spazzola. Parla

così piano che le vibrazioni mi fanno formicolare una guancia. «Quante volte dovrò scusarmi, Marco?»

Chiudo gli occhi, poi li riapro e lo trafiggo con il dolore lacerante che mi è marcito dentro. Può anche scusarsi, ma non dice sul serio. Come potrebbe? La verità l'ha detta quel giorno.

Sembro un cazzo di dalmata.

SCARLATTO

La musica rimbomba dal palco, infiammando la folla. Le pulsazioni del basso mi vibrano sulla pelle e mi spingono a ballare di più e a dimenticare le donne e gli uomini sudati che mi sgomitano per avvicinarsi al palco. Dimenticare che mi fanno male i piedi per aver danzato con tanta energia, tanto a lungo.

Dimenticare di frugare tra la folla alla ricerca di Oskar.

Mi sembra di scorgerlo ma, quando osservo con più attenzione, è sparito. Il battito smette di martellarmi nelle vene.

Continuo a saltellare. Non voglio che Ben si chieda perché sono distratto. Mi porrebbe delle domande e aprirebbe una breccia nella facciata che ho lavorato incessantemente per mantenere.

Al ritornello, Ben si lascia andare e agita la testa. Accanto a lui, un uomo massiccio grosso come un toro ondeggia i fianchi e attira la mia attenzione. È attraente, tosto e sicuro di sé. Quando non distolgo lo sguardo, nei suoi occhi brilla una luce d'intesa. Il mio cuore batte un ritmo eccitato.

Lui muove di nuovo i fianchi, si passa la lingua sulle labbra dischiuse e si avvicina ballando.

Scarlatto. Il mio Toro è tutto scarlatto; il suo corpo urla sesso.

Il mio uccello se ne accorge.

Voglio arrendermi all'ondata di desiderio che mi è confluita nell'inguine. Voglio essere scopato fino a venire in un orgasmo stordente. Provo una stretta nervosa allo stomaco mentre mi avvicino al Toro. *Questa* è proprio la distrazione di cui avevo bisogno per scacciare via ogni pensiero su Oskar. Devo lasciare che succeda.

La band conclude l'ultimo brano, Ben mi sorride e punta un indice verso l'uscita. «Sono stanco. Vuoi tornare alla tenda?»

Il Toro cattura di nuovo la mia attenzione, il che mi fa esitare. *È questo che voglio.*

Do una pacca sulla spalla a Ben. «Ti raggiungo dopo, d'accordo?»

Lui esce dalla folla e il Toro copre la distanza che ci separa. «Certo che sai come muoverti,» mi sussurra all'orecchio. Il mio sesso si contrae e i miei nervi fremono. Può davvero succedere. Non devo far altro che rispondere al suo tentativo d'approccio.

Traggo un respiro per calmarmi. «È un buon ritmo su cui *dimenare il bacino*.»

Le narici del Toro si dilatano per il desiderio e il suo corpo aderisce al mio di lato, tutto muscoli sotto la maglietta sudata, l'erezione che mi preme su un fianco. Una mano mi risale il braccio e io mi irrigidisco quando le dita si avvicinano alla bruciatura.

Ho la gola chiusa, come se stessi respirando attraverso una cannuccia. Ma il mio uccello pulsa, mi supplica di andare incontro al suo tocco e non sfuggirli. *Rilassa le spalle, annuisci, digli di sì.*

Non faccio né una cosa né l'altra, me ne resto lì rigido e mi sforzo di sorridere.

«Sei così attraente,» mormora il Toro, al che indietreggio di un passo.

Attraente. Sono *attraente*.

Il sesso ha a che fare con l'essere attraenti. E io lo sono, con i vestiti addosso. Ma cosa dirà quando andremo nella sua tenda e vedrà le cicatrici sul braccio, sul petto... e quando mi leverò i pantaloni, che dirà delle ustioni là sotto?

Il Toro piega la testa di lato e aggrotta la fronte, e io farfuglio qualcosa di poco coerente sull'andare in bagno. Prima che abbia modo di rispondermi, giro sui tacchi e mi faccio strada tra la folla energica.

Non se ne parla di fare sesso. Né ora, né mai.

Raggiunta l'area campeggio del festival, rallento e

rivolgo il viso verso il cielo del tardo pomeriggio. Una sfumatura albicocca lascia sperare in un tramonto caldo e vibrante.

Cazzo. Sono circondato dalla bellezza.

Mi aggiro tra un labirinto di tende, il prato popolato da gruppi di amici seduti su cassette di legno a bere birra, da coppiette che pomiciano negli angolini dove l'erba è più alta, da tizi che faticano a montare la canadese. Un gruppo sta giocando a basket tre contro tre usando un secchio come canestro. Più tardi magari vedrò se posso unirmi a loro.

La mia tenda, quella che divido con Ben, si trova dall'altro lato del campeggio, ma ho bisogno di scrollarmi di dosso frustrazione e delusione prima di tornare al mio ruolo di ragazzo spensierato.

Purtroppo l'universo ha la brutta abitudine di prendermi a calci quando sono già a terra.

Appena giro attorno a una fila di tende che costeggiano il bosco circostante, vedo Oskar.

È a tre o quattro metri di distanza. Meno, forse. È appoggiato alla corteccia ruvida di un acero, in una cazzo di chiazza di sole, di fronte a un tipo con i capelli corti castano ramato simili ai miei.

Fili di erbacce mi graffiano le caviglie; ho i piedi incollati al suolo. *Vattene via, girati subito.*

Resto fermo e osservo.

Oskar indossa una maglia a maniche corte che gli arrivano a metà dei bicipiti, mettendo in mostra i muscoli sodi e lisci. Ha una mano infilata in tasca e una cintura in tessuto intrecciato verde foresta che spunta dove la maglietta gli si è sollevata sulla vita.

Piega una gamba e appoggia la suola della scarpa di tela contro il tronco dell'albero. Poi ride.

Il corpo scosso e il mento sollevato per aria, la curva della gola esposta.

La sua risata mi avvolge come succedeva quando eravamo bambini. Come succede sempre. Digrigno i denti per reprimere la sensazione, nella speranza che sparisca. Sono io che dovrei sparire. Invece sono ancora fermo qui, perso in Oskar.

Le mie mani si contraggono lungo i fianchi, quasi volessero salutare, ma le costringo a non tradirmi come hanno fatto le gambe.

Oskar e il tizio dai capelli ramati riprendono a parlare, le voci attutite. Il ragazzo si avvicina di più a lui. Quando gli preme i palmi sul petto, gli presto maggiore attenzione. È esile, sì, ma ha un fisico ben definito. Un corridore come me, magari.

Al contrario di me, indossa una canottiera che espone la sua pelle liscia e abbronzata.

«Jessie,» sento dire a Oskar.

Il nome mi colpisce come una martellata, perché l'altro giorno l'ha pronunciato in tono seducente al telefono.

Il ragazzo – Jessie – si accosta a lui e lo bacia.

Un gorgoglio strangolato mi sfugge dalle labbra.

Oskar interrompe il bacio, colto di sorpresa, e guarda nella mia direzione. Il suo sorriso svanisce nel nulla.

Il calore mi invade il collo e barcollo all'indietro su un ciuffetto di erbacce irregolare.

Lui rimette il piede a terra e si stacca dal tronco, mentre Jessie dondola sui talloni.

«Marco?» mi chiama Oskar.

Le mie gambe finalmente obbediscono. Mi giro di scatto e, cazzo, *arranco* tra le persone e le tende fino al bosco all'altro lato del campeggio. Arrivato lì comincio a correre. Corro tra le foglie cadenti. Corro sul sentiero di terra battuta che porta alla strada e al parcheggio. Corro nel cuore del bosco fino a raggiungere un laghetto.

Ho un turbinio nella testa e, ogni volta che rivedo quel bacio, impreco tra le ombre del tardo pomeriggio.

Rallento sulla sponda, dove raccolgo dei sassolini che lancio sullo specchio d'acqua. Le increspature spezzano il riflesso rosato del tramonto. Ci sono un paio di ragazzi che nuotano dall'altro lato del lago, ma sono troppo lontani per sentire i miei «Cazzo» patetici e frustrati.

Oskar doveva proprio tornare a vivere a Berlino? Maledizione, avrebbe dovuto restarsene a Mannheim e lasciarmi in pace. Me la cavavo alla grande senza di lui.

Bugiardo, interviene una vocina, così mando a quel paese anche lei.

Tiro un sasso nel lago, che affonda oltre la superficie, l'acqua che si solleva attorno come un ombrello capovolto.

Rivedo ancora il bacio di Oskar e Jessie e mi domando perché mi provochi una morsa allo stomaco e un nodo alla gola.

È lo shock, forse? Non me lo aspettavo e...

No, è che non lo *sapevo*. Ho catalogato tutte le sue fidanzate e ho guardato crescere il ragazzino impertinente della porta accanto in un uomo sicuro di sé. Non c'è mai stato sentore di un'attrazione nei confronti di un *maschio*.

Un'altra cosa che è cambiata nei quindici mesi in cui è stato via, dunque.

Lancio una manciata di sassolini nel tentativo di trasferire il mio dolore all'acqua.

C'è stato un tempo in cui sapere che a Oskar piacevano i ragazzi mi avrebbe scaldato il cuore. Mi avrebbe reso troppo eccitato per stare fermo. Mi avrebbe dato speranza.

Mi sfugge una risata che è più un grugnito.

Richiamo l'immagine di Jessie sulla superficie del lago e tiro un ultimo sasso su quel tizio *attraente*.

Quando le mie membra finalmente si intorpidiscono, mi trascino indietro fino al campeggio, pronto a fingere di avere la mia vita sotto controllo.

Trovo Ben all'entrata dell'area palco del

festival, che trascina due grossi bustoni pieni di bottiglie. Gli passo un braccio attorno alle spalle e gli rubo di mano quella che ha appena raccolto dalla tana di un coniglio.

Indico i bustoni. «Che diavolo stai combinando?»

«Salvo il Natale.»

Raccogliendo vuoti a rendere? Dice sul serio? Ben è il ragazzo più benestante che conosca. «Non so di che parli.»

Un'espressione incupita gli compare in volto. «È qualcosa che mi ha chiesto di fare papà.»

Mi ritrovo subito a pensare alla rappresentazione teatrale dei miei genitori. A Oskar che interpreta il coprotagonista.

Oskar che bacia Jessie.

Devo trattenermi per non serrare la presa sulla spalla di Ben.

«Oddio,» esclamo con una lieve risatina forzata. «Spero che non sia impazzito come il mio.»

«Diciamo solo,» replica Ben, «che mi auguro che alla fine di questo weekend potrò tornare ai miei piani originari e non preoccuparmi più del Natale.»

«Cavolo, speravo che durante le feste avrei potuto essere io a ridere di te.»

Stanco, esausto, con un bisogno disperato di dormire, gli do una pacca sulla schiena e mi dirigo alla nostra tenda.

Fuori dalla tela verde, Elena se ne sta seduta su un tronco robusto. È l'altra mia amica, a parte Ben, ed è l'esatto colore delle forcine con le perline rosa che le adornano i capelli castani, un filo più chiare dei pendenti ciliegia degli orecchini. In breve: dolce, protettiva e schifosamente romantica.

«'Lena,» la saluto con un cenno della testa.

La mia amica dagli occhi da cerbiatta mi rivolge un sorriso allegro e agita la matita che ha in mano. Riprende a disegnare sull'album beige posato in grembo, dove sta schizzando una riproduzione sbalorditiva di un nudo maschile.

«Che ne pensi?» mi domanda.

Mi accomodo accanto a lei sulla corteccia ruvida e strofino i palmi da entrambi i lati. «È un modello reale?»

«No.» Sorride imbarazzata. «Frutto della mia immaginazione.»

La sua immaginazione. Una fantasia. Come pensa che sia un corpo attraente.

Inclino il disegno. «Sei piuttosto sicura di te, a disegnare ragazzi nudi in pubblico.»

«Perché non dovrei? I corpi – la nudità – non sono nulla di cui vergognarsi.» Scorre le pagine dell'album pieno di ritratti di uomini e donne nudi di un'età che varia tra i venti e i settant'anni.

Ci sono soggetti in sovrappeso, soggetti con rughe e seni cadenti, soggetti con pochi capelli o addirittura calvi.

«Mi serve qualche altro modello per il mio progetto artistico,» mi svela senza troppi preamboli. «Speravo che tu potessi essere uno di loro.»

Scatto all'indietro, poi maschero la mia reazione incrociando le braccia sul petto. Le maniche a tre quarti mi solleticano la parte alta del gomito, mosse dalla brezza, e la camicia mi sembra stretta dove è a contatto con ognuna delle mie sette cicatrici.

«Non fa per me,» le rispondo con una risatina tirata.

«Cos'è che ti preoccupa? Essere nudo davanti a me? Sappi che sono professionale. Non farò commenti osceni né tenterò di saltarti addosso. Sei figo da paura, ma...»

Il suono di una cerniera che si apre mi fornisce una scusa per distogliere lo sguardo. Dalla tenda in fondo emerge uno dei nostri compagni di corso, Sebastian (pesca: tenero, gentile, cauto), con un libro incastrato sotto l'ascella. Ci rivolge un sorriso dolce e riservato e devia verso il bosco.

A Elena si velano gli occhi e lo osserva finché non svanisce tra le ombre. Si infila la matita dietro l'orecchio. «Che stavo dicendo? Giusto, sei figo, ma non sono interessata a te.» Prende l'album e si sventola il viso e il petto. «Fa caldo qua fuori.»

Sferzate d'aria mi arrivano sul collo, raffreddandomi il sudore.

«Ti va una nuotata nel lago?» mi chiede.

Scuoto la testa. Non ho portato il costume e, se anche ce l'avessi, mentire di continuo sul fatto che indosso una maglietta perché mi brucio troppo facilmente? Non ne ho voglia.

«Io vado a fare un tuffo,» continua lei. «Tu pensa alla

mia proposta di posare per me, d'accordo?» Dopo un paio di passi verso la sua tenda, si ferma e si volta indietro. «Scordavo: tuo padre mi ha mandato un messaggio riguardo alle prime prove per la rappresentazione.» Tira fuori il telefono e controlla qualcosa. «Che significa ACT?»

È la prima volta che Elena collabora a uno dei nostri spettacoli. Ha visto la commedia drammatica dello scorso Natale e si è subito offerta di realizzare i costumi di quest'anno. Papà non l'ha detto ad alta voce, ma è chiaro da come parla che la trova fantastica e spera che iniziamo a uscire insieme. Sono felice che abbia quest'illusione, in realtà, perché mi risparmia la preoccupazione che scopra la verità.

Voglio bene a mio padre dal profondo del cuore, è questo il problema. Non posso perderlo.

Non sopporto l'idea di deluderlo.

Continuerebbe a volermi bene se ammettessi la verità, però la troverebbe difficile da accettare e so che smetterebbe di abbracciarmi.

Anche se la prendesse bene e non battesse ciglio, rimane il problema più grosso.

Sono un vigliacco.

Elena inclina il capo a osservarmi, così io mi schiarisco la gola e rispondo alla domanda. «ACT, addetta a costumi e trucco.»

«Giusto!» Si infila nella sua tenda e io scrivo a papà e

Opa, poi a Zoe perché vorrebbe saperlo: **Me la sto spassando**.

Ben – un turchese acceso – mi passa davanti con un sorriso impertinente. Ammiro quant'è sicuro di sé.

Fa sembrare figo *raccogliere vuoti a rendere*, santo cielo.

Ridacchio mentre mi trascino nella tenda.

Spaparanzato sopra il sacco a pelo, fisso il tetto pendente di tela e la lanterna rossa che abbiamo legato ai paletti. Ha un colore simile allo scarlatto e mi ricorda il Toro.

Avrei dovuto buttarmi. Non ci rincontreremo mai, quindi non avrebbe avuto importanza se anche mi avesse visto. Cauto di ogni suono nelle vicinanze della tenda, mi sollevo la maglietta e mi sfioro i capezzoli con i polpastrelli. Li pizzico piano immaginando che il Toro li prenda in bocca e li succhi forte.

Scorro con il palmo giù per lo stomaco e tiro fuori il mio uccello duro dai calzoncini. Sento la pelle liscia e bruciata alla base che lascia una chiazza nuda tra i peli pubici ben spuntati. Stringo i denti mentre sfogo la frustrazione in carezze svelte e brusche.

Serro le palpebre e immagino di essere in intimità con un uomo, immagino la sua erezione che gocciola al pensiero di affondare in me.

Oskar fa capolino nella mia mente e, prima che possa scacciarne via l'immagine, le mie gambe si irrigidiscono, le dita dei piedi si arricciano e l'orgasmo mi esplode dentro. Chiudo la mano a coppa per catturare lo sperma.

Impreco contro il sacco a pelo. Oskar non ha nessun diritto di spuntare nei miei pensieri.

Nessun cazzo di diritto.

«ANDRE E I SUOI SCAGNOZZI SONO COLOR CACCA,» *dichiarai rimboccandomi il sacco a pelo fino al mento sbucciato, per colpa appunto di Andre, che mi aveva placcato irregolarmente durante una partita piuttosto dura di basket.*

Oskar, steso sopra il suo, grugnì e lanciò la pallina da tennis verso il tetto, ben teso soltanto perché il nostro istruttore del campo estivo ci aveva costretti a rimontare la tenda tre volte.

«Come mai per te tutti sono un colore?» mi domandò, guardandomi con la coda dell'occhio. Continuò a lanciare e riacchiappare la pallina. «È un po' che volevo chiedertelo. Ma...» Gli tremò la voce. «È perché tua mamma ne dava uno a ogni giorno?»

Erano passati tre anni e mezzo dall'incidente che aveva ucciso mia madre e non c'era giorno in cui non pensassi a lei. Mi girai di lato e mi puntellai su un gomito, il sacco a pelo che mi ricadeva sul petto. Gli ultimi scampoli di luce conferivano alla nostra tenda un caldo bagliore beige e addolcivano l'espressione di Oskar.

Annuii, poi mi schiarii la gola. «È stupido, però devo farlo. Come se fosse in suo onore o qualcosa del genere.»

«Lo capisco. Che significano i colori?»

«Blu significa tristezza. Se vedo qualcuno giù di morale o se buttano giù di morale me, sono blu. Verde è speranza. Oliva è tranquillità. Giallo...» deglutii, «è felicità. Magenta è amore.»

A Oskar cadde la pallina sulla faccia e scoppiò a ridere. «Magenta è amore?» ripeté. «C'è qualcuno di cui non mi hai parlato?»

Gli mostrai il dito medio, nonostante la stretta allo stomaco. «Papà e Opa, per esempio.»

«Ah, quel tipo di amore.»

«Ogni tipo di legame,» corressi evasivo.

Oskar rotolò su un fianco e mi tirò la pallina. La respinsi contro l'ingresso chiuso della tenda, facendola rimbalzare nello spazio stretto che ci separava. «Che colore è quando qualcuno si sta tirando una sega?» Finse di afferrarsi l'inguine e inarcò i fianchi in avanti.

Il mio uccello era particolarmente interessato. Mi mossi dentro il sacco a pelo per assicurarmi che non si notasse. «Scarlatto.» Il colore del desiderio.

E della mia faccia.

Sprimacciai il cuscino e ci affondai la testa.

Oskar si alzò di scatto e recuperò i muffin dallo zaino. Gli attacchi di fame improvvisa diventavano sempre più frequenti a ogni centimetro che cresceva. Eravamo stati entrambi fortunati in quanto ad altezza ma, a giudicare da come gli si stavano allargando le spalle, lui sarebbe diventato anche grosso.

Mi lanciò l'altro muffin, che mi colpì il naso.

Sorrise, poi osservò il livido sul mio mento e si accigliò. «Ti fa male?»

«Questo?» gli chiesi, massaggiando la pelle indolenzita. «So cos'è il dolore, e questo è niente.» Avrei voluto rimangiarmelo nel momento in cui l'avevo pronunciato, perché gli occhi di Oskar si incupirono, le sue spalle si accasciarono e sapevo che anche lui stava ripensando all'incidente.

«Quindi, scarlatto...» tentai con un'occhiata lasciva, però Oskar non abboccò all'amo. Non finì nemmeno il suo muffin. Si limitò a fissarlo.

«È stato doloroso?»

«Sì. Ma adesso sto bene.»

«È per questo che non ti cambi più davanti a me? E che usi le magliette a maniche lunghe d'estate?»

Toccai la stoffa di quella che indossavo, sopra a una cicatrice. Rabbrividii. «È... fa un po' schifo,» spiegai.

«Me lo fai vedere?»

Il mio stomaco fece una capriola per il nervosismo.

È il tuo migliore amico, sussurrò una vocina nella mia testa. Se intendi mostrarlo a qualcuno, dovrebbe essere lui.

Mi alzai a sedere, le dita che giocherellavano con l'orlo della maglietta. Deglutendo forte e con le mani che tremavano, mi sfilai l'indumento e scoprii le bruciature sul mio torso. «Sono stato fortunato perché non hanno dovuto prelevarmi la pelle dalle cosce per trapiantarmela sul petto,» mormorai con voce instabile.

Avevo bisogno che Oskar dicesse qualcosa. Per riassicurarmi che non fosse schifoso quanto pensavo.

Lui non commentò. Strinse le labbra e assottigliò gli occhi mentre mi osservava il petto. Gli sfuggì di bocca un grugnito, ma per il disgusto o per l'empatia?

Comunque fosse, mi riabbassai subito la maglietta, perché mi sentivo vulnerabile ed esposto. Il silenzio si espanse dolorosamente tra noi. Avevo la gola troppo serrata per chiedergli cosa stava pensando.

Non volevo saperlo.

«Merda, Marco,» imprecò alla fine. Aveva stritolato il muffin nel pugno.

Tirai su il sacco a pelo con uno strattone e mi girai dall'altra parte. «Fa un po' schifo. Ti avevo avvertito.» Poi simulai uno sbadiglio.

«Già,» rispose Oskar, ma non lo sentii entrare nel suo sacco a pelo fino a molto più tardi, quando fingevo di dormire da parecchio. «Notte, allora.»

NON RIESCO AD ADDORMENTARMI SENZA RIPENSARE a quella sera, per cui mi dirigo all'area del festival, dove ballo finché non spuntano le stelle e continuo sino alle prime ore del mattino. Mi godo i corpi caldi e vibranti premuti contro il mio nella calca che poga. La musica mi pulsa nelle vene, così abbasso le palpebre e me ne riempio i polmoni. Le parole della canzone sembrano dirette a me. Mi incitano a effettuare un cambiamento.

Voglio calare la guardia ed essere me stesso. Voglio fare sesso.

Il Toro sta ballando in fondo alla folla vicino all'uscita. Lo scorgo tra una testa e l'altra mentre mi incammino fuori dallo spiazzo. Sono accaldato, sudato e carico di un bisogno tutto nuovo. No, non nuovo. Liberato.

Allungo il passo e il cuore mi martella nel petto quando attiro la sua attenzione. Lui inclina il capo, gli occhi scuri e seducenti. Placo l'accenno di incertezza nel suo sguardo afferrandolo per la vita e ondeggiando al ritmo rapido della musica che ci scorre addosso.

Devo raccogliere il coraggio per ogni spinta dei fianchi, ma ci sono buone possibilità che riesca a godermela. È piacevole sentirgli serrare la stretta attorno alla mia vita e ronzarmi nell'orecchio: «Sei un tipo sfuggente, eh?»

«Balla,» ribatto, nel tentativo di imbrigliare quest'esitante sicurezza in me stesso. «Non ho intenzione di scappare un'altra volta.»

I nostri corpi si strofinano e l'erezione del Toro cresce a contatto con il mio stomaco. Ruoto il bacino contro il suo, premendogli addosso l'inguine dolorante. Vorrei che mi leggesse nel pensiero e mi trascinasse nella sua tenda all'istante.

Alla fine della canzone seguente, quando stiamo praticamente scopando da vestiti seguendo un ritmo forsennato, mi rendo conto che sta aspettando che dica qualcosa. Forse ha bisogno che lo rassicuri che non me la darò di nuovo a gambe.

Mi schiarisco la gola al suono delle note più lente che si diffondono dal palco.

Qualcuno mi piazza una mano sulla spalla e mi tira via dal Toro. Barcollo per riacquistare l'equilibrio e mi giro di scatto. Mentre lo faccio, un profumo muschiato con una nota di pino mi arriva alle narici. So chi troverò dietro di me.

Oskar.

Ha gli occhi assottigliati che passano da me al Toro, per poi tornare su di me. «Buffo trovarti qui,» dice senza accenno di umorismo. «Chi è il tuo amico?»

Mi divincolo dal suo tocco. «Che ci fai qui?»

Oskar ignora la domanda. Tende una mano al Toro, che gliela stringe con un'espressione perplessa e incazzata. «Non ho sentito bene il nome,» insiste Oskar, un'accusa silenziosa e irritata nei miei confronti perché non so come si chiama.

Deglutisco per non tirargli un cazzotto e dondolo il peso da un piede all'altro. Devo avere l'aria di uno pronto a scappare di nuovo, perché il Toro accorre in mio soccorso. «Sono Gus. Tu chi sei?»

Oskar fa un gran sorriso che non gli raggiunge gli occhi freddi e luccicanti. «Oskar.»

Il Toro lo fissa senza capire, poi raddrizza la schiena. «Aspetta, non sarete mica...»

«No!» rispondo indignato.

Oskar non dice nulla, al che lo colpisco sul braccio. Lui non si smuove, per cui lo rifaccio. «Non siamo un bel niente,» spiego a Gus, che sta valutando quant'è grosso Oskar, forse per calcolare se spassarsela con me valga la rottura di scatole. «È il mio vicino.»

«Siamo anche migliori amici,» aggiunge lui, aprendo finalmente bocca.

Gli punto gli occhi addosso, senza vedere più nient'altro. Oskar mi inchioda con le sue iridi nocciola. «Che cazzo dici?»

«Solo perché stiamo vivendo un momento difficile, non significa che non m'importi più di te.»

«Momento difficile?» Faccio un passo avanti e gli do una spinta sul petto. Lui non si sposta. «Ci siamo odiati per quattro anni!»

Oskar sussulta, poi distende il viso. «Prima però siamo stati migliori amici per nove.»

La mia risata è gelida. «Stai scherzando.»

«Nove batte quattro.»

«Non stai scherzando. Cazzo, Oskar. Non siamo un bel niente. Quello che c'era è stato distrutto.»

Lui assottiglia lo sguardo e corruccia la fronte. «Possiamo sistemare le cose.»

«Andiamocene di qui, Gus...» Mi giro verso il Toro, che se l'è squagliata.

«Se n'è andato quando hai cominciato a prendermi a pugni sul petto,» mormora Oskar, con il tono di chi si sente in colpa.

«Perché sei venuto da me?» gli chiedo. Sono incazzato perché mi ha interrotto, ma sono anche sollevato di avere una scusa per non dovermi spogliare. «Hai mandato all'aria le mie chance con Gus.»

«Bene.»

«Bene? Quindi tu puoi scoparti chi ti pare e io invece no?»

«Neppure lo conosci,» ribatte Oskar.

«E tu come lo sai?»

«L'avrei saputo, se l'avessi conosciuto.»

«Sei stato via per quindici mesi! Non sei tornato nemmeno durante le feste.» Ricaccio indietro la rabbia che traspariva dalla mia voce. Rabbia perché pretende di sapere tutto di me proprio ora che io ho scoperto che non so più tutto di lui. «Sono cambiate un sacco di cose. Come per te. E Jessie.»

Oskar tiene gli occhi puntati su di me, quasi stesse cercando di dare un senso alle mie parole. Mi formicola la pelle e mi volto, strofinandomi le braccia, le dita che indugiano sulla bruciatura.

Oskar si avvicina e la sua voce mi accarezza l'orecchio. «Marco...»

Una scossa di energia statica scintilla tra noi e io scatto all'indietro.

Ho passato troppi anni a tentare di scrollarmi di dosso il ricordo di quei brividi.

Giro sui tacchi e me ne vado a passo di carica. Oskar stavolta mi insegue.

«Aspetta,» mi chiama, sgomitando tra la folla danzante. «Aspetta.»

Mi raggiunge mentre attraverso i cancelli. Con una presa gentile, mi guida verso un grosso masso, lontano dalle urla, dagli schiamazzi e da un'altra canzone che inizia a suonare a distanza.

Mi fermo accanto alla roccia, i piedi che fremono dalla voglia di scappare. I primi accenni dell'alba brillano sul viso di Oskar.

«Perché sei così deciso a odiarmi per sempre?»

«Ti aspetti che ti perdoni come se nulla fosse e che torniamo a essere amici?»

«Sì. No. Be', vorrei che ci provassimo.»

Cerco l'ironia nascosta dietro l'apparente sincerità. Dov'è? Perché prendersi gioco di me in questa maniera? Oskar mi afferra una mano e intreccia le dita alle mie per attirarmi più vicino. I miei piedi obbediscono.

Il suo tocco delicato mi riecheggia su per il braccio e il petto e... «No,» rantolo e mi divincolo.

Oskar molla la presa e osserva la terra coperta di erbacce tra di noi, poi chiarisce il suo intento.

«Non siamo più vicini,» mi dice. «Quella di quest'anno sarà la nostra ultima rappresentazione teatrale. Voglio che troviamo un modo per lasciarci il passato alle spalle e andare avanti.»

ME NE TORNO ALLA TENDA, DOVE LE PAROLE stordenti di Oskar mi tormentano. Sono inattese e difficili da digerire, mi fanno sentire leggero ma anche digrignare i denti. È facile per lui dire che vuole andare avanti, perché ha perso semplicemente un amico.

Scaccio via il ricordo delle sue parole noncuranti che tenta di risvegliarsi.

Scorgo movimenti di luce dentro la tenda e inarco un sopracciglio al rumore di bottiglie che sbattono.

Mi chino per entrare e mi tappo il naso alla puzza di birra stantia. Mucchi di buste di spazzatura piene di vuoti a rendere sono impilati fino al tetto di tela.

Scuoto il capo e mi metto a ridere.

«Amico, sul serio?»

Ben si gira e ammicca. «Ridi pure finché sei in tempo, Brandt.»

«Fuori sto ridendo,» ribatto. «Ma dentro...» Dentro sono un cazzo di disastro. «Dobbiamo davvero dormire con quest'odoraccio?»

«Che ne dici se evitiamo il *bleah* tenendo le teste fuori dalla tenda?»

Io distolgo lo sguardo. «Qualsiasi cosa pur di evitare il... bleah.»

Entriamo nei sacchi a pelo, spegniamo la lampada e fissiamo il cielo. Ben scruta la curva di tende fino a raggiungere quella piccola in fondo in cui dorme Sebastian.

Ci auguriamo la buona notte a vicenda, io però non chiudo gli occhi. Osservo il cielo che pian piano si illumina, le cui nuvole arancione bruciato mi lasciano in bocca un sapore amaro.

Ben si muove accanto a me. Nonostante lui mi piaccia, a volte mi turba quanto sia simile a Oskar. Sono entrambi espansivi e sicuri di sé, e accolgono l'imbarazzo con una scrollata di spalle.

Vorrei possedere anche solo un briciolo della loro mentalità.

Stanotte ho fallito con il Toro, ma ho un'altra possibilità di abbassare la guardia. Posso dire la verità a Ben.

Combatto l'impulso di accoccolarmi su un fianco e rivolgergli la schiena. Col fiato corto, gli occhi puntati sul cielo striato di celeste, cerco le parole. Se riesco ad ammettere almeno questo...

«Ehm...» *So perché osservi sempre di nascosto Seba-*

stian. *Conosco i tuoi segreti. Li conosco, perché sono uguali ai miei.* Mi pizzica la gola. «Io...»

«Sì?» mi chiede Ben.

«Spero che domani farai una pausa dalla raccolta di bottiglie per ascoltare i Tepid Creek.» *Un altro fallimento.*

«Certo.»

Mi volto, coprendomi il viso con un braccio. Non riesco nemmeno a dirlo a turchese, che non la prenderebbe male.

Merda. Avevo scordato le scarpe da ginnastica, il che significava tornare negli spogliatoi. Come sempre mi ero rivestito in fretta dopo la partita e, vista l'espressione tesa di Oskar della sera precedente, ero stato ancora più attento del solito.

Ma le mie scarpe...

Corsi indietro nella stanza di cemento con i suoi orribili armadietti arancioni e le panche di legno scheggiate.

Quando entrai la puzza di sudore e deodorante mi assalì le narici. Nuvole di vapore si espandevano dai vani doccia adiacenti e al di là di esse, nell'angolo più lontano della stanza, Oskar si stava allacciando le scarpe. Andre era in piedi di fronte a lui con un sorrisetto sulle labbra e due scagnozzi a fiancheggiarlo. Uno faceva rimbalzare un pallone da basket contro la parete sopra la testa di Oskar.

Mezzo nascosto dietro un armadietto, mi fermai a

studiare la situazione. Oskar aveva forse bisogno del mio aiuto? Sembrava calmo, da ciò che vedevo. Ma Andre e compagni erano degli stronzi.

Raddrizzai la schiena, pronto a intervenire, quando la voce ardente di Oskar mi fece bloccare.

«Vaffanculo, non è vero che mi piace.»

All'enfasi sul "piace" fui attraversato da un brivido freddo e viscido. Ascoltai con maggiore attenzione.

«Ah no?» sogghignò Andre. «Eppure mi sembrate due finocchi.»

Oskar rimise giù il piede e sollevò l'altro. «Non sono gay,» mormorò.

«E allora perché lo guardavi mentre si cambiava?»

Oskar scoppiò in una grossa risata. «Hai visto che c'è sotto la sua maglietta? Sembra un cazzo di dalmata.»

Di sicuro avevo sentito male. Oskar non avrebbe mai detto qualcosa di tanto crudele su di me. Mi pareva di avere un macigno nello stomaco. L'espressione della sera precedente non era stata dettata dall'empatia.

«Un dalmata, eh?» ripeté Andre, e un gemito strangolato mi sfuggì di bocca.

Lui e i suoi amici si girarono verso di me e Oskar alzò la testa di scatto, gli occhi sbarrati.

Con le membra tremanti, raggiunsi la panca per prendere le scarpe che avevo scordato.

«Facci vedere, Marco,» mi disse Andre, la voce che si avvicinava alla mia destra.

«No,» risposi, ma suonavo debole e patetico. Stridulo, quasi.

Andre rise come fosse uno scherzo e mi spinse contro la parete. Sbattei la schiena sul cemento freddo, la testa che impattava con un sonoro crack.

«Andiamo, facci vedere.»

«Vaffanculo,» gli ringhiai.

Lui mi afferrò per la maglietta. «Altrimenti come possiamo essere certi che Oskar non stia mentendo?»

I miei occhi terrorizzati si fissarono su Oskar, che era seduto sulla panca, le dita serrate sui lacci.

Spinsi via Andre, che dondolò sui talloni con una risata. «Forza, ragazzi. Diamogli una mano.»

Uno dei due mi agguantò per un braccio, il secondo schiacciò la palla a lato della mia testa. «Alzala o te la alziamo noi.»

In silenzio, pregai Oskar di aiutarmi. Di dire a quei bulli di levarsi dai piedi e lasciarmi in pace.

Andre seguì il mio sguardo e gli sorrise. «Non ti dispiace, vero?»

Oskar posò gli occhi su di me per un attimo, poi li puntò con decisione su Andre. Il mio migliore amico scrollò le spalle e si girò dall'altra parte.

Andre prese l'orlo della maglietta e me lo sollevò fino al naso.

Una vergogna accecante mi risalì lungo il corpo quando fischiò alla vista delle mie ustioni mostruose.

«Ora ti credo, Oskar.» Mi diede una pacca sul petto. «Nessuno potrebbe mai trovarlo figo.»

Tentai di riabbassarmi la maglietta, ma i due scagnozzi me lo impedirono. Farfugliai il nome di Oskar.

«Non ti aiuterà.»

Lo chiamai un'ultima volta.

Il suo nome riecheggiò piano nella stanza e in risposta non ricevetti che silenzio.

«Credo che ti stia attorno soltanto perché gli fai pena.»

«Lasciami in pace,» pigolai.

Andre mi sorrise. «Andiamo, ci stiamo solo divertendo un po'. Non c'è motivo di prendersela.» I suoi amici mi mollarono e Andre mi staccò dal muro e mi diede un'altra pacca sul petto. «Bello schifo.» Raggiunse il suo borsone e se lo caricò in spalla. «Oskar, Dalmata, ci vediamo in giro.»

Oskar non alzò la testa. Con gli occhi che bruciavano e la stanza che cominciava a offuscarsi, afferrai le mie scarpe.

Niente, Oskar? Non hai niente da dire?

La campanella suonò l'avviso per il pranzo.

Oskar finì di allacciarsi le scarpe. «Andiamo a mangiare, Marco,» mi disse.

Tutti i colori vibranti e accesi che avevo sempre associato a lui virarono a un orribile rosso sangue. Mi afferrò il braccio, ma io lo spinsi via e scappai dallo spogliatoio.

INDACO

B en mi accompagna a casa. Casa-casa, non il mio nuovo appartamento. Papà mi ha mandato un messaggio per invitarmi a cena e, per quanto sia stanco, non so dire di no allo sformato di pollo.

Seguito dallo strudel di mele, mi ha scritto con una faccetta sorridente.

Lui sì che sa come adescarmi.

Arriviamo che è quasi l'imbrunire e non siamo i soli a parcheggiare davanti a casa. Lo sta facendo anche Oskar.

Mi dilungo abbastanza da non incrociarlo quando recupero le mie cose dal sedile posteriore. «Hai racimolato abbastanza soldi con i vuoti a rendere per salvare il Natale?»

Ben lancia uno sguardo al portaoggetti del cruscotto e sfrega i palmi sul volante. «Mi manca ancora un po'.»

«Sono io che me lo sono immaginato o anche Sebastian stava raccogliendo bottiglie?»

«Oh sì, eccome.» Ben trattiene un sorriso. Gli brillano gli occhi alla mera menzione di Sebastian.

Sebbene non abbia idea che sono gay, è bello sapere di avere un alleato. Ed è un sollievo che non abbia ammesso ciò che prova per Sebastian. Mi fa sentire meno vigliacco o, se non altro, in buona compagnia.

Con la coda dell'occhio, noto la luce a sensore che si accende mentre Oskar entra a casa. Ne approfitto. «Grazie del passaggio, Ben. Ci sentiamo più tardi, okay?»

Esco dall'auto, do un paio di colpetti al tettuccio e Ben si rimette in strada.

Afferro gli zaini che avevo al festival e mi avvio verso il cancello, poi mi blocco all'improvvisa ricomparsa di Oskar che, le mani infilate in tasca con disinvoltura, mi viene incontro.

Armeggio con il passante, maledicendolo perché non si apre subito.

«Aspetta, faccio io,» mi dice Oskar. Allunga una mano e lo apre in un attimo. Respiro una boccata del suo profumo.

«Non puoi proprio lasciarmi in pace, eh?» sbotto.

Lui passa per primo e mi tiene aperto il cancello. «A dire il vero, sono stato invitato a cena.»

«Invitato? Di nuovo?»

Percorro il vialetto in fretta e furia, senza attendere una

spiegazione. So che mio padre vuole forzarmi la mano riguardo alla nostra amicizia e bisogna che gli dica di piantarla. Ho già accettato di recitare il copione di mia madre con lui. Non mi serve che si intrometta in ogni parte della mia vita.

Entro in casa. Non sono abbastanza stronzo da sbattere la porta in faccia a Oskar, ma di certo non gliela tengo aperta. Metto giù i bagagli e seguo il profumino del mio sformato preferito.

Papà sa essere un genio del male, quando vuole.

Varie voci si sovrappongono l'una all'altra. Mio padre non ha invitato solo Oskar, ha invitato l'intera famiglia Richter. Mi infilo in sala da pranzo e saluto rapidamente Opa con un bacio. Mi fermo nel sentir pronunciare il nome di mia madre.

«Anna sarebbe preoccupata, se fosse ancora tra noi,» sta dicendo la signora Richter.

Preoccupata di cosa?

Mentre lei continua, Oskar mi raggiunge. Alle parole di sua madre, anche lui si ferma.

«Non ha mai portato a casa nessuno, vero?»

Le voglio bene come a una zia – a dispetto dei miei problemi con Oskar – ma è un'impicciona. La pettegola del quartiere. Devo impegnarmi con tutto me stesso per non arrossire al di sopra del colletto.

«Lascia in pace quel povero ragazzo, cara,» interviene il signor Richter. «Prima o poi troverà qualcuno.»

Papà risponde in tono brusco, con una nota di irritazione. «Quando incontrerà la ragazza giusta, sono sicuro che me lo dirà.»

«Lo spero, per il suo bene,» conclude la signora Richter.

Oskar assottiglia le labbra e mi precede, fiondandosi in cucina. «Smettetela di parlare di Marco,» li sgrida senza mezzi termini.

Cazzo, mi viene quasi da ridere. Lo seguo nella stanza. «Non ho bisogno che tu mi difenda.»

Lui si zittisce all'istante e io mi giro verso i suoi genitori e mio padre, che sono in piedi a sorseggiare del vino. Hanno la decenza di arrossire.

Alla signora Richter non manca la sfacciataggine, comunque. Si schiarisce la gola. «Voglio vederti felice, tesoro.»

Reprimo un singolo brivido e le rivolgo un sorriso tirato. «Lo sono.» La bugia mi viene facile, così come la seguente. «C'è qualcuno a cui sono interessato. È un rapporto a distanza. Non ne ho ancora parlato perché è una cosa recente.»

Accanto a me, percepisco Oskar aggrottare la fronte.

A papà brillano gli occhi e beve entusiasta un sorso di vino. «Come si chiama?»

Sparo il primo nome che mi passa per la testa. «Olivia.»

«Olivia?» ripete lui. «Credevo che Elena... non

importa.»

«Un rapporto a distanza? È dura,» commenta la signora Richter con un sorriso smagliante. «Lei dove vive, tesoro?»

«Mannheim.» Non so perché l'ho detto. È il primo posto che mi è venuto in mente e mi pento più di questa bugia che di tutte le altre messe insieme. Mannheim è la città in cui ha vissuto Oskar negli ultimi quindici mesi.

'Fanculo. Freud si sarebbe sfregato le mani.

«La conosci, Oskar?» gli chiede sua madre.

Io sposto il peso da un piede all'altro. «Ehm, è...»

Lui mi osserva di sbieco, una scintilla di curiosità che gli illumina lo sguardo. «Spero sia l'Olivia a cui sto pensando.»

Gli stacco gli occhi di dosso e deglutisco.

«Mi auguro che la incontreremo presto,» interviene papà, felice come una pasqua. «L'hai invitata a vedere il nostro spettacolo, spero?»

Le mie spalle si accasciano. «Sì. La conoscerai allo spettacolo.»

Mi tappo il naso con una mano e chiudo per un istante gli occhi, in coda al supermercato. Il cestino mi sbatte contro il ginocchio, pieno degli ingredienti per preparare la cena a Elena, che passerà a prendermi per la prima sessione di prove.

È trascorsa una settimana dal festival e non ho visto né sentito Oskar. È spiazzante, come la calma che precede la tempesta. Stasera la tempesta sta per spuntare all'orizzonte. Il mero *pensiero* di recitare le mie battute con lui mi ha causato problemi allo stomaco per tutto il giorno.

E sto frequentando una ragazza di Mannheim che si chiama *Olivia*? Sul serio? Cazzo, è a un passo dal nome *Oskar*.

Un cliente alle mie spalle geme mentre finisco di sistemare la spesa sul rullo. Mi volto per vedere cosa l'ha irritato e noto che la cassiera è alla fine del turno e sta sfilando il cassetto del contante. A prendere il suo posto c'è il re del marrone: frangia, orecchini e tatuaggio. Andre.

Sto per raccogliere la mia spesa e spostarmi in un'altra cassa, ma tocca già a me. Per di più, Andre mi osserva quasi si aspettasse di vedermi scappare con la coda tra le gambe.

'Fanculo le sue aspettative e 'fanculo lui. Questo è il *mio* supermercato.

Mi sorride mentre passa gli articoli. L'ho visto smaltire file come se prendesse un bonus velocità, ora invece è tutto movimenti pigri e sguardi inquisitori.

Gli porgo la mia carta. «Finalmente ti è toccata la mia cassa.»

«Non so di cosa stai parlando.»

Sì che lo so.

«Andiamo. Scegli perfino Emila dita nel naso, piuttosto che venire da me.»

Fisso il lettore per le carte nell'attesa che ci passi la mia.

«È perché sono stato così stronzo con te e Oskar al campo estivo, vero?»

«Posso pagare e basta, per piacere?»

Lui passa la carta e io digito con violenza il codice segreto.

«La tua reazione è curiosa,» commenta Andre. «Pacata. Immagino che, se fossi al tuo posto, mi comporterei più come Oskar.»

Alzo la testa di scatto, la fronte corrucciata. «Cosa intendi con *più come Oskar?*»

La transazione è confermata e lo scontrino in stampa.

«Sto solo cercando di chiederti scusa, amico.» Scrolla le spalle. «Vedila così: tu sei finito all'università per gente sveglia. Io do il resto e sposto sacchetti per tutto il giorno. Non sono nessuno. Qualsiasi bastardata ti abbia detto, non significa nulla.»

«Cosa intendevi riguardo a Oskar?»

Andre mi porge la ricevuta. La sua espressione imbarazzata e afflitta risveglia la mia curiosità. «Dopo che hai lasciato il campo estivo, mi ha urlato di andare a quel paese. Ha detto che avrebbe tanto voluto non essersi lasciato spaventare da degli stronzi come noi. Mi ha spiaccicato faccia a terra finché non ho sentito il sapore dei vermi.»

Millanto un interesse esagerato nel sistemare la spesa nella mia sporta di tela, ma la verità è che pendo dalle sue labbra.

Il mio stomaco fa talmente tanto le capriole che temo di vomitare sulle mie banane e sulla mia confettura di albicocche.

Il cliente dietro di me emette un sospiro rumoroso e controlla il telefono in maniera plateale.

«Tutto qui?» ironizzo, anche se in realtà adoro l'idea di Oskar che lo tiene faccia a terra.

Ho mosso a malapena tre passi verso la porta quando Andre mi risponde: «No, non è tutto qui.»

Mi fermo, la tela conficcata nel palmo. C'è di più?

«Rimettiti in coda alla mia cassa, qualche volta, se vuoi sentire il resto,» aggiunge.

Perché non me lo dici e basta?

Non lo pronuncio ad alta voce, perché so che mi farebbe apparire fin troppo interessato.

«Come ti pare,» replico, e corro a casa.

Tornato nel mio appartamento, preparo delle crêpes alla banana e albicocca. Non proprio un menù da cena, ma chi direbbe di no alle crêpes? Elena si muove nel monolocale studiando le pareti spoglie, i pavimenti spazzati di fresco e la montagna di cuscini anonimi sul letto, mormorando tra sé e sé mentre curiosa in giro. Cerco di concentrarmi su di lei e non sulle ultime parole di Andre al supermercato.

Cos'altro ha fatto Oskar?

«Non è quello che mi aspettavo dalla tua casa da scapolo,» commenta Elena, riportandomi alla realtà. «È così vuoto. Eccetto per il lettone gigantesco.»

Fidati, è vuoto pure quello. «Mi sono appena trasferito,» replico con un'alzata di spalle.

«Che ne dici di dare un po' di colore a questi muri?»

«Ne ho l'intenzione,» le assicuro. Tiro fuori piatti e tovagliette, seguiti dalle crêpes ripiene fumanti e da un tubetto di yogurt greco. «Ma non ho ancora deciso il colore.»

Da sopra la scrivania, prende la statuina del sirenetto e ridacchia. «Che diavolo è?»

«L'esperimento di Zoe con la scultura.»

Lei lo capovolge, come se a testa in giù potesse avere più senso. «Ehm.»

Io sorrido. «La cena è pronta.»

Elena si sposta verso il tavolino rotondo che papà mi ha portato ieri dopo il lavoro. Le passo un cappuccino e lei si mette subito in bocca un cucchiaino di schiuma.

«Fantastiche,» mugugna masticando un boccone di crêpe. «Puoi prepararle alla mia festa?»

Ne mangio anch'io una forchettata. «Festa?»

«Mia zia mi ha dato il permesso di usare la sua casa al lago fuori Berlino. Invito un gruppetto di amici a dormire lì per il mio compleanno. Te compreso.»

«Chi altro ci sarà?»

«Per lo più compagni del corso di arte. Thomas, Jessie e Ben, naturalmente.»

Va avanti a snocciolare nomi, ma io continuo a ripetermi i primi. Jessie? È troppo sperare che il Jessie di Elena e quello di Oskar siano due Jessie diversi?

«Jessie?» la interrompo.

«Non lo conosci ancora. È adorabile. Sul serio, è un ragazzo delizioso... sveglio e divertente. Si è trasferito qui dagli Stati Uniti lo scorso semestre. Ti piacerà, te lo assicuro.»

Ne dubito.

«Pensi che dovrei invitare anche Sebastian?» mi domanda con le guance arrossate. Giocherella con la forchetta e si mordicchia il labbro inferiore.

Mi agito un po' sulla sedia, a disagio all'idea che Elena possa restarci male, però sono certo che Sebastian non sia interessato. Osservare lui e Ben a lezione questa settimana mi ha fatto capire che, se c'è qualcuno che ha qualche speranza con lui, è proprio Ben. «Sebastian lavora nel weekend.»

Lei mette il broncio. «Potrei invitarlo comunque. Per sicurezza.»

Sorseggio il mio cappuccino, borbottando perché è troppo amaro. «Ti prego, non prenderla nel modo sbagliato...»

Elena emette un lamento. «Molto incoraggiante.»

«Sei meravigliosa e un sacco di ragazzi si fanno in quattro per ottenere la tua attenzione, ma non penso che lui sia fra loro.»

Lei affonda nello schienale della sedia e si soffia via un ciuffo dal viso. «Sei sincero, se non altro.»

A volte.

«Mi sono resa ridicola, a sbavargli dietro?»

«Dicevo sul serio, sei una gran figa.»

Elena inarca un sopracciglio. «Stai cercando di dirmi qualcosa?»

«No!»

Scoppia a ridere. «Cazzo, grazie al cielo. Perdonami, Marco, ma per me sarai sempre e solo un amico. Qualcosa di diverso sarebbe strano.»

Strano eccome. «Allora... quanti costumi ti sta facendo preparare papà?»

Elena si serve un po' di yogurt sul piatto e ridacchia. «Mi ha convinto che meglio pochi ma buoni. Gli ho promesso di cucire i panciotti e le bandoliere di Casper e Devin. Hai per caso degli stivali a mezzo polpaccio?»

«Ti sembro uno che ha degli stivali a mezzo polpaccio?»

«Vedrò cosa riesco a trovare. Porti il quarantacinque,

giusto? E hai una camicia bianca un po' larga con il collo a V?»

Mi limito a fissarla.

«Troverò una soluzione. Dev'essere comoda abbastanza da consentirti di saltellare per il palco. Più avanti ti prenderò le misure.»

Giocherella con lo yogurt e mormora tra sé e sé mentre mi studia. Alla fine appoggia le posate sul piatto e i gomiti sul tavolo.

«Dicevo sul serio, quando ti ho chiesto di posare per me.»

«Ancora con questa storia?» Pungolo la mezza crêpe avanzata sul mio piatto finché le albicocche caramellate non fuoriescono dal centro. Cucinate in questo modo, diventano un tono più chiaro del color ruggine.

«Hai dei lineamenti interessanti. I tuoi occhi sono così carichi di emozioni, eppure il resto del tuo viso ne è accuratamente privo.»

Fisso le coperte ben tirate sul mio letto intonso.

Elena addolcisce la voce. «C'è profondità in te. Saresti un modello affascinante.»

Mi alzo e sparecchio la tavola. Girato di spalle, faccio un grosso respiro e cerco le parole per confessarle la verità. C'è di più, in me, e non è niente di bello.

Invece scuoto la testa e le dico: «È meglio che andiamo alle prove.»

Io ed Elena siamo i primi ad arrivare, a parte mio padre. Sia per le prove che per lo spettacolo, ha trovato una chiesetta con un alto soffitto a botte. A esclusione del palco moderno, la struttura è tutta in pietra, legno a vista e vetrate decorate.

Mamma direbbe che è perfetta.

Dietro il palco c'è un'ampia zona in cui teniamo arredi scenici e costumi. In un bollitore – sistemato su una panca insieme a tè, caffè e tazze – l'acqua sta fischiando. C'è un vecchio divano dal rivestimento floreale appoggiato alla parete più in fondo e io mi ci getto a faccia in giù mentre Elena e papà sfogliano il copione e discutono i costumi.

Strofino la fronte sul bracciolo nel tentativo di calmare i nervi a fior di pelle.

«Marco?»

Mi giro su un fianco e sbatto le palpebre. Elena ha in mano un metro da sarta.

«Sarà più facile se ti alzi in piedi.»

«D'accordo.»

Seguo le sue istruzioni e mi volto, piego e posiziono a comando. È semplice, devo solo fare ciò che mi dice. Ed è difficile, perché non la sto davvero ascoltando. Ho le orecchie tese per captare l'arrivo dei Richter.

«Proviamo qualche battuta,» propone mio padre ed Elena mi incoraggia a salire sul palco. Mi mette in mano un copione e mi dà un colpetto sulla fronte. «È ora di prestare attenzione.»

Mi scappa un sorriso e mi massaggio dove mi ha colpito.

Papà fa un cenno verso i lati del palco. «Le poppe delle due navi si fronteggeranno. *La Dannata Dannazione* e *La Razzia Sanguinaria*.»

Ha mantenuto i nomi usati nella bozza originale di mia madre. Se ci guarda da lassù, sta sorridendo. Un lieve struggimento mi pervade.

Una folata di vento si incanala nel teatro, seguita dallo sbattere del portone ad arco.

Qualcuno si avvicina al palco con passo pesante. Mi viene la pelle d'oca sulle braccia. Oskar sta percorrendo il corridoio tra le panche, le mani infilate nelle tasche di una felpa col cappuccio sotto a una giacca in pelle aperta. Sul volto ha un sorriso vivace.

«Joshua,» saluta accostandosi a mio padre. «Questo posto è una figata.»

Papà gli sorride. «Gli altri stanno arrivando?»

«C'è lo spettacolo dell'oratorio di Zoe stasera. Saranno qui presto.» Oskar si volta e osserva il teatro. «Mi piace l'atmosfera. L'acustica è straordinaria.» Sale le scale che portano al palco, dove io me ne sto in piedi a massaggiarmi la nuca e a immaginarlo che sbatte Andre faccia a terra.

Da che lo conosco, l'ho visto arrabbiato di rado. Sapere

che l'ha costretto a mangiare fango... mi fa sentire... diciamo che non mi provoca sentimenti contrastanti.

Cos'altro hai fatto?

Oskar incrocia il mio sguardo e la sua voce mi scorre addosso quando intona a squarciagola la sua prima battuta.

«Canta con me, Casper.» Mi raggiunge. Cazzo, ha gli occhi che brillano, il che mi porta a domandarmi se sta ripensando a quel momento nella cucina di mio padre. *Olivia. Mannheim.*

Serro i pugni, stropicciando l'angolo del mio copione, e passo a una delle ultime battute di Casper, quando affonda la spada nelle viscere di Devin. «Va' a baciare il letto dell'oceano.»

Oskar getta il capo all'indietro e scoppia a ridere. Il suono profondo riverbera nell'aria e io gli fisso l'incavo esposto della gola. Quante volte Jessie l'avrà baciato in quel punto? Chissà se Oskar esce di testa e inarca i fianchi e...

Basta così.

Oskar dimezza la distanza che ci separa, tanto che le sue parole successive mi sfiorano una guancia. «Dicono che basti una pinta di quella buona a guarire ogni ferita. Perché non ti unisci a me e scopriamo se è vero?»

Allontanati, allontanati.

Rimango fermo. Gambe traditrici. Assottiglio lo sguardo, in compenso. «Non v'è pinta al mondo che possa rendermi ciò che ho perduto.»

Papà applaude, attirando la nostra attenzione. «Quanta

passione, ragazzi. Mi piace. Che ne dite di recitare le scene nell'ordine corretto? Partiamo dall'inizio.»

Riesco a scostarmi di qualche passo e cominciamo a provare. Mi viene freddo, poi caldo. Elena ci fissa troppo intensamente dalla platea e, quando arriva il resto della famiglia Richter, ci osserva con occhi di falco dalla prima fila.

Mi sento teso e a disagio. Mi sembra di vedermi recitare dal di fuori.

Perché non posso essere calmo e sicuro di me come chiunque altro? Perfino la sorella di Oskar si è accomodata sulla panca, caviglie incrociate e sorriso pigro sulle labbra, nemmeno fosse a casa propria.

Papà fa una smorfia e scorre le pagine del copione, camminando avanti e indietro alla base del palco.

«Dovreste essere amici,» ci ricorda. «Non potete almeno comportarvi come tali?» Io stringo i denti per resistere al rossore che mi risale lungo il collo. «Passatevi un braccio attorno alla vita.» Ci indica il punto dove ha attaccato un pezzo di carta con su scritto *La Dannata Dannazione* per indicarne la futura collocazione. «Voglio che ridiate mentre barcollate insieme verso la nave.»

Con la coda dell'occhio, vedo Oskar alzare il braccio per avvolgermelo attorno. Preso dal panico, strillo: «Possiamo lasciare a dopo le scene iniziali?»

Oskar si ferma a metà movimento e riabbassa il braccio.

Papà aggrotta la fronte. «Quale suggerisci di provare?»

«Quella in cui Casper e Devin litigano?»

A Oskar sfugge una risata priva di allegria. «Sarai perfetto.»

Io mi volto verso di lui. «Credo che lo saremo entrambi.»

Ha spiaccicato Andre faccia a terra. Ha fatto anche di più.

Certo, ha trovato il coraggio di difendere se stesso, non me.

«Fatevene una ragione,» interviene mio padre. «Ci sono solo due scene in cui dovete essere amici. Un tempo eravate inseparabili. Ripensate a com'era e attingete a quell'entusiasmo.»

Ripensare a quando ogni tocco mi elettrizzava, a quando ogni risata mi agitava il sangue nelle vene, a quando avevamo intere conversazioni citando canzoni e battute dai nostri film preferiti... a quando ogni sorriso mi sembrava un segreto tutto nostro.

Oskar era rosso rubino, allora. Un rosso profondo, caldo, intenso.

Mi avvolge un braccio attorno al collo. Il suo peso rende i ricordi ancora più vividi, più dolorosi. Traggo un grosso respiro e resisto alla tentazione di accasciarmi contro di lui e accettare il suo abbraccio.

«Canta con me, Casper.» La voce di Oskar è carica di allegria e buon umore. Proprio come allora.

Recito la mia battuta con voce rauca. «Sempre.»

A questo punto dovremmo cantare. Cantare e ridere, diretti verso la nave. Invece la mano di Oskar mi scorre lungo la spalla e scivola fino alle scapole.

I nostri sguardi si scontrano e mi fa male scrutare nelle sue iridi nocciola.

Ci osservavamo così di continuo. I nostri occhi si incrociavano e catturavano finché uno dei due – in genere io – non resisteva più e si metteva a ridere.

La mano di Oskar mi passa sopra l'altra spalla e scende lungo il braccio finché le sue dita non lo circondano e premono sulla cicatrice, riportandomi bruscamente al presente.

«No.» Mi ritraggo barcollando dai ricordi. Dolore e rabbia mi martellano nel petto. Inchiodo con lo sguardo mio padre. «Non posso.»

Lui studia il copione, come se ci fosse qualche problema con il testo. «Non puoi cosa?»

«Non posso fingere che lui mi piaccia.»

Elena si raddrizza sulla panca. Mi imbarazza non riuscire a mantenere il controllo. Ho dolore ovunque. Le spalle e il braccio dove Oskar mi ha toccato. La gola. Il cuore impazzito. Gli occhi.

Papà assottiglia le labbra e i genitori di Oskar trattengono il respiro. La signora Richter ha un'espressione confusa. Perfino Zoe scuote la testa. Elena mi studia con attenzione, fin troppo scaltra, lo sguardo che fa avanti e indietro tra me e Oskar.

«Non puoi o non vuoi?» mi chiede lui, la sua sicurezza che dà i primi segni di cedimento.

Mi giro a fronteggiarlo, le membra irrigidite dalla frustrazione che sta prendendo il sopravvento. Nessuno vede il vero Oskar. Tutti lo adorano.

Non vedono il ragazzo che mi ha voltato le spalle quando l'ho supplicato di aiutarmi. Non vedono il ragazzo che ha fatto una smorfia disgustata quando gli ho mostrato il mio petto.

Muove un passo avanti con cautela e io lo spingo via. «Non posso e non voglio,» ribatto. «Non potresti mai piacere a nessuno che sa chi sei davvero nel profondo.»

Con il rossore che gli invade il viso, Oskar si gira verso le nostre famiglie. Deglutisce, il pomo d'Adamo in rilievo. Indietreggia verso la nave. «Immagino di essermelo meritato.» Ha un'espressione stravolta. Rimorso? Dolore? Con un singolo cenno del capo, si dirige in fretta nel retropalco.

Per un lungo istante, provo una soddisfazione intensa. Gli ho inflitto una piccola umiliazione e...

Non è cambiato nulla.

Non sono diventato più sicuro di me. Non ho magicamente scordato il passato. Ho ancora delle orribili ustioni sul braccio, sul petto e sull'inguine, e sono ancora il ragazzino che ha perso la sua mamma sulle strade ghiacciate perché gli importava solo di Oskar. Perché volevo andare a pattinare con lui. Perché ho pregato che facesse una gelata.

Osservo i miei amici e familiari, soffermandomi sulla

smorfia intristita di mio padre. La soddisfazione si tramuta in disagio. Una parte di me vorrebbe spiegare perché ho detto quelle cose, ma non è Oskar a passare per uno stronzo, al momento.

Mi bruciano gli occhi e la chiesa si fa tutta offuscata.

Chino il capo e scendo di corsa dal palco, lungo le scale, ignorando papà che mi chiama. Percorro in fretta il corridoio e apro con una spinta il pesante portone di legno. L'aria fredda e umida mi schiaffeggia.

Sono venuto in macchina con Elena, ma posso rientrare a piedi.

La gola mi fa male a ogni respiro, tenendo vivo il dolore superficiale. Mantenendomi in contatto con le ferite e la rabbia che mi marciscono sottopelle. Con la sottile sensazione di essere giustificato.

Le strade sono ombre uggiose color indaco e il riflesso dei lampioni brilla nelle basse pozzanghere che tappezzano il marciapiede. A un semaforo rosso, fisso a bocca aperta la mia sagoma nella pozza più profonda a bordo strada...

Un'auto sfreccia e mi schizza addosso un'ondata d'acqua che mi infradicia dalla testa ai piedi.

Mostro il dito medio al guidatore. E al resto del mondo.

L'acqua si insinua sotto la camicia fino a raggiungermi l'ombelico, fredda e spietata.

Spietata. Proprio come me.

Cazzo.

Sbatto il palmo aperto sul palo del semaforo e una stilla di dolore mi risale il braccio.

Un clacson suona e una macchina familiare rallenta a bordo strada. Elena si sporge sul sedile del passeggero e mi apre lo sportello. «Sali.»

Valuto l'offerta per qualche gelido istante prima di obbedire.

Non ci parliamo per la maggior parte del tragitto. All'incrocio tra la Boxhagener e la Holtei, lei mi scruta con la coda dell'occhio e mi chiede a bassa voce: «Da quant'è che sei innamorato di lui?»

Di Oskar? «Mi stai prendendo per il culo? Sei cieca?» Mi slaccio la cintura. Non appena rallenterà, salterò giù al volo. «Non eri anche tu dentro quel teatro, un attimo fa?»

Elena imbocca con calma la mia strada. Dall'auto, il mio palazzo sembra buio e inabitato. E no, *non* amo Oskar. È una follia!

Eppure ha capito che sono gay, il che mi fa sentire esposto. Credevo di essere pronto ad abbassare la guardia ed essere me stesso, ma non è vero. Mi manca il respiro. La mia voce trema. «Ti sbagli.» Apro la portiera ed Elena frena piano.

Salto giù e sbatto lo sportello. «Non lo amo.»

Il letto è troppo grande e freddo, il ricordo di

questa serata troppo vivido. Mi tiro le coperte sopra la testa e gemo contro il piumone morbido.

Mi giro a pancia in giù, poi su un fianco.

Non riesco a smettere di sentire il rumore dello sportello dell'auto di Elena che sbatte.

Non riesco a smettere di vedere il viso di Oskar mentre abbandona il palco.

Cazzo.

GRIGIO

La settimana passa ed è tutto grigio. Il tempo, le giornate, le persone e soprattutto il mio umore. Mi ripeto che *quella* serata non conta. Che Oskar se l'è meritato. Che Elena non avrebbe dovuto impicciarsi e dire stupidaggini che non sono vere.

In aula, Ben continua a lanciare occhiatine a Sebastian, due file davanti a me. È così perso in quegli sguardi intensi che non mi sente l'unica volta che tento di attirare la sua attenzione. Mi infastidisce. Mi sto piangendo addosso, me ne rendo conto, ma non riesco a essere meno cocciuto.

Al deposito di legname, parlo a malapena con mio padre durante i miei turni. Sa che è meglio lasciarmi in pace e aspettare che mi passi. Mi urta che mi conosca tanto bene, perché questa è l'unica volta in cui vorrei che me ne cantasse quattro e mi intimasse di stringere i denti e piantarla.

Mi sto comportando da stronzo e ne sono cosciente.

Eppure non so come smettere.

Un paio di settimane fa ho spiegato a Ben che stasera non sarei andato alla sua festa perché Zoe ha una partita di basket importante e non esiste che me la perda.

Mentre faccio la spesa settimanale, le invio un messaggio per chiederle dove si svolge. Spero che sia in qualche zona di Berlino ben servita dai mezzi. Qualche partita fa, le Basket Bears hanno giocato all'uscita della città e ho dovuto farmi mezz'ora a piedi per raggiungere la palestra.

Adoro camminare, ma alcune aree di Berlino non sono per niente sicure.

Con una stretta allo stomaco, controllo le casse alla ricerca del luccichio dei piercing di Andre.

«È in malattia oggi,» mi spiega Emila, infilandosi un dito nel naso. «Influenza o qualcosa del genere. Potrebbe non venire per il resto della settimana.»

Prendo i miei sacchetti e li porto a casa. Non è un problema che Andre non fosse al lavoro. Non ho mica bisogno di sapere cos'altro abbia fatto Oskar al campo estivo.

Il cellulare mi vibra in tasca mentre sto mollando la spesa sul pavimento della cucina. Ho ricevuto due messaggi. Uno di Ben, che mi invita di nuovo a fare un salto alla sua festa.

L'altro è di Zoe: **Non sprecarti a venire alla partita questa settimana. Non ti ci voglio.**

Fisso il messaggio, lo leggo e rileggo finché non mi bruciano gli occhi.

Con un macigno sullo stomaco, le rispondo **Mi dispiace** e mi trascino nel grigio fino alla festa di Ben.

LA MUSICA MARTELLA ATTORNO AI GRUPPETTI DI amici. Dalla soglia della cucina, osservo Ben porgere birre e bottigliette d'acqua e raccomandare a tutti di lasciare i vuoti nel garage.

Si fa strada tra la folla, affascinandola con il suo sorriso impertinente e la sua lingua svelta, e nessuno batte ciglio all'idea che il ragazzo che vive in questa villa si preoccupi dei vuoti a rendere.

Prendo spunto dalla sua compostezza e lo seguo. «Di sicuro ormai avrai racimolato abbastanza per il Natale? È un pezzo che raccogli bottiglie.»

Lui scrolla le spalle e fruga con lo sguardo tra la folla. Non trovando la persona che cerca – e sono sicuro al novanta percento che si tratti di Sebastian – sospira e mi passa una birra.

Accetto la dose di coraggio liquido perché Elena è arrivata dieci minuti fa. Ho intenzione di scusarmi, magari anche strisciare ai suoi piedi come merita.

Ne mando giù una sorsata e mi dirigo verso di lei. Proprio quando sto per raggiungerla, Thomas le si piazza accanto e la coinvolge in una conversazione. Esito, ma lei mi nota comunque, così le rivolgo un sorriso sfacciato e mi unisco a loro.

Elena incurva un angolo delle labbra, come se fosse felice che mi sia avvicinato.

«Ehi, Marco,» mi saluta Thomas, tamburellandosi la birra sul naso coperto di lentiggini prima di berne un sorso. «Sono venuto a dire a Elena che sono a sua completa disposizione.»

Inarco un sopracciglio. «A sua completa disposizione per cosa?»

«Per posare.» Ammicca con le sopracciglia cespugliose. «Nudo.»

Aggiusto la presa sulla bottiglia e ne fisso il collo. Mi prude la gola dalla voglia di ridere. «Giusto. Quindi non ti servo più per il tuo progetto?»

«Mi servi? No. Ti vorrei? Sì. Ma Marco? Dipende da te.»

Thomas si acciglia, però, quando Elena lo fulmina con lo sguardo, si finge disinteressato e mi dà un pugno amichevole sulla spalla. Amichevole ma bello deciso. «Elena mi ha raccontato che ti sta aiutando con lo spettacolo di famiglia, quest'anno. Dice che ci sono due finali? Sappi che io tifo di brutto per quello tragico...»

Elena gli rifila una gomitata e la birra gli cola sulla

mano. «D'accordo», si corregge, con gli occhi che hanno ripreso a luccicare. «Vada per il lieto fine.»

«Esatto,» conferma lei. Ha capito qual è l'intento di mio padre, dunque.

Bevo un'altra lunga sorsata. L'alcol non mi sta dando alla testa abbastanza in fretta.

«Elena,» riesco a dire. «Posso parlarti fuori per qualche minuto?»

Lei annuisce. Thomas assottiglia di nuovo lo sguardo, poi scrolla le spalle e va a recuperare un'altra birra.

Prima che possiamo spostarci a parlare in privato, qualcuno dietro di me attira l'attenzione della mia amica. «Scusa un secondo, Marco.» Elena mi supera in una zaffata di vaniglia. «Jessie, sei riuscito a venire!»

Jessie?

La bottiglia mi si conficca nello stomaco quando ci serro il pugno attorno.

«Elena, carissima,» le risponde lui, la voce dolce come il caramello. Per nulla affidabile.

«Sei qui da solo?» gli chiede lei. «O hai portato il ragazzo che stai frequentando?»

Mi si blocca il respiro in gola. Oskar. Il ragazzo che sta frequentando è Oskar.

«Non era libero stasera. È a vedere la partita di basket della sua sorellina.»

Ho il morale sotto le scarpe. Certo che è alla partita a

cui sarei dovuto andare io. E ci sarei, se non l'avessi aggredito in quel modo.

Mi premo la bottiglia sulla fronte.

Mi volto, sforzandomi di rivolgere un cenno del capo a Elena e Jessie. Mi auguravo che lui non mi riconoscesse da quei pochi secondi al festival, invece spalanca gli occhi e inclina la testa. Apre la bocca, una domanda pronta a uscirgli dalle labbra. Non ho voglia di sentirla, quindi fingo di non accorgermi che sta per parlare e mi faccio largo tra la folla fino a raggiungere la veranda sul retro.

Accolgo con piacere l'aria gelida perché significa che nessun altro uscirà qui fuori. Mi accascio contro la parete della casa, il freddo che penetra attraverso la mia maglia a maniche lunghe e mi intorpidisce le scapole, e osservo le sagome dei filari di alberi.

I suoni della festa aumentano di volume, seguiti dal rumore della porta che si chiude e dallo scricchiolio della pedana.

«Quello era Jessie,» mormora Elena. Si sistema accanto a me, incrociando le caviglie mentre si appoggia all'indietro e respira nella quiete.

«Sì, l'ho già incontrato.»

«E non ti piace?»

Scrollo le spalle. «Il "ragazzo" che sta frequentando è Oskar, comunque. Quant'è piccolo il mondo, eh?»

Lei mi fissa finché non arrossisco. «Oh. *Oh.*»

Giro la testa dall'altra parte, roteo le spalle all'indietro e tento di rilassarmi. Agitarmi non la convincerà a credermi. *Fa' un respiro profondo.* «Non sarei dovuto scappare via la settimana scorsa, Elena. Mi dispiace di aver fatto lo stronzo. Mi dispiace anche di averci messo tanto a scusarmi.» Mi viene in mente Oskar e il suo *perché non torniamo amici.* Deglutisco. «Ho qualche problema a dimenticare e andare avanti, a quanto pare.»

Elena mi prende a braccetto e si stringe contro il mio fianco. «Va tutto bene.»

«No, non è vero. Sei mia amica e mi sono comportato di merda e...»

«Be', sì. Grazie di esserti scusato, ma voglio dire...» Fa un sospiro. «Tu mi piaci e ti accetto come sei.»

Il cuore cerca di balzami su per la gola. Questo è il momento di tirar fuori le palle e confessare. *Sputa il rospo.*

«Non sono innamorato di Oskar. Cavolo, nemmeno mi piace.» Mi mordo il labbro, poi ci riprovo, la voce che si spezza. «Però, cioè, mi piacciono i ragazzi.»

Il suo braccio caldo strizza il mio, che sta tremando. Elena mi sorride e annuisce. «Grazie per avermelo confidato.»

«Tutto qui?»

«Ehm, sì?»

Riappoggio la schiena alla parete e una risata mi scuote, lasciandomi la gola sensibile e indolenzita. «Mi ci voleva.»

«Io sono qui, se dovessi avere bisogno di toglierti un

altro peso dal petto.» Non lo dice come se sapesse che c'è di più, ma l'implicazione è evidente.

Per qualche minuto non aggiungiamo nulla. Il cellulare vibra all'arrivo di un messaggio di Ben, ricordandomi dell'altra persona a cui devo – a cui voglio – dirlo. Però ultimamente è stato così distratto dalla vita e da Sebastian. O sono io che lo evito perché sono invidioso che sia tanto a suo agio, affascinante e rilassato?

«Eravamo migliori amici,» ammetto. «Io e Oskar.»

«Sospettavo qualcosa del genere.»

«È acqua passata.»

«Se lo è, perché sei ancora così arrabbiato?»

Mi irrito perché non ha tutti i torti.

«Ascolta, non so cosa sia successo,» continua lei, «ma per il bene dello spettacolo di tua madre, della felicità di tuo padre e della tua sanità mentale... forse è arrivata l'ora di lasciartelo alle spalle?»

Mi stacco dal muro, pronto a protestare, e lei serra la presa sul mio braccio.

«Non ti sto suggerendo di tornare a essere suo amico. Magari però puoi evitare di essere apertamente ostile?»

Le parole di Elena mi colpiscono in pieno. Perfino Zoe non mi ha voluto alla partita per via di come mi sono comportato.

Non voglio restare per sempre prigioniero della mia vulnerabilità. È arrivato il momento di perdonare Oskar e affrontare le mie insicurezze.

«Credo che tu abbia ragione,» ammetto.

Un sorriso scaltro le compare sulle labbra. «Avrei un'idea. Alla mia festa sul lago... posso invitare un altro amico gay che penso ti piacerebbe?»

Mi lascio sfuggire una risatina nervosa. «Stai già cercando di sistemarmi?»

«Forse?»

Dille di sì. Cazzo, dille di sì. «Ehm... d'accordo. Ci sto.»

Quando torno a casa non riesco comunque a dormire e, dopo un'ora passata a girarmi e rigirarmi, afferro il cellulare e scorro Facebook fino al profilo di Oskar, che in genere controllo solo a marzo, nel giorno del suo compleanno. Mi soffermo su una foto di lui che festeggia con gli amici e la famiglia e mi domando come mi sentirei a cliccare *mi piace*. Tengo il cursore sospeso sul pulsante e immagino quella realtà alternativa.

In quella realtà, però, sono anch'io nella foto. Non ho bisogno di cliccare *mi piace* perché sono stato io a condividerla.

Osservo la più recente, che lo mostra spaparanzato nella tenda al festival. La luce che filtra dalle pareti brilla di un giallo caldo, così come il suo sorriso.

Forse perché è stato Jessie a scattare la foto.

Apro un messaggio privato e chiedo a Oskar se possiamo vederci lunedì prima delle lezioni.

Magari adesso la mia coscienza mi permetterà di assopirmi.

Sto per mettere via il cellulare quando sento un avviso. Mi premo il bordo contro il mento e cerco di decidere se posso farcela a non guardare fino a domattina. Al diavolo, non riuscirò a dormire finché non saprò cosa mi ha risposto.

Accompagno Zoe a scuola, poi devo correre al laboratorio di informatica.

Dovrei esserne sollevato. Ho provato a fare ammenda e Oskar ha rifiutato. Ho fatto la mia parte.

Allora perché cavolo gli sto riscrivendo? Dannazione, dev'essere la stanchezza. Mi toglie la ragione.

Quando andrebbe bene per te?

Butto il telefono a faccia in giù sul cuscino e scuoto il capo. All'arrivo di un nuovo avviso, faccio tre respiri profondi prima di leggere.

La mia ultima lezione finisce alle quattro. Ci vediamo nel parcheggio della biblioteca?

Deglutisco, poi annuisco e rispondo: ***A lunedì, allora.***

CHIUDO LA CERNIERA DEL GIUBBOTTO, MI METTO IN

spalla la borsa a tracolla e mi avvio lentamente verso il parcheggio.

Sono troppo in anticipo. Oskar non arriverà prima di dieci minuti.

Lo Starbucks dall'altro lato della strada mi fa l'occhiolino, così entro a prendermi un grosso cappuccino. Quando il barista me lo porge, da Marco sono diventato Mar. A quanto pare, la penna gli è morta sulla tazza.

Con la bevanda che mi scalda le mani, torno al parcheggio. I miei nervi si infiammano alla vista di Oskar che esce dalla biblioteca, passandosi una borsa carica di libri da una mano all'altra per indossare la giacca di pelle sopra la felpa verde.

Scende dai gradini con aria allegra, si fruga in tasca e ne estrae un mazzo di chiavi. L'auto fa *bip* quando sblocca la serratura.

Percorro il parcheggio, sorseggiando il cappuccino come se potesse darmi coraggio.

Lui apre la portiera e... aspetta, ha scordato che dobbiamo vederci?

«Oskar?» lo chiamo bruscamente. Trasaliamo entrambi. Alza la testa di scatto e i suoi occhi si posano subito su di me, che sto girando attorno alle ultime due auto.

Appoggia un gomito al tettuccio della Ford e mi segue con lo sguardo. Una brezza fredda gli soffia alle spalle e gli agita le punte dei capelli.

«Credevo che avremmo potuto parlare,» gli dico, con la macchina a fare da divisorio.

«Volevo accompagnare Zoe agli allenamenti di basket. Gliel'ho promesso.» Sale sul sedile del guidatore e chiude lo sportello.

Stringo la tazza così forte che salta via il coperchio. «Va bene, allora,» mormoro sottovoce e faccio un passo indietro.

Sto per girarmi quando Oskar si sporge oltre il lato del passeggero e apre la portiera. «Non vieni?»

Dondolo sui talloni, colto dall'indecisione, poi prendo coraggio ed entro nell'auto. «Tienimi questo.»

Gli passo la tazza e mi sistemo la tracolla accanto ai piedi. Con la cintura di sicurezza che preme con forza sulle bruciature che hanno distrutto la nostra amicizia, mi riprendo il cappuccino. Il coperchio adesso è ben chiuso.

Il sorso successivo mi gorgoglia nella pancia e mi ritrovo incapace di parlare.

Oskar tiene lo sguardo fisso sulle strade quasi deserte. Guida con cautela e io mi rendo conto che non avevo mai lasciato che mi portasse da qualche parte.

In genere la prima volta che vado in auto con qualcuno sono un fascio di nervi. Osservo la strada con occhi di falco alla ricerca di potenziali pericoli. Mi rigiro la tazza tra le mani, la carta che mi raschia contro il palmo. Il nodo che ho allo stomaco non ha niente a che fare con il suo stile di guida.

«A proposito delle ultime prove,» comincio con un'occhiata fugace a Oskar, che sta rallentando a un semaforo rosso. «Non avrei dovuto dirti quelle cose. Mi dispiace.»

La felpa color foresta accentua le venature verdi delle sue iridi nocciola. Ha un'espressione guardinga. «Ti stai scusando con me?»

«Sì. Non mi sono comportato bene.»

Lui studia la strada e continua a guidare con calma. Strofina i pollici sul volante. «Mi meritavo tutto ciò che mi hai detto, Marco. Quello che ho fatto, che *non* ho fatto... lo rimpiango ogni giorno.»

Mi pizzicano gli occhi, puntati sul cielo annuvolato. Blu acciaio. Anche i miei nervi devono essere d'acciaio, se voglio portare avanti questa conversazione. «Ascolta... forse avevi ragione, dovremmo trovare il modo di lasciarci il passato alle spalle.»

Oskar emette un verso strozzato e le sue nocche sbiancano attorno al volante. Continua a tenere lo sguardo fisso sulla strada. «Stai dicendo che non mi odierai più?»

Bevo un lungo sorso di cappuccino. Non voglio continuare a farlo. Odiarlo richiede troppa energia e, cazzo, sono stanco di pensare perennemente a lui. «Non sarò il tuo migliore amico.»

Oskar fa una smorfia di sollievo. «Però non mi odierai?»

«Ti perdono, ma è il massimo che ho da offrire per il momento.» Poco avanti c'è un cartello della stazione ferroviaria. «Puoi lasciarmi qui.»

«Vivi a tre isolati da casa e gli allenamenti di Zoe sono di passaggio. Posso accompagnarti?»

Mi agito sul sedile. «Ci vorrà una ventina di minuti,» replico. «Non so di cosa parlare per così tanto tempo.»

La sua lieve risata mi riverbera attorno. «Io, al contrario, non so da dove cominciare.»

«Da dove cominciare?»

Mi guarda di sbieco. «Ho anni di domande arretrate. Voglio sapere tutto quello che mi sono perso e poi passare il resto dell'anno a prendermi a calci da solo perché è colpa mia se non ho potuto assistere di persona.»

Un senso di tenerezza mi assale all'improvviso, percorrendomi fino alla punta dei piedi. Devo lottare per mantenere un'espressione indifferente. Sono qui per perdonarlo, non per tornarci amico. «Non è successo un granché,» replico.

«Quando sono partito,» continua lui, «non c'erano nessun Ben e nessuna Elena. Sono dei buoni amici?»

«Ancora non mi hanno fatto del male.» Mi maledico non appena mi esce di bocca. Mi accorgo di quanto sono suonato freddo, sgarbato e *poco* propenso al perdono. Anche Oskar fa una smorfia, per cui mi affretto ad aggiungere: «Cioè, cazzo, sei sicuro di volermi accompagnare a casa?»

«Sì,» risponde lui senza esitazioni.

Mi mordicchio il labbro. «Ben ed Elena sono impor-

tanti per me. Elena è un tesoro e Ben è la fortuna perso-
nificata.»

«C'è qualcun altro nella tua vita?» mi domanda Oskar.
«Qualcuno di speciale? Qualcuno che odi tanto quanto
odiavi me? Qualche ex, magari?»

«Stai cercando di scoprire informazioni sulla mia vita
sentimentale?»

«No.» Oskar assottiglia le labbra. «Sì, in realtà.»

«Perché?»

C'è una nota di preoccupazione nella sua voce. «Lo fai
spesso? Rimorchiare i ragazzi come al festival?»

Mi irrigidisco. «Ha importanza?»

Lui si appoggia allo schienale, gli occhi incollati sulla
strada. «Tu mi avrai odiato per tutti questi anni, Marco, ma
io non ho mai odiato te. Voglio che tu sia felice. Mi auguro
solo che tu non ti esponga a rischi inutili, tutto qui.»

«Nessun rischio inutile, tranquillo.» Nessun rischio in
generale. Trattengo un sospiro, sprofondo nel sedile e
guardo fuori dal finestrino.

«Non c'è nessuno a parte Olivia, quindi?»

Avrei dovuto aspettarmi che tirasse fuori *Olivia* di
Mannheim. «Mi pare evidente che non ho raccontato la
verità a mio padre. Mi sono lasciato prendere dal panico e
ho sparato la prima cosa che mi è venuta in mente. Non
significava nulla. I tuoi genitori sanno che hai un
ragazzo?»

«Jessie?» mi chiede Oskar.

Scrollo le spalle per fingere che non m'importi, ma il mio corpo si tende in attesa della sua risposta.

«È il motivo per cui sono andato a vivere a Mannheim.»

«Ci sei andato per Jessie?»

«No. L'anno scorso ho finalmente confessato a mamma e papà che sono gay.»

Lo dice con tranquillità. Con sicurezza. Il mio respiro si blocca dietro il pomo d'Adamo. «Gay.» Assaporo la parola che non ho ancora pronunciato a voce alta per descrivere me stesso.

«Sì, Marco. Sono gay.»

Ma hai avuto delle ragazze. Non hai mai nemmeno guardato un altro maschio. Volevi che vedessimo del porno gay alla festa per il tuo quattordicesimo compleanno. Sei bisessuale, giusto? O hai sempre pensato ai ragazzi quando ti masturbavi? Hai mai pensato a me, prima di vedere le mie ustioni? Un centinaio di domande fanno a gara nella mia mente, ma sono troppo personali per essere esternate.

Oskar prosegue: «I miei non hanno reagito bene all'inizio. Uno dei motivi per cui mi sono trasferito è concedere loro il tempo di assimilare la notizia.»

Uno dei motivi? Ce ne sono altri? «E adesso ti accettano?»

«Mi vogliono bene. Ci stanno provando.»

«Ci stanno provando,» ripeto. «È per questo che sei tornato a casa?»

«Sì e no. Ho incontrato Jessie a una festa di amici e lui studia qui a Berlino. Volevo una scusa per tornare.» Svolta nella strada che costeggia la scuola di Zoe e parcheggia. A motore fermo, punta gli occhi su di me. «Jessie è un bravo ragazzo,» mi dice. «E, cosa più importante, pensa che anch'io lo sia.»

I nostri sguardi si catturano, rendendomi confuso e accaldato. Mentre parlo, giocherello con il coperchio della tazza vuota. Non so perché dico ciò che dico, lo faccio e basta. «Non ho mai avuto un bravo ragazzo, né sono stato il bravo ragazzo di qualcuno.»

«Non hai mai avuto una relazione?» mi chiede Oskar.

La mia risata è asciutta. «Non sono proprio mai stato con nessuno.»

Lui studia il mio viso, il collo, le spalle, il petto... e più in basso. Aggrotta la fronte e io sento risvegliarsi all'istante ognuna delle mie bruciature.

«Quello sguardo,» mormoro con la voce che trema di vergogna, «è il motivo per cui non sono mai stato con qualcuno.»

Oskar sobbalza, e so che sta per rispondermi qualcosa che non ho le energie per ascoltare. Zoe si sta incamminando verso l'auto, così le apro lo sportello, chiamandola mentre mi slaccio la cintura ed esco dall'abitacolo.

Lei rallenta per un attimo, poi controlla che ci sia Oskar alla guida. A qualche passo di distanza, dondola sui tacchi degli stivali. «Che ci fai qui?»

«Buon pomeriggio anche a te,» le grida Oskar da dentro l'auto.

Le prendo la cartella pesante e mi chiedo se stia seguendo un corso per innalzare muri di mattoni. «Siediti davanti. Io mi metto dietro.»

Lei esita, ma obbedisce. Mi infilo sul sedile posteriore e premo i palmi sudati sul vinile della fodera nella speranza che mi aiuti a calmarmi. Oskar riparte e, dopo due strade percorse in silenzio, pungolo il poggiatesta di Zoe.

«Avete vinto la partita,» commento. La prima cosa che ho fatto quando sono rientrato dalla festa di Ben è stata cercare il risultato. Le Basket Bears hanno vinto di undici punti.

Zoe mugugna tra sé e sé, poi osserva il fratello. «State ancora litigando?»

Oskar allunga una mano a spettinarle i capelli fissati con cura e lei la scaccia via. «No, stiamo facendo pace, sorellina.»

«Si è scusato per le cose che ha detto di te?» gli chiede lei.

Oskar parla a bassa voce. «Non era l'unico che doveva scusarsi. Ma sì, l'ha fatto.»

Zoe si gira sul sedile e mi scruta, in attesa.

«Mi dispiace di essere stato orribile con Oskar,» le dico. «Mi è dispiaciuto tantissimo perdermi la tua partita.»

«Anch'io avrei voluto che ci fossi,» replica lei in tono solenne. Ci guardiamo per un istante. Un'ondata di affetto fraterno mi sommerge quando allunga una mano e mi dà un colpetto deciso sul naso. «Non dire più cose stupide a Oskar, d'accordo? Ti voglio a tutte le mie partite.»

Lo voglio anch'io. È la nostra tradizione da anni, ma Zoe ha avuto ancora più bisogno che fossi una presenza costante nella sua vita durante gli ultimi quindici mesi in cui Oskar non c'era.

«Ti prometto di non dire più nulla di stupido.»

Zoe mi lancia un'occhiata sospettosa. «Non è abbastanza. Promettimi che sarai carino. Promettimi che lo tratterai bene.»

Oskar tenta di farla voltare. «Non è necessario, Zoe.»

Lei non si smuove.

Sorprendo Oskar a osservarmi attraverso lo specchietto retrovisore e la risposta mi scappa di bocca. «Lo prometto.»

La sfiducia svanisce dallo sguardo di Zoe, che annuisce. «Bene. Puoi dimostrarmelo impegnandoti a recitare meglio le tue battute alle prove di mercoledì.»

Annuisco a mia volta.

Con un luccichio negli occhi, aggiunge: «E voglio che tu e Oskar prepariate la cena per me e Steffi, domani sera.»

VERDE FORESTA

Le foglie di castagno si agitano sotto la brezza, attirandomi verso la porta d'ingresso dei Richter. Mi fermo davanti al cancello, tra le braccia la sportina che contiene gli ingredienti per il dolce e del succo di mela. Ho pensato di portare una bottiglia di Zweigelt, ma sarebbe stato un tuffo nella nostalgia un po' troppo spiacevole. Anche se, a essere onesti, l'intera serata rischia di esserlo.

Il fumo fuoriesce dai comignoli, velando l'abbaino più in alto... quello della stanza di Oskar, di fronte alla finestra della camera in cui sono cresciuto. Il fumo si insinua oltre lo spazio ristretto tra le nostre case con la stessa facilità con cui un tempo si insinuava la voce di Oskar, che mi faceva da sveglia ogni mattina.

Spingo il cancello e mi trascino verso l'edificio. Le finestre frontali sono illuminate e la sagoma di Oskar compare dietro i vetri. Guarda all'esterno e, a dispetto dell'imbrunire, mi scorge e mi saluta con la mano.

Nel percorrere il vialetto, il miscuglio tra familiarità ed estraneità mi stordisce. Odora intensamente di fumo e mele cadute e, sotto sotto, odora di casa.

La porta si spalanca e Oskar mi sorride. Ci sono chiazze di farina sul suo grembiule a righe e il venticello che soffia alle mie spalle gli agita i pantaloni della tuta. «Cavoli, fa freddo qua fuori. Vieni dentro.»

Mi ruba di mano il sacchetto e mi incita a entrare con un cenno del capo. Si sta già avviando verso la cucina mentre io mi levo il giubbotto e contemplo l'idea di svignarmela a meno di cinque minuti dal mio arrivo.

Non dovrei nemmeno inventarmi una bugia troppo grossa: il mio stomaco si è aggrovigliato nell'istante in cui Oskar mi ha sorriso.

Percorro a passo felpato il pavimento ricoperto di moquette fino a raggiungere il salotto.

Un fuoco scoppietta nel caminetto. Mio nonno è seduto sulla poltrona di pelle logora e gioca a Scarabeo.

«Opa?»

Lui sbatte le palpebre e mugugna in risposta.

«Tuo padre è fuori stasera,» mi spiega Oskar. «Ho pensato di invitarlo a unirsi a noi.»

È appoggiato al lavello della cucina e mi osserva. Ha le braccia conserte e uno sguardo grave. Mi domando se ci stia immaginando giocare a Scarabeo tutti insieme. Se stia ricordando com'era Opa prima di perdere la sua bambina. Quanto parlava. Come rideva alle storie che inventava usando le parole che mettevamo sul tabellone.

Vado ad abbracciare Opa. Devono aver iniziato la partita già da un po', perché nel sacchetto è rimasta meno di metà dei tasselli. Intravedo le sette lettere belle toste di Oskar, poi studio il tabellone. Le parole APERTO e PERDONO mi saltano all'occhio. Opa inarca un sopracciglio... stasera sembra raggiante.

Forse Oskar gli è mancato mentre era via.

Posso aggiungere FINE. «Ti dispiace?» chiedo a Oskar. Mi prende un colpo nel trovarmelo proprio alle spalle.

«Fa' pure.»

Metto giù la parola e Opa trasforma quasi all'istante FINE in AFFINE, poi aspetta ansiosamente che uno di noi giochi il turno.

Oskar sospira, tra le dita le lettere che ha appena pescato. Osserva la parola di Opa con le labbra incurvate. Aggiunge PEZZA.

Opa annuisce e ci manda via per studiare la mossa successiva in santa pace.

«Dove sono Zoe e Stefanie?» chiedo a Oskar in cucina.

«Dovrebbero arrivare da un momento all'altro.» Un grembiule mi vola addosso e io lo blocco contro il petto.

«Zoe ha detto che siamo tenuti a indossarli.»

«Se la sta proprio godendo,» commento.

Oskar sorride. «Credo che tu abbia ragione.»

Traffico con la cintola del grembiule. È allacciata troppo stretta, quindi me lo infilo da sopra la testa. Il nodo si incastra sul retro della mia maglietta. Cerco di tirarla giù, ma il colletto minaccia di strozzarmi.

«Aspetta.» Oskar si accosta a me e mi passa le dita calde sulla nuca. «La cintola si è incastrata nella tua etichetta,» mi informa, abbassandomi il grembiule sul petto. Le sue dita si insinuano per un attimo sotto la maglietta mentre rimette a posto il rettangolino. Spero che non mi abbia visto rabbrividire.

«Grazie. Che prepariamo per cena? Ho portato gli ingredienti per il dolce: torta di datteri al caramello. A dire il vero ho portato zucchero di canna, datteri e cioccolato. Ho dato per scontato che avessi farina e roba simile, ma in caso contrario posso fare un salto da papà e procurarmeli e,» afferro il sacchetto di tela che Oskar ha appoggiato sull'isola della cucina e lo ribalto, «magari dovremmo provare le nostre battute per l'intera serata?»

Oskar mi toglie delicatamente di mano la sportina che sto torcendo. Dalla sua voce roca deduco che non è sicuro di sé come al solito. «Anch'io sono nervoso, Marco. Non voglio mandare di nuovo tutto all'aria. Però recitare battute per l'intera serata non ci aiuterà ad andare avanti.»

Deglutisco e annuisco. Perché il suo sorriso dev'essere tanto gentile?

Delle voci giovani e femminili mi forniscono una distrazione beneaccetta. Mi dipingo in faccia un sorriso smagliante mentre Zoe entra nella stanza con indosso un paio di jeans aderenti e una camicia di flanella che credo sia di Oskar. La sua cara amica Stefanie ci saluta con un cenno, un mucchio di braccialetti che le tintinnano sul braccio.

«I nostri cuochi per la serata,» dichiara Zoe compiaciuta. Mi osserva e aggiunge: «Marco ha qualcosa da dimostrarmi. Giusto?»

«Non sarò altro che carino,» confermo, sperando di cuore di riuscire a rientrare nelle sue grazie. Non voglio ricevere mai più un messaggio come l'ultimo che mi ha inviato. Voglio che sappia che può contare su di me.

«Qual è il menu?» domanda Stefanie. Appoggia i gomiti sull'isola, Zoe invece si avvicina a Opa e lo abbraccia.

Oskar afferra un recipiente che era accanto al forno e mescola l'impasto all'interno. «Crespelle agli straccetti di pollo e spinaci.»

Gli rivolgo uno sguardo cauto. «Sai... sai cucinare?»

Oskar torna verso il forno, le labbra incurvate. «Non suona molto... *carino*.»

«C-A-R-I-N-O, Marco,» sillaba Zoe, sistemando una parola sul tabellone dello Scarabeo.

Scuoto il capo, ma anche a me scappa un sorriso. «Tuo fratello bruciava i *fagioli in scatola* ogni volta che andavamo in campeggio. Delle crespelle agli straccetti di pollo e spinaci mi hanno sorpreso, tutto qui.»

«Un sacco di cose sono cambiate, nel corso degli anni,» ribatte Zoe.

Oskar mi fa cenno di passargli il piattino con il burro, così glielo porto. Mi dice a voce bassa: «Ha ragione, un sacco di cose sono cambiate, eppure alcune sono rimaste uguali. Faccio finta in cucina. Conosco tre ricette e questa è la più notevole.»

«Fai finta, eh?»

Lui annuisce e avvicina la testa. «Non dirlo a Zoe. Pensa che sappia fare qualsiasi cosa.»

Io sorrido. «Credo di potermelo tenere per me. Dopotutto, devo essere *carino*.»

Dietro di noi, in un sussurro ben udibile, Stefanie chiede a Zoe se Oskar ha una ragazza.

Mi irrigidisco, lui però non sembra preoccuparsi della conversazione che si sta svolgendo alle nostre spalle.

«Nessuna ragazza,» risponde Zoe. «Se parliamo di ragazzi, invece...»

Una delle due batte le mani... Stefanie, immagino. Opa si schiarisce la gola ma, quando guardo nella sua direzione, sta componendo un'altra parola.

Sottovoce, domando a Oskar: «Da quant'è che Zoe lo sa?»

Lui versa un mestolo d'impasto nella padella calda e imburrata. «Dalle ultime prove.»

Arrossisco al ricordo di quella serata. Apro un mobile dove anni fa erano riposti gli ingredienti per le torte... ci sono ancora. Piazzo sul ripiano farina, zucchero e lievito in polvere.

«Lo sanno tutti?» gli chiedo.

Oskar si schiarisce la voce. «Sì.»

Trovo i misurini e mi affretto a dosare datteri, burro e cioccolato, che butto in un'ampia terrina gialla. Non ci presto troppa attenzione perché ho preparato questo dolce un milione di volte. «Diventa più facile? Dirlo alle persone?»

Oskar gira una crespella e mescola la sua pentola di spinaci. Il pollo intanto sta sfrigolando.

«Con alcuni è più facile che con altri,» replica. «Sono abbastanza sollevato che tu mi abbia beccato con Jessie.»

Mi indispettisco a ripensare a quel bacio. «Sollevato?» L'attenzione di Zoe si sposta di colpo su di noi.

«Non sapevo come dirtelo. Per me tu restavi comunque il più difficile.»

«Io?»

Zoe si intrufola tra noi e dà una manata sulla schiena a entrambi. «Tutto bene qui?»

Io sto ancora fissando Oskar. Vorrei tanto che si fosse spiegato meglio. Che Zoe non ci avesse interrotti.

«Benissimo,» conferma lui.

Lei abbassa le braccia e ridacchia. «Hai uno schizzo di dattero sulla faccia.»

Mi strofino un palmo sul viso, ma non sento nulla.

Zoe allunga una mano per togliermelo, poi esita e guarda suo fratello. «Posso?»

«Perché diavolo non dovresti?» ribatto.

Lei si tira indietro e Oskar mi esamina il viso, soffermandosi sotto l'occhio sinistro. Ci passo le dita e mi libero del pezzetto di frutta inopportuno.

Verso l'impasto appiccicoso ai datteri in una teglia e la porgo a Zoe. «La metti nel forno, per piacere?»

Lei si acciglia e torna da Stefanie, che sta messaggiando qualcuno sul cellulare. Io osservo il forno acceso e Oskar, fermo davanti. «La inforni?» gli chiedo.

Lui obbedisce e riprende a girare gli spinaci.

Il telefono di Stefanie emette uno squillo acuto. Contemporaneamente, Oskar perde la presa sul mestolo di legno. Tenta di afferrarlo al volo e una pioggia di spinaci gli cade sul viso e sul collo.

Sbatte le palpebre, sbigottito e confuso. Non riesco a trattenere le risate. Recupero un rotolo di carta da cucina e gliene offro un pezzo.

«Visto? Continuo a non essere un granché ai fornelli. Merda, ho spinaci ovunque.»

«Il verde è il tuo colore.»

Mi irrigidisco quando mi rendo conto di cosa ho detto. A giudicare dalle sopracciglia inarcate di Oskar, il mio complimento sottile ha sorpreso entrambi.

«Il mio colore?»

Dal punto di vista fisico, almeno. L'altro suo colore è

incerto. Non è più ruggine, però. Forse grigio, per ora, mentre ci arrabattiamo in questa nuova fase di "noi".

Sfuggo al sorriso che gli sta spuntando sulle labbra e agguanto uno strofinaccio per ripulire il casino appiccicaticcio che ho combinato con i datteri. Sul cellulare mi arriva un messaggio di Elena. *La missione Rimorchio Per Marco è cominciata. Hai un passaggio per il lago per sabato?*

Ce l'ho. Ci vado con Ben.

Me la prendo con calma a rispondere e nel frattempo sbircio da sopra il telefono. Oskar sta dando i tocchi finali alla cena. Poi raggiunge mio nonno e piazza una nuova parola sul tabellone. Opa ridacchia e ne aggiunge subito un'altra.

«Sei un vecchietto fin troppo sveglio,» lo prende in giro Oskar. «Facciamo una pausa e ceniamo.» Gli indica una sedia imbottita a capotavola. «Accomodatevi, gente.»

Le sedie grattano sul parquet mentre Zoe e Stefanie prendono posto una accanto all'altra. Io mi avvicino lentamente, incerto su dove mettermi. La scelta ovvia è di fronte alle ragazze e accanto a Oskar, che sta portando a tavola il suo sformato di crespelle.

Scosta indietro la sedia di fronte a Stefanie e si accorge che sto ciondolando. «Rilassati. L'unica cosa che intendo mordere è la *cena*, Marco.»

Opa emette un verso di disapprovazione, Zoe invece

ride e si infila una forchettata di pollo in bocca. «Oddio, è delizioso.»

Stefanie annuisce e io giocherello con il cellulare.

Delle lunghe dita me lo sfilano di mano. Sbatto le palpebre e scopro che Oskar sta scuotendo il capo. «Niente telefoni a tavola, Brandt.» L'utilizzo del mio cognome è scherzoso e io mi ritrovo a mostrargli amichevolmente il dito medio, facendo ridere sia lui che le ragazze. Opa inarca un sopracciglio, in compenso, il che è più efficace di una sonora sgridata.

Oskar alza il bacino dalla sedia per infilarsi il mio cellulare in tasca e io mi affretto a spostare l'attenzione su qualsiasi altra cosa. «A che ora giocate venerdì?» domando a Zoe.

Lei mi risponde e chiede a Stefanie se ha da fare a fine partita. Dopo la nostra pizza, spero.

«Potremmo andare a casa mia,» propone lei.

«Solo se il tuo ragazzo non viene,» ribatte Zoe. «Non voglio essere il terzo incomodo.»

«Potrei chiedergli di portare Kevin?»

Dalla smorfia di Zoe si capisce bene che opinione ha di Kevin, il che mi entusiasma. Pensare che stia con qualcuno mi rende irritato e protettivo e, a giudicare dallo sguardo assottigliato di Oskar, per lui è lo stesso.

«Sei gay, eh?» gli chiede Stefanie che, a quanto pare, non ha filtri.

Oskar finisce di inghiottire mentre io mi tengo impe-

gnato mangiando una bella forchettata di crespelle. Gli
straccetti di pollo, gli spinaci e il formaggio hanno un
sapore paradisiaco.

«Già. Gay.»

Stefanie gioca con i braccialetti e mi osserva. «Ti piacciono grossi ma fighetti, eh?»

Mi strozzo sul secondo boccone e Oskar mi dà un
paio di pacche sulla schiena. Cazzo, crede che stiamo
insieme.

«Mi piacciono i bravi ragazzi,» replica lui.

Le guance di Zoe si infiammano e i suoi occhi saltel-
lano dal fratello, a me, a Opa. Vuole cambiare discorso
tanto quanto me.

Facciamo entrambi per parlare, ma Stefanie ci precede.

«Dovreste assolutamente baciarvi. Sarebbe
super sexy.»

«No!» strillo nello stesso momento in cui Oskar le
risponde deciso: «Ho un ragazzo.»

Lei aggrotta la fronte. «Credevo che fosse Marco il tuo
ragazzo.»

Zoe emette una risatina strozzata. «Quindi Kevin
verrebbe, venerdì?»

Stefanie cambia argomento con sciogltezza, inconsape-
vole di quanto ci abbiano agitato le sue domande disinvolte.
Mi ficco un altro paio di forchettate in bocca, poi mi alzo
da tavola. «Ho bisogno del bagno,» mormoro e mi dirigo
verso il corridoio.

Zoe mi grida dietro: «Vai di sopra, quello al piano terra è fuori servizio.»

Davanti al lavandino, mi schizzo l'acqua sul viso. Mi guardo allo specchio. Grosso ma fighetto, mi ha definito. Sarò anche muscoloso e slanciato, però in quanto al resto... Mi asciugo le mani ed esco dal bagno.

Rallento in fondo al corridoio del piano superiore. La porta della camera di Oskar è aperta e io sono troppo curioso per non dare una sbirciatina. Giusto per scoprire quanto è cambiata.

Il senso di familiarità mi colpisce dritto al petto e uno spasmo improvviso mi costringe a entrare.

Il parquet è scivoloso sotto i piedi. La scrivania, i cassetti e le mensole sono sempre uguali. Il contrabbasso è ancora appoggiato in un angolo e gli strumenti a percussione sono sullo scaffale al di dietro. Solo il letto è cambiato. È un matrimoniale adesso, con lenzuola intonate ai muri e alle tende in toni di blu e argento.

Dovrei uscire.

Mi accosto all'abbaino. Il fumo si insinua tra la mia vecchia stanza e quella di Oskar. Non fatico a rivedere me stesso a quattordici anni, che spalanca la finestra e si siede sul davanzale a chiacchierare con lui nel cuore della notte.

Faccio scorrere le dita sul legno liscio e lucido del contrabbasso. Mi fermo davanti alla scrivania. La felpa verde è caduta dallo schienale della sedia. La raccolgo dal pavimento. È morbida ed emana il profumo di Oskar, pino con una nota di agrumi.

Lo respiro a fondo e, quando mi rendo conto di ciò che sto facendo, butto la felpa sulla sedia e indietreggio. È ora di andare.

Poi la vedo, incorniciata sulla mensola accanto al letto. È la stessa foto di noi due che io tengo nell'album magenta che papà mi ha regalato per il mio diciottesimo compleanno.

La prendo in mano, la cornice fredda e pesante.

Con il lago scintillante a farci da sfondo, la foto mostra me e Oskar che reggiamo due bottiglie di vino identiche con i nostri segreti sigillati all'interno. Siamo guancia a guancia per il selfie. I cappellini di lana calati sulle fronti ci coprono le orecchie e le nostre labbra sono in gran parte nascoste dalle sciarpe, ma abbiamo gli occhi che luccicano e i nasi arrossati dall'aria primaverile.

Serro le palpebre e sento le stesse farfalle nello stomaco che quel giorno mi hanno fatto ridere a crepapelle.

Un'asse scricchiola e io riapro gli occhi di scatto. Oskar è fermo sulla soglia e mi osserva rapito. Un'ondata di panico accecante mi assale e la foto mi scappa di mano.

Si schianta sul pavimento, andando in pezzi.

Cado in ginocchio e raccolgo i frammenti della cornice rotta. Non guardo Oskar. Porca puttana, non sarei mai dovuto entrare qui dentro.

«Mi dispiace. È la tua stanza. La tua privacy. Non avrei dovuto... mi dispiace. Cazzo.»

Oskar si china accanto a me e mi piazza una mano calda e forte sul ginocchio. «Va tutto bene, Marco.»

Il suo tocco, il sorriso gentile, il tono comprensivo. È troppo. Getto i vetri che avevo raccolto sulla cornice spaccata e mi rialzo in piedi. «Devo andare.»

«Calmati,» mi dice Oskar, io però sono già a metà della stanza. La sua stanza, cazzo, in cui non sarei mai dovuto entrare. «E il dolce?» prova ancora. «Opa e Zoe vorrebbero che restassi.»

Esito davanti alla porta. Lo scopo della serata era dimostrare a Zoe che parlavo sul serio. Ma come faccio a restare? Come faccio a guardare Oskar negli occhi dopo essermi intrufolato nella sua stanza a odorare la sua felpa e rompere la sua foto? «Ti prego,» mormoro. «Non posso.»

Mi irrigidisco quando si avvicina a me.

«Dirò loro che hai avuto un contrattempo,» replica lui, porgendomi il mio cellulare da sopra la spalla. «Almeno prendi questo.»

Lo afferro. «Mi... mi dispiace. Non... grazie.»

Poi mi dedico alla mia specialità. Scappo via a nascondermi.

Papà mi accompagna alle prove. Sorride al

mondo fuori dai finestrini, ed erano anni che non lo vedevo tanto sereno. «Sarà una serata divertente dai Richter.»

Ah, la festa. Giusto.

«È bello riavere Oskar a casa. Opa è molto più felice ora che sta un po' con lui ogni giorno.»

«Davvero?» Certo, ho notato che interagiscono, tipo quando abbiamo preparato la cena, ma... così spesso? «Che cosa fanno?»

«Trascorrono del tempo insieme. Si sfidano ai giochi da tavola. Fanno delle passeggiate. Oskar porta Opa a casa sua e suonicchiano il pianoforte.»

«Be' è...» *Inaspettato.* «Carino per Opa.»

«Apprezza la compagnia.»

«Ha preso duramente il mio trasloco?»

Papà mi osserva. «Siamo entrambi felici che tu abbia i tuoi spazi. È grandioso che trovi il tempo di venire a trovare tanto spesso noi due poveri vecchi.»

«Non siete così vecchi.»

Lui ride. «Come no.»

Proseguiamo lungo le strade della periferia. A metà tragitto, scorgo un cartellone pubblicitario con un musicista che è un sosia di Jessie.

«Oskar ha un ragazzo,» dico e vorrei subito rimangiarmelo.

«L'ho sentito.» Mio padre ha assottigliato le labbra. Che significa?

«Avevi mai sospettato che fosse gay?»

«Non ci avevo mai pensato. Di sicuro non è stato facile per i Richter.»

«In che senso?»

«Nessun genitore spera di ritrovarsi con un figlio così.»

Così. Serro le dita sullo sportello. «L'avresti cacciato o roba del genere?»

«Cosa? No. Oskar è un bravo ragazzo. Un brav'uomo. Mi piace. Gli auguro il meglio. Dico solo che, in particolare lontano dalla città, è difficile per i Richter. Sigrid ha perso un sacco di amici quando è venuto fuori. Ha perso la sua reputazione di fonte di gossip locali. Perché credi che si stia esibendo in ogni momento libero?»

«È per lei che ti dispiace?» domando teso.

Papà si acciglia. «Provo soltanto a mettermi nei suoi panni. Facciamo tutti del nostro meglio per accettare Oskar e stargli accanto. A essere sincero, l'unico che non l'ha trattato molto bene sei tu.»

Nella chiesa, papà saluta i Richter con calore e allegria, provocandomi un nodo allo stomaco.

Oskar è in piedi al lato del palco che parla al telefono con qualcuno – Jessie? – ed Elena chiacchiera con Zoe dietro le quinte, sopra una tazza di tè.

Si zittiscono non appena notano la mia presenza e io inarco un sopracciglio, insospettito.

Elena tira fuori camicie, cinture e stivali da un grosso borsone a scacchi posato ai suoi piedi e Zoe si appoggia al muro e continua a sorseggiare il tè, le caviglie incrociate. «Sì, stavamo assolutamente parlando di te.»

«Ma non mi dire.»

«Raccontavo a Elena quant'era buona la tua torta di datteri al caramello e quanto sarebbe stata ancora meglio se tu l'avessi mangiata con noi.»

Dritta al punto, dunque. «Mi dispiace. Ho avuto... un contrattempo.»

«Un contrattempo,» medita lei.

Elena scrolla le spalle con discrezione per offrirmi il suo supporto. «Vi lascio parlare da soli.» Passando mi lancia camicia, cintura e cappello a tricorno. Io me li stringo al petto. «Indossali durante le prove di oggi. Dimmi se hai abbastanza mobilità. La spada è sul divano.»

Poi sparisce e rimaniamo solo io e Zoe. Incute timore, per essere una sedicenne.

«Te ne sei andato per colpa di Steffi, giusto?» Non è quello che mi aspettavo. Prima che possa parlare, però, lei prosegue. «Capisco che non stava facilitando la conversazione. Specie perché...» la sua voce si riduce a un sussurro, «perché sei gay anche tu, vero?»

«Co... cosa?» farfuglio.

«Non dirò niente.»

«Ma... cioè... Elena non...»

«No! Nessuno mi ha detto nulla.»

«E allora come lo sai?»

Le sue labbra assumono una piega triste. «Da come guardi mio fratello.»

«Non lo guardo affatto!»

«Ora sì che ha senso. Perché lo odi tanto.» Fissa l'interno della tazza e mormora: «Sono stata male anch'io quando se n'è andato.»

«Zoe, non...»

«Per te dev'essere perfino peggio, visto che è tornato con un ragazzo.»

«Hai completamente frainteso. Non sono stato male quando se n'è andato. E di sicuro non mi importa un accidente che abbia un ragazzo.»

Lei mi studia con il capo inclinato, poi si stacca dal muro e mi supera. «Come no.»

«Zoe!» la richiamo.

Lei prosegue verso il palco e ribatte da sopra una spalla: «Dovrai recitare meglio di così in scena.»

Nonostante sia ancora furioso per il commento di Zoe, mi chiudo nel cubicolo stretto del bagno e mi cambio con i vestiti che mi ha dato Elena. Quando arrivo sul palco, devo ammettere che ho proprio l'aspetto di un affascinante pirata, escluso per i calzini che ho ai piedi.

Nell'ora successiva mi impegno il più possibile per

seguire le direttive di mio padre senza fare commenti, né troppo casino.

Sono lieto di potermi nascondere dietro alle battute. È più facile fingere di essere Casper, così sicuro di sé, che il Marco imbarazzato che c'è al di sotto. Ripensare a Oskar che mi ha beccato nella sua stanza mi fa arrossire.

Alla fine delle prove ho intenzione di recuperare una palla da basket e giocare un po'.

Ripetiamo la scena una seconda volta.

Dall'altro lato del palco Oskar – Devin – è in piedi sotto il cartello che indica la posizione in cui si troverà *La Razzia Sanguinaria*. La scena si svolge dopo un inseguimento durante una terribile tempesta che ci ha portati a un'isoletta. La nave di Casper, *La Dannata Dannazione*, ha subito dei danni, ma a lui importa soltanto del tesoro che lo attende in una grotta chiamata Cuore dei Gioielli.

Devin tira fuori un coltello (posticcio) e finge di lanciarmelo. Io getto la testa all'indietro per dare l'illusione che mi abbia trafitto il cappello e me l'abbia strappato di dosso.

Incespico verso Devin ed estraggo la spada dal fodero.

Lui balza elegantemente giù da uno sgabello – che in seguito sarà la nave – e sfila la propria.

«Ci rincontriamo,» mi dice con un sorriso.

«Per l'ultima volta.»

«Perdonami se ne dubito.»

Ci giriamo attorno. Una finta, e un'altra ancora. Le

nostre spade si incrociano con decisione. Come previsto, i signori Richter cominciano a suonare i loro violini al lato del palco.

Spingo Devin verso le rocce sceniche con movimenti forti e rapidi finché le nostre lame non scivolano l'una sull'altra e ci ritroviamo a pochi centimetri, a opporre resistenza.

«Sono abbastanza sicuro che sul copione ci fosse scritto che sono io a doverti spingere contro le rocce,» mi sussurra Oskar.

«Sei in difficoltà, eh?» Mi scappa un sorriso. «Sono sempre stato meglio di te nella scherma.»

I suoi occhi si illuminano di fronte alla sfida. «Perché devi...»

Con uno scatto energico, mi fa indietreggiare di un passo e mi colpisce con la spada. Riesco a schivare, eludere e bloccare...

Oskar scatta in avanti e attacca, assumendo il controllo, guidandomi verso le rocce.

Scorgo per un istante il pubblico rapito. Zoe ed Elena hanno dei grossi sorrisi in faccia e... che cazzo? Quand'è arrivato Jessie?

Perdo l'equilibrio e Oskar mi intrappola, tenendomi in punta di lama. Me la fa scorrere sul petto, esattamente dove si trovano le mie bruciature. Sostiene il mio sguardo.

La sua battuta dovrebbe essere: «Sei proprio il principe dei pirati, Casper.» Invece mi sussurra: «Fuori dalla scuola di Zoe, quando mi hai detto che non hai mai avuto un ragazzo e io ti ho guardato...»

Digrigno i denti e tento di scostare la punta della sua spada finta. Non si smuove.

«Mi hai frainteso.» Solo ora pronuncia quello che deve dire, a voce alta, tanto che riecheggia nella chiesa. «Sei proprio il principe dei pirati, Casper.»

Un brivido mi scuote e mi fa scordare la mia battuta.

Papà me la suggerisce e io deglutisco mentre la ripeto. «Ancora non hai visto niente.»

«E sarà un vero peccato non vederlo,» bisbiglia Oskar, poi distoglie lo sguardo.

«Fantastico!» esclama mio padre. «Basta così per stasera. Avvicinatevi, avvicinatevi.»

Io e Oskar inarchiamo un sopracciglio all'unisono e ci sediamo sul bordo del palco. Tutti gli altri si accostano eccetto Jessie, che rimane in piedi nella navata e ci osserva mordicchiandosi il labbro.

Oskar scende dal palco e lo raggiunge. Mi concentro sul sorrisetto compiaciuto di Zoe, poi su Elena che mi sta chiedendo come mi sentivo addosso il costume. «Ottima mobilità,» le assicuro.

«La prossima volta gli stivali saranno pronti.»

Papà si schiarisce la voce. «È incredibile vedere la trama prendere vita.»

Da sopra la spalla, Jessie rivolge a Oskar una smorfia accigliata. Poi lancia un'occhiata nella mia direzione. I nostri sguardi si incrociano e io abbasso il mio sul pavimento. Quando sbircio di nuovo, Jessie sta trascinando fuori Oskar.

«Anna ne sarebbe stata felice.» Al nome di mia madre torno a concentrarmi su papà. Ha gli occhi lucidi e le labbra incurvate. «Grazie per il vostro impegno e ricordatevi che non è mai troppo presto per invitare amici, colleghi, vicini. Riempiamo quella platea! E ora andiamo a mangiare un boccone. Offro io.»

Usciamo dalla chiesa tutti insieme.

Non appena l'aria fredda mi penetra nei polmoni, scruto la strada alla ricerca di qualche traccia di Oskar e Jessie. Quando il gruppo si divide e mi dirigo verso l'auto di Elena, li sorprendo a pomiciare dall'altro lato della strada stretta, illuminati dal bagliore ambrato di un lampione.

Inciampo e mi aggrappo a Zoe, che lancia un grido di spavento.

Mi scuso distrattamente e continuo a osservare Oskar, che ha interrotto il bacio e ne sta posando uno a fior di labbra sull'angolo della bocca di Jessie. Sul viso gli compare un sorriso, quasi Jessie fosse il ragazzo più spettacolare che avesse mai incontrato.

Sbatto forte le palpebre. Il freddo notturno si è insinuato sotto i vestiti.

Zoe mi sta incoraggiando a entrare in macchina, ma ci metto un attimo a reagire. È *questo* che voglio. Voglio qualcuno che mi si prema addosso con intento e mi baci come se per lui significassi tutto.

Mi trascino dentro l'auto già in moto con un sospiro e un nuovo obbiettivo: missione Rimorchio Per Marco.

ORO

Il pallone da basket rimbalza sul cemento bagnato del cortile sul retro, una foglia gialla appiccicata testardamente sopra. Digrigno i denti e lo tiro a canestro per la terza volta. Dovrei essere a casa a preparare i bagagli per la festa al lago di Elena, eppure nonostante metà giornata a lavorare al deposito con papà ancora non mi sono scrollato di dosso la frustrazione che mi ronza sottopelle.

Ieri sera, alla partita di Zoe, Oskar ha sganciato una mezza bomba: viene con Jessie al lago.

Palleggio e segno di nuovo.

Il cancello laterale cigola e Zoe mi viene incontro in pantaloni della tuta e felpa sportiva.

È di un rosso vibrante mentre punta al pallone e me lo ruba di mano. Con una serie di rimbalzi decisi, si dirige a canestro e fa pieno centro.

Tra i denti, borbotta quant'è stato cieco e stupido l'arbitro, e che la sua squadra avrebbe dovuto vincere.

Raccolgo la palla dalla selva di edera che separa le nostre case. «Cos'hai imparato da questa partita?»

«In che senso?» Riceve al volo il mio passaggio. «Ho giocato da Dio finché non hanno fatto entrare in difesa gente più fresca.»

Segna un altro punto.

«Sei una buona giocatrice, Zoe. Motivata, capace, non c'è dubbio. Ma...»

«Ma?»

La inchiodo con un'occhiata fraterna. Lei smette di aggrottare la fronte e si stringe la palla al petto.

«A volte in campo sei troppo emotiva,» la rimprovero con dolcezza. «Negli ultimi dieci minuti di cronometro, hai agito senza pensare.»

Lei assottiglia le labbra e riflette sulla mia critica. Solleva il pallone, se lo fa roteare su una mano e lo tira in uno splendido arco verso il canestro.

«Ottima forma,» si complimenta mio padre, che sta trasportando assi di legno nel capanno in cui ripone gli arredi di scena.

«Grazie, Joshua!» risponde Zoe. «Mamma ti ha parlato di quella cosa?»

«Cosa?» domando. «Quale cosa?»

Papà torna dal capanno annuendo. «Trovo che sia una buona idea.»

«Quale idea?»

Lui mi sorride, ma percepisco una nota di cautela nella sua voce. «I Richter vogliono organizzare una cena per tutti coloro che partecipano allo spettacolo.»

Coglie Zoe di sorpresa e le ruba la palla di mano. La fa rimbalzare due volte e sorride quando il suo lancio colpisce l'anello. «Me la cavo ancora.»

Zoe ha un'espressione raggiante. Non credo c'entri molto con il canestro segnato da papà, a giudicare da come mi sta fissando.

«Che c'è?» le chiedo.

«Ci sarai anche tu, giusto? Adesso che sei finalmente venuto a trovarmi a casa, non voglio che tu regredisca...»

Papà non è in grado di celare lo stupore. «Sei andato dai Richter?»

«Non è stato niente di che.»

«Verrai alla festa, allora,» afferma subito Zoe con un grosso sorriso. Ragazzina scaltra, mi ha messo alle strette.

«Ci verrò.»

Mio padre le passa la palla e lei molleggia all'istante per tirare.

«Sarà tra un paio di settimane,» mi informa lui. «Non c'è abbastanza tempo per invitare la tua ragazza?»

Il lancio di Zoe colpisce l'anello e rimbalza verso di me. «Ragazza?»

Mi rigiro il pallone tra le mani. «Glielo chiederò, però Olivia è molto impegnata.»

«Sarebbe bello conoscerla. Ma sarò paziente.» Papà torna verso casa. «Bene. Io e Opa usciamo. Divertiti da Elena.»

«Già. Ciao, papà.»

Non appena si è allontanato, Zoe scuote la testa. «Olivia?»

«Chiudi il becco. Dopo il festival mi sono lasciato prendere dal panico e me la sono inventata. Smettila di guardarmi così. Mi è scappato di bocca, d'accordo?»

«Vuoi dire che hai agito senza pensare?»

Touché.

«Hai intenzione di dirgli la verità?»

Palleggio una, due, tre volte.

«Quando sarai pronto, allora.» Zoe si riprende il pallone e indietreggia. «Forza, Marco. Giochiamo sul serio.»

La inseguo per riappropriarmene. Lei rischia di segnare, ma io intercetto al volo il rimbalzo, mi sposto verso la linea di fondo e riconquisto pian piano terreno. Zoe mi sta attaccata ed è difficile scrollarsela di dosso. Miro il canestro e faccio centro.

«Beccati questa!»

«Stai gongolando? Sul serio?» Le brillano gli occhi e credo che abbia sfogato la frustrazione della sconfitta di ieri. «Hai vinto a stento contro una *ragazzina*.»

«Certo che gongolo. Sono al settimo cielo. Sei una giocatrice migliore di quanto io sarò mai, Zoe.»

Lei smette di ridere e fissa il canestro. «Davvero?»

Percorro il cortile fino a raggiungerla e le premo la palla sul petto, in modo da costringerla a prenderla e guardarmi in faccia. «Devi credere di più in te stessa,» le dico. «Sei una delle migliori. Sei oro puro.»

«Abbiamo perso per colpa mia ieri sera. Sono troppo emotiva, ricordi?»

«È qualcosa su cui devi lavorare e, dopo che l'avrai fatto, tutti vedranno ciò che vedo io.»

Zoe molla il pallone e mi avvolge le braccia attorno alla vita. I suoi capelli mi solleticano il naso e io ci poso sopra un bacio.

Colgo del movimento fugace oltre la recinzione ma, quando alzo la testa, c'è solo l'edera agitata dal vento.

«Grazie per esserci stato mentre lui non c'era,» mi sussurra Zoe.

«È tornato, adesso,» la rassicuro.

«Ne sono così felice.»

Benché provi a combattere contro il nodo allo stomaco, perdo la battaglia. Le sussurro: «Anch'io.»

Elena mostra a me e Ben la camera dove dormiremo.

La casa al lago è in stile cottage in legno e questa stanza non fa eccezione. Un letto a castello con struttura in tronchi è sistemato contro i muri rivestiti di carta da parati. Di fronte ce n'è uno a una piazza e mezzo con le lenzuola a fiori, che ha sopra i borsoni di qualcuno.

Il pulviscolo atmosferico scintilla nel sole del tardo pomeriggio che penetra dalla finestra e Ben dichiara con uno starnuto: «Io prendo il letto di sotto!»

Mi supera lasciandosi dietro una zaffata del caffè che si è rovesciato addosso.

Afferro la mia sacca e osservo i bagagli in fondo all'altro letto – più specificamente, la felpa verde scuro sistemata sul borsone in pelle. «Con chi dividiamo la stanza, di preciso?» chiedo mentre Ben lancia la sua roba sul materasso.

Elena si appoggia allo stipite della porta e incrocia le braccia sulla camicetta appena trasparente. «Con Jessie e Oskar.»

Lo so, e lei sa che lo so. Inarca un sopracciglio in segno di sfida e io scuoto il capo. Non esiste che dorma qui dentro.

«Le ragazze sono nella camera accanto,» aggiunge. «Io e Thomas ci arrangiamo nella mansarda.»

È il suo modo per dire che non ho scelta eppure, dal lieve rossore sulle sue guance, deduco che abbia in mente dell'altro.

«Doveva esserci un divano letto,» mi spiega. «Purtroppo si è rotto.»

«Amico,» interrompe Ben, sfilandosi la maglietta macchiata di fronte alla finestra senza preoccuparsi minimamente di chi potrebbe vederlo. «Dobbiamo fare un salto al lago.»

«È una bella passeggiata nei boschi,» gli risponde Elena, poi guarda me. «Passa davanti alla casetta in pietra in cui dorme Eliot.»

«Chi è Eliot?» domanda Ben.

Lei mi fa l'occhiolino. «Un figo australiano che ho invitato. Sono certa che vi piacerà.»

Io scuoto di nuovo il capo, ma mi scappa un sorriso. Quindi l'assegnazione delle camere è parte della missione Rimorchio Per Marco? Osservo il letto che divideranno Jessie e Oskar. Un ottimo incentivo per buttarmi su Eliot.

Bella mossa, Elena.

«Non vedo l'ora di conoscerlo,» dichiaro in tono calmo, nonostante abbia i crampi allo stomaco dall'agitazione.

«Qualcuno mi ha chiamato?» chiede una voce divertita. Eliot compare dal corridoio, avvicinandosi a Elena. Fa scorrere lo sguardo per la stanza da lei, a Ben, a me. Quando mi esamina dalla testa ai piedi, le sue labbra si incurvano in un sorrisetto delizioso e io mi ritrovo combattuto tra la voglia di gettarmi sotto le coperte floreali e quella di gettarmi su di lui.

Ha una collana di perline attorno al collo e dall'abbronzatura si intuisce che è abituato a stare all'aria aperta. Un surfista, mi viene da pensare. Un surfista con dei denti perfetti.

Il suo sorriso si allarga. «Questa festa sarà uno spasso.»

Rischio quasi di cadere quando Ben mi dà una pacca sonora sulla schiena, spingendomi verso la porta e verso Eliot. «Andiamo a dare un'occhiata in giro.»

«Vi accompagno io,» si offre Eliot. Il suo accento sexy e suadente promette bene.

«Sì,» rispondo. «Mi... ci piacerebbe.»

Elena diventa così rossa che credo stia per mettersi a ridacchiare. Per fortuna, si scusa e ci dice di divertirci.

Eliot ci fa fare il giro della casa, dei balconi e della terrazza sul tetto che si affaccia sul bosco e sul lago scintillante. Ci porta nella sala da pranzo con le pareti rivestite in pietra e tronchi, in cui un grosso tavolo si estende per tutta una parete circondato da dozzine di poltroncine in pelle, occupate per metà da ospiti sporchi di pittura. Eliot batte il pugno contro quello di Thomas e flirta apertamente con una delle ragazze mentre ci presenta gli amici artisti di Elena, per nome e per pittore preferito. Picasso, Dalì, Duchamp, Warhol.

Ben si unisce alla conversazione, dimenticando il lago. Gira una sedia, ci si siede a cavalcioni e si mette a parlare del fumettista John Romita Jr.

Eliot si avvicina al caminetto e, con una strizzatina d'occhio furtiva, prende l'attizzatoio in ferro, stringe forte l'impugnatura e comincia a ravvivare il fuoco. L'allusione non è fraintendibile.

Purtroppo, è un pessimo tentativo di seduzione perché mi fa pensare alle bruciature che nascondo sotto i vestiti, non al sesso bollente e sudato. Che suono avrà il disgusto con l'accento australiano?

Devo attingere a tutta la mia forza di volontà per non scattare all'indietro.

Attraverso le porte aperte Jessie, dai capelli ramati, il corpo snello e il sorriso da un milione di dollari, si fionda nella stanza, seguito dal suo ragazzo.

Oskar è troppo impegnato a sorridergli per notarmi. Si strofina il ponte del naso, le labbra incurvate così tanto che gli sono spuntate le fossette.

Si butta su una poltrona e appoggia la testa allo schienale. Jessie gli si siede in braccio.

Volto le spalle a quello spettacolo e mi forzo ad attraversare la stanza e raggiungere Eliot. Reprimo un brivido alla vista della punta di ferro che continua a rovistare tra le fiamme. «Che ne dici di una passeggiata nel bosco? Ho sentito che hai un cottage tutto per te?»

Lui ripone l'attizzatoio sul suo supporto e mi sorride. «Proprio quando iniziavo a pensare che fossi un tipo timido,» sussurra.

Mi indica con la testa le porte scorrevoli. «Fa freddo là fuori. Non c'è elettricità. Ti va di aiutarmi a scaldare l'ambiente?»

Scoppio a ridere. «Gli australiani sono tutti così diretti o tu sei un'eccezione?»

«Sono eccezionale, esatto.» Sorride ancora di più,

consapevole che il suo accento gli consente di andarci giù pesante con la seduzione.

I miei occhi vanno oltre e si soffermano su Oskar, che mi sta fissando, le dita serrate sulla vita di Jessie, il sorriso svanito. Osserva Eliot a bocca aperta.

Jessie gli accarezza le dita. Quando si accorge che sta guardando in questa direzione, lo imita. Nel vedermi accascia le spalle e si alza dal suo grembo.

Il mio stomaco fa una capriola. «Andiamo,» dico a Eliot ma, prima che possa trascinarmi via, Elena entra nella stanza suonando un piccolo gong.

«Mi serve aiuto in cucina.» Indica me ed Eliot. «Voi due.»

Oskar balza in piedi. «Ti aiuto anch'io. Cioè, io e Jessie.»

Elena inclina il capo e lo studia, poi batte di nuovo sul gong con un cenno d'assenso.

Spero che Oskar percepisca il mio sguardo omicida. Noi quattro in cucina? È l'ultima cosa al mondo che voglio.

Elena ci mette al lavoro a pelare gli ortaggi e affettare la zucca. Passo la mezz'ora seguente a concentrarmi unicamente sulle patate. Eliot, da bravo ammaliatore, riempie la stanzetta con vari racconti dei suoi viaggi in Tailandia.

Mi arrischio ad alzare la testa due volte. La prima becco Jessie che mi scocca un'occhiataccia. La seconda Oskar che digrigna i denti a uno degli aneddoti di Eliot.

Non appena finiamo, scappo in bagno e scrivo a Elena: *Ma che cazzo?*

Lei mi risponde subito.

Elena: *Scusa. Ero lanciata nella missione Rimorchio Per Marco e Oskar mi ha preso alla sprovvista.*

Io: *Avresti potuto dirgli che non ti serviva altro aiuto.*

Elena: *D'accordo, vuoi la verità?*

Io: *La verità? Che significa?*

Elena: *Non è curioso quanto Oskar fosse ansioso di dare una mano?*

Io: *No. Cazzo, è stato imbarazzante da morire.*

Elena: *Per di più, Jessie ti somiglia. Stesso fisico e colore di capelli...*

Io: *Smetti di pensarci, per favore? Lascia stare questa cosa tra me e Oskar.*

Elena: *Okay, hai ragione. Mi perdoni?*

CERTO CHE LA PERDONO. GLIELO DICO ED ESCO DAL bagno, scontrandomi con Jessie. Che assottiglia le labbra.

«Marco, giusto?»

Io gemo interiormente. «Già.»

Incrocia le braccia sul petto. «Che diavolo c'è tra te e il mio ragazzo?»

«Non c'è niente.»

«Mi ha raccontato del vostro passato e per me non era un problema. Solo che... nelle ultime settimane non sembra più tanto passato, sembra storia attuale.»

Lo supero. Oskar gli ha raccontato di noi? Quindi tra loro è una cosa seria? «Fidati, non c'è niente.»

Lui mi scruta e sorride, seppure non con gli occhi. «Eliot sembra un tipo carino.»

Mi fermo, i palmi incollati al muro verde vomito. Lo stesso colore di questa conversazione. «Come?»

«Gli piaci. Non sai quanto vuole che scaldi il suo cottage freddo e buio.» Scrolla le spalle. «Il suo letto a una piazza e mezzo dev'essere molto meglio di quello a castello...»

Una mezza risata sbigottita mi sfugge di bocca. «Non sei granché discreto, ne sei consapevole?»

«Non m'importa.»

MOLTO PIÙ TARDI QUELLA STESSA SERA, QUANDO BEN è andato finalmente a dormire e attorno al caminetto è rimasta solo una manciata di invitati, Eliot attira la mia attenzione.

Sto chiacchierando con Thomas, ma raddrizzo la

schiena perché so cosa significa quell'occhiata. Il cuore mi martella nel petto mentre annuisco con un minuscolo cenno del capo.

«Io torno al cottage,» dichiara Eliot, più che altro a mio beneficio.

Mi rifiuto di guardare dietro di lui, dove Oskar è seduto accanto a un Jessie addormentato e giocherella con le punte dei suoi capelli. Concludo la conversazione con Thomas e simulo uno sbadiglio. Do la buonanotte a tutti e sgattaiolo fuori nell'oscurità.

Allontanarmi dalla casa soffocante e respirare l'aria fresca calma i miei nervi. Mi incammino lungo un'area isolata del bosco verso il cottage di Eliot. Una vocina nella mia mente si chiede se sono in cerca di guai, ma le rispondo che sì, è un genere di guai che *voglio*.

Dopo una serata trascorsa a guardare Jessie spalmato sopra Oskar, è un genere di guai di cui ho *bisogno*.

Non c'è elettricità nel cottage, mi ha anticipato.

E l'oscurità di una vecchia casetta in pietra, circondata da alberi folti, è un'oscurità che ricopre ogni male. Stanotte le mie ustioni non sono rilevanti. Posso usare la scusa del freddo per tenere addosso la maglietta.

La brezza sibila tra le fronde mentre attraverso il bosco lungo un sentiero illuminato a chiazze dalla luna. L'aria, benché fresca, è umida e si appiccica appena alla mia pelle, raffreddandomi il sudore. Ogni passo nervoso stuzzica muschio e terriccio sotto le suole e solleva un odore di erba fresca. Sento un formicolio alle dita dei piedi e mi fermo, scosso da un brivido. Ci siamo, dunque. Stanotte finalmente scoprirò com'è scopare ed essere scopati da un ragazzo. Il suo respiro bollente sul collo, i nostri sudori che si mischiano, i nostri gemiti che si innalzano sopra il rumore ritmico dei corpi che si incontrano.

Sarà eccitante da morire... veloce e brutale, poi lento e rilassato. Farà male la prima volta, ma mi morderò la lingua e millanterò la sicurezza di chi sa quel che fa.

Esalo un respiro tremante. Sarà uno spasso.

Che cavolo, lo sarà.

Mi trascino sul sentiero che curva fino ad arrivare a una biforcazione. Il lato sinistro, incolto e avvolto dalle ombre, porta alla casetta. Quello destro conduce a un vecchio molo, dove il riflesso della luna bacia l'acqua increspata. Do le spalle alla luce e osservo il cottage.

Il sesso mi attende. La mia schiena premuta sul pavimento freddo mentre i nostri corpi accaldati si strusciano alla ricerca di un appagamento pressante. Magari mi poserà un bacio lieve all'angolo della bocca. Magari gli sentirò incurvare le labbra contro le mie...

Mi scuoto di dosso un brivido intenso e cammino in punta di piedi verso il cottage. Una ventina di passi e sarò un nuovo me.

Un ramoscello si spezza. Mi giro di scatto e scruto nell'oscurità. Qualcosa si muove tra gli alberi, e io stringo gli occhi. Una sagoma emerge da una cortina di foglie gocciolanti.

«Eliot?»

Eppure, perfino mentre pronuncio il suo nome, so che non è lui. La figura è troppo alta, troppo robusta, troppo familiare.

Oskar si appoggia al tronco di una quercia imponente che segna la biforcazione del sentiero. «Bella serata per una passeggiata.»

La fronda nodosa di un ramo sporgente mi copre la vista del suo viso, così la scosto di lato. Un fascio di luna gli traccia i contorni della mascella serrata. La sua espressione adombrata e lo sguardo che lancia alla casetta mi fanno attorcigliare lo stomaco. Conosce le mie intenzioni? Perché gli importa?

Indietreggio verso il cottage e Oskar si acciglia ancora di più. «Non sono uscito a fare una passeggiata.»

«Non lo conosci nemmeno.»

«E tu sì?»

Oskar si stacca dal tronco. In due passi mi è di fronte, l'esalazione del suo sospiro frustrato che mi spiove sul mento. «Non lo vedrai più dopo questo fine settimana.»

«Bene.»

«Bene?»

Bene. Sarò andato via prima che l'alba filtri dalle finestre impolverate.

Oskar scalcia via un rametto caduto, che rotola lungo il

sentiero e si ferma dietro il mio tallone come un flebile tentativo di bloccarmi la strada. Il vento si alza e fruscia tra le foglie, spettina i capelli di Oskar, i miei. «Non è quello che vuoi.»

Sostengo il suo sguardo e calpesto il ramoscello contorto.

Lui apre le labbra, poi le richiude e di colpo si incammina lungo la stradina che conduce al molo, scalciando un altro rametto.

Gli fisso la schiena e il capo chino, con un nodo allo stomaco che fa a gara con le farfalle che all'improvviso si agitano nel mio petto. A una dozzina di passi, avvolto dalla luce lunare, Oskar raccoglie il ramoscello e lo getta nel lago.

A ogni increspatura dell'acqua smossa, le farfalle si acquietano e una rabbia sottile mi parte dai denti digrignati e pulsa giù fino alle gambe. Lo raggiungo a grandi falcate. Come si permette di seguirmi qua fuori e dirmi cosa voglio? Come si permette di guardarmi in modo così implorante e poi andarsene infuriato? Come si permette di mettere naso su chi mi scopo, lui che si scopa chi gli pare?

Le assi di legno mezze marce scricchiolano sotto i miei passi. «È quello che voglio *eccome*.»

Oskar continua a fissare le increspature che pian piano svaniscono. Scuote la testa e io lo afferro per una spalla e lo costringo a guardarmi. Serro la presa, combattuto tra mantenere il controllo e buttarlo nel lago. Lo spingo di una decina di centimetri. «Andrò a letto con lui e mi godrò ogni singolo istante.»

Lui mi studia e, tre secondi dopo, riprende a scuotere il capo. «Non è quello che vuoi.»

«Che cazzo ne sai di quello che voglio?» gli grido. Le parole sembrano rimbalzare sull'acqua e tornare a colpirci.

Oskar incontra con calma i miei occhi. «Saresti potuto andare dritto al cottage. Invece mi sei venuto dietro.»

«Perché mi hai fatto incazzare! Perché ti sei permesso di seguirmi.»

«No, perché non è quello che vuoi davvero.»

Lo spingo di nuovo, costringendolo a indietreggiare fino al bordo del molo. Perché non si decide a difendersi? A tirarmi un pugno? A piantare grane, visto che ne ho un bisogno disperato?

«Tu pensa a scoparti il tuo ragazzo,» ribatto. «Non hai nessun diritto di venire qui e fingere che t'importi.»

Lui assottiglia lo sguardo e sento le parole che non dice schioccare nell'aria. Le farfalle ricompaiono per un istante. *Non è quello che vuoi.* Gli impedisco di ripeterlo con uno spintone furibondo e Oskar barcolla, la gravità che lo trascina verso l'acqua. Per un attimo vorrei che cadesse. Poi però lo agguanto per la maglietta, stringendo il cotone morbido e tirandolo indietro.

Mi piomba addosso, il petto contro il mio, ed entrambi ci immobilizziamo. Il suo respiro caldo mi soffia sull'orecchio e giù lungo il collo. «Chi dice che sto fingendo?»

«Vaffanculo, Oskar.»

«Non è quello che vuoi.»

«Quello che non voglio è dover dormire in una stanza con te e Jessie. Fidati, il tuo ragazzo mi ha chiarito alla perfezione che nemmeno lui mi vuole lì dentro.»

«Aspetta, come? Ti ha detto una cosa del genere?»

«Sì. Ora scusami, vado a scaldare il letto di Eliot.»

Lo lascio lì e mi incammino lungo il molo, lo sguardo puntato con determinazione sul cottage avvolto dalle ombre.

Con lo stomaco sempre più aggrovigliato, busso alla porta di legno umido. Eliot mi apre con un sorriso sexy. Alle mie spalle sento un tonfo e dei grossi schizzi, e so che Oskar si è tuffato nel lago. Una parte di me vorrebbe girarsi, tornare di corsa al molo e tirarlo fuori dall'acqua... o unirmi a lui. Invece mi concentro su Eliot e la sua camicia aperta, la collanina sul collo e i pantaloni a vita bassa.

«Vieni pure,» mi invita, agganciandomi due dita nel passante della cintura per attirarmi nella stanza buia. Non appena scatta la serratura della porta un brivido gelido mi attraversa, quasi fossi io a essermi gettato nel lago.

Mi guardo attorno. Nell'oscurità si intravedono giusto i contorni vaghi di un letto a castello e di una cassettiera. È buio, come caffè nero. Buio, che è ciò che desideravo. Buio, di cui vorrei non aver bisogno.

«Stai tremando,» nota Eliot. Mi blocca contro il muro, mi intrufola le mani sotto la maglietta e comincia a succhiarmi la gola. Il calore della sua erezione mi preme sulla coscia. «Lascia che ti scaldi.»

Una risata nervosa mi danza sulle labbra, ma la ricaccio indietro. Lo afferro per il collo e lo attiro a me. La sua bocca sfrega con forza sulla mia, senza posare alcun bacio leggero sull'angolo. Senza incurvarsi in un sorriso. Ci riprovo, però mi sento teso, a disagio, e la schiena mi fa male dov'è schiacciata su un interruttore nella parete.

Mi irrigidisco quando Eliot sfiora una delle mie ustioni. Ha notato che lì la pelle è più liscia? Si è accorto che è diversa? Le dita massaggiano la cicatrice e, boccheggiando in preda al panico, gli premo le mani sul petto.

Eliot si scosta un po'. «Tutto bene?»

Abbandono la testa contro il muro e impreco. La risata che avevo trattenuto mi scappa di bocca, bassa e schietta. «Ha ragione, accidenti a lui.»

«Chi?»

«Oskar.»

«Su cosa ha ragione?»

Mi alliscio la maglietta e riapro la porta del cottage. «Non è quello che voglio.»

BLU

Una settimana dopo aver dato il due di picche a Eliot, dopo aver dormito sul tappeto davanti al caminetto con le braci ancora ardenti, dopo aver convinto Ben a tornare a casa prima della colazione... sono steso a letto, a sfregarmi un palmo sull'erezione mattutina. Non so bene cosa provo riguardo a quella notte o alla settimana successiva, in cui sono andato al teatro e alla partita di basket di Zoe e mi sono comportato come se non fosse successo nulla.

Da un lato, maledico me stesso per non aver avuto la forza e la sicurezza di avere un rapporto sessuale con Eliot. Dall'altro, sono sollevato di non esserci andato a letto. Non così. Non con lui, in realtà.

«Vaffanculo, Oskar,» impreco con voce roca, fissando le pareti nude mentre mi masturbo.

Il compleanno di Elena è stata la seconda occasione in cui ha mandato all'aria i miei tentativi di fare sesso, e non ne ha alcun diritto. Per forza Jessie mi ha affrontato alla festa. Non credo affatto di poterlo biasimare. Oskar ha preso il nostro accordo di essere civili l'uno con l'altro per amicizia. Non era amicizia. Non lo è.

Mi accarezzo più in fretta e digrigno i denti quando la tensione comincia a sciogliersi. Inarco i fianchi sul letto e inseguo l'orgasmo che continua a sfuggirmi.

Non sarebbe così difficile se avessi lasciato che Eliot mi tenesse fermo e mi sbattesse dentro l'uccello. Se potessi usare il ricordo come ispirazione per i miei lavoretti di mano. Afferro un cuscino e me lo premo sulla testa, muovendo il pugno finché non inizia a farmi male.

Mordo la federa, che è verde foresta e...

L'orgasmo mi colpisce con violenza e il mio sesso pulsa mentre mi vengo sullo stomaco. Gemo contro il cuscino e, una volta che il mio corpo si è calmato, getto quel maledetto affare dall'altro lato della stanza.

Mi trascino giù dal letto, faccio una doccia, mangio un po' di muesli e considero l'idea di chiamare mio padre e darmi malato, per oggi. Invece scrivo a Ben per chiedergli di passare a prendermi per il lavoro.

Trenta minuti più tardi, sono sul sedile del passeggero e mi sto allacciando la cintura.

«È tutta la settimana che ti comporti in modo strano,» esordisce Ben non appena si è rimesso in strada.

Io scrollo le spalle. «Sono stato distratto.» Tanto quanto lui lo è stato da Sebastian.

«Ti va una partitina a pallone dopo il lavoro? Per scrollarti di dosso qualsiasi problema ti stia divorando?»

«Perché sempre a pallone?» borbotto.

Ben si porta una mano sul petto e si lascia sfuggire una risata. «Il calcio è il mio vero amore. Gli sono devoto come a nient'altro al mondo.»

Ne dubito. A maggior ragione quando lancia un'occhiata verso il cellulare sopra il cruscotto.

«Sicuro,» replico.

«Cioè, tutti amano il calcio.»

«Non tutti.»

«La maggior parte della gente.»

A Berlino sarà anche vero, ma poco cambia. «Io preferisco il basket. Forse perché non tutti si calano i pantaloni al solo pensiero.»

Ben sbuffa. «Basket. Eh. Io non me li calerei di certo.»

Questa conversazione mi fa rizzare i capelli sulla nuca. Me la massaggio e fisso la strada.

Ben mi dà un pizzicotto sul braccio. «Mi diverto a stuzzicarti, amico. È fantastico che ti piaccia la pallacanestro. Ti rende più interessante.»

Incrocio le braccia sul petto.

L'atmosfera scherzosa svanisce quando Ben incrocia il mio sguardo. «Davvero. Dico sul serio. Sono felice che siamo amici.»

Dopo il turno al deposito di legname e una partitina con Ben al parchetto locale, faccio un salto al supermercato.

Mi ripeto che ci sono venuto per comprare pomodori e formaggio, ma sono fin troppo contento di vedere Andre.

Oggi non ha i piercing addosso e il suo viso sembra quasi gonfio. Non ha l'aria di uno che dovrebbe essere al lavoro. Detto ciò, quando mi nota e mi rivolge un sorrisetto, il minuscolo impeto di compassione che ho provato nei suoi confronti svanisce nel nulla.

«Marco,» mi saluta mentre passa la mia spesa. «Carino da parte tua scegliere la mia cassa.»

Niente giri di parole, dritto al punto. «A parte farti mangiare i vermi, cos'altro ha fatto Oskar?»

«Sì, sto bene, ti ringrazio. L'influenza mi ha preso a calci nel sedere, però.»

Infilo la spesa nel sacchetto. «Sono sicuro che glieli hai restituiti come meglio potevi.»

Lui si ferma con gli spinaci in mano e stringe le labbra. «Ascolta, forse dovresti chiederlo a Oskar.»

«Perché non vuoi dirmelo?»

Passa gli spinaci e finisce con gli straccetti di pollo. «Perché ho riflettuto su un sacco di roba di recente e... non credo che spetti a me dirtelo. Oskar non è la brutta persona che credi.»

Gli consegno bruscamente i soldi. «Come fai a sapere cosa penso di lui?»

«Eravate migliori amici,» mi risponde, sistemando con cautela il denaro nella cassa e consegnandomi il resto. «Non saresti qui a farmi queste domande se lo foste ancora.»

Zoe: *Ti va di fare quattro tiri a canestro?*

Io: *Certo. Quando?*

Zoe: *Adesso? Il pessimo umore di mio fratello mi sta mandando al manicomio da una settimana.*

Io: *Torno a casa con papà alla fine del turno.*

E visto che non smetterò di pensarci se non glielo chiedo...

Io: *Perché Oskar è di cattivo umore?*

Zoe: *Problemi in paradiso? Non vuole parlarne. Ringhia e risponde male a tutti.*

Io: *Verrò a salvarti.*

Zoe: *Mio eroe.*

Salvo Zoe ogni pomeriggio, quella settimana.

Due volte la invito a cena nel mio appartamento, altre tre lei mi straccia a basket.

Mi ritrovo a fare i conti con il cattivo umore di Oskar il martedì al teatro. A malapena mi guarda e la sua recitazione è scialba, a voler essere gentili. Papà tira corto con le nostre scene e si concentra su Zoe, Elena e i Richter.

Poi arriva il giovedì ed è di nuovo il momento delle prove.

Io e Zoe stiamo trascinando gli attrezzi di scena sotto il palco mentre gli altri misurano i costumi in modo che Elena possa prendere nota delle opportune modifiche.

«Stasera sarà fantastico,» mi assicura Zoe, piuttosto entusiasta della cena organizzata dalla sua famiglia. Quella a cui vorrei non aver promesso di partecipare. «Non dobbiamo preoccuparci che Oskar rovini la festa a tutti. Gli ho detto che se non riesce a stamparsi un sorriso in faccia, può andare a deprimersi nella sua stanza. Si è scusato e mi ha promesso che oggi si impegnerà di più. Dice che è triste e confuso, da quando lui e Jessie si sono mollati.»

Il masso di polistirolo mi scappa di mano e si schianta nella fossa sotto il palco, sollevando una nuvola di polvere. Tossisco. «Mollati?»

Zoe annuisce. Spettegolare le fa luccicare gli occhi proprio come a sua madre. «Già. Me l'ero immaginato.»

«Jessie l'ha scaricato?» Abbasso la voce. «Non ha alcun

senso.» Alla festa, mi ha avvertito chiaramente di stargli alla larga.

Zoe scuote il capo. «Non è stato Jessie a rompere con lui. È stato Oskar.»

«Aspetta. Cosa? Perché?»

Lei scrolla le spalle. «Non saprei. Ti consiglierei di chiederglielo, ma magari è meglio di no. Non stasera, comunque. Lo voglio felice a cena.» Mi aiuta a posizionare la pannellatura.

Oskar, fiancheggiato da Elena e dalla signora Richter, attraversa il palco. Sua madre lo incita a tenere su il mento ed Elena gli infila un lembo della camicia nella fascia che gli circonda la vita.

Gli altri si allontanano e Oskar punta lo sguardo su di me, che sono ancora in ginocchio da un lato – quello di Devin – del palco.

Mi si ferma di fronte. I suoi pantaloni sono aderenti, gli stivali a mezza caviglia e ha una spada finta riposta nel fodero lungo il fianco. Tiene una mano sull'elsa.

Invece di mettermi in posizione per iniziare la scena che papà ci sta chiedendo di provare, alzo la testa. Voglio chiedergli perché ha mollato Jessie. Voglio sapere cos'è successo tutti quegli anni fa con Andre. Le parole mi ribollono in gola e io le ricaccio indietro.

Oskar mi porge una mano. Per un istante mi sembra che mi stia fissando le labbra, ma non posso esserne sicuro perché si sposta di lato e una luce di scena mi acceca. Con una chiazza fluorescente che mi vela la vista, ignoro la sua mano e mi sposto dal lato del palco di Casper.

Mio padre snocciola istruzioni, che io e Oskar seguiamo. Proviamo le nostre battute e il nostro combattimento, ma papà riprende Oskar tre volte perché è distratto, finché non si arrende e si concentra sulla mia scena con Zoe.

Oskar si siede in fondo alla stanza e ci osserva. Il modo intenso in cui ci guarda senza vederci mi fa impappinare.

«Forse dovremmo smettere per oggi,» interviene la signora Richter, riponendo il violino nella custodia. «Credo che siamo tutti troppo eccitati per la nostra festicciola.»

Papà è pronto a protestare, poi sospira. «Forse hai ragione. Sabato però voglio che riproviamo quest'ultima scena.»

Dieci minuti dopo, gli arredi sono smontati e l'intero cast, escluso Oskar, si sta cambiando dietro le quinte. Afferro i miei vestiti e mi dirigo in bagno.

Elena, che si sta tirando su i capelli in una crocchia disordinata, appoggia un fianco al muro accanto alla porta. «Credevo che stessi cercando di essere amichevole con Oskar. Sembravate a disagio sul palco.»

Mi chiedo quanto abbia dedotto di ciò che è successo al suo compleanno. Eliot potrebbe averle raccontato che non siamo andati a letto insieme, ed è impossibile che non si sia accorta di come io e Ben ce la siamo squagliata il giorno seguente. «Sarà meglio che mi cambi.»

Lei studia il mucchio di vestiti che ho tra le braccia e lancia un'occhiata alla porta del bagno. «Sei proprio riservato, eh? Gli altri sfilano in mutande nemmeno fossero su una passerella.»

Oskar arriva dal palco e si ferma a un paio di metri da noi. Il suo sguardo passa da Elena al mio petto e io sento le ustioni sotto la camicia di cotone e le cuciture dei boxer.

«Non... non...» balbetto.

Oskar si avvicina rapidamente, la voce profonda più calda e presente di quanto sia stata durante tutta la serata. «Marco, possiamo riprovare la nostra scena conclusiva prima di andare?»

Mi fa scivolare le dita attorno alla parte alta del braccio e mi trascina con sé. In mezzo al palco, mi toglie di mano i vestiti e li posa per terra.

Non riesco a costringermi a riconoscere il vero motivo per cui mi ha portato via.

«La scena conclusiva,» ripeto abbastanza impacciato mentre sfodero la spada.

Lui fa altrettanto, con la stessa aria corrucciata che ha avuto per gran parte della serata.

«L'hai fatto per tutte le prove,» gli dico.

«Cosa?»

Imito la sua espressione. «Questo.»

Lui inarca le sopracciglia e un'ombra di sorriso gli stuzzica le labbra. «Ma non mi dire.»

«Già. Che...»

Mio padre si fionda sul palco. «Tieni, Marco,» mi dice lanciandomi le chiavi. Io le acchiappo al volo. «Chiudi tu.»

«Vai via? Sono venuto con te.»

Il suo sguardo si sposta su Oskar che, prima ancora che papà possa suggerirmi di tornare con lui, si sta già offrendo. «Ti riporto io a casa.»

«O potremmo provare un altro giorno,» suggerisco e cerco di convincere il mio stomaco a non aggrovigliarsi al pensiero di restare da solo con lui.

«Voglio provare l'ultima scena. Giusto una volta?»

«Mi sembra un'idea grandiosa,» interviene papà. «Ne avete bisogno entrambi.»

Ho il segno delle chiavi stampato sul palmo. «D'accordo.»

Voci allegre si innalzano e battibeccano, dirette verso l'uscita. La porta si chiude e rimaniamo solo noi. Il silenzio fa sembrare lo spazio più ampio. Avvolgo le dita attorno all'elsa della spada.

Oskar si massaggia il naso e per un istante mi concentro sul bozzo.

«Possiamo provare il lieto fine, stavolta?» mi domanda.

Faccio un passo indietro ed estraggo la mia arma. «Abbiamo scelto quello tragico.»

Oskar si fa dondolare la spada lungo un fianco, invece di colpire la mia come dovrebbe. «Cambiano solo le ultime battute. Credo che possiamo riuscirci senza un copione.»

Non sono le battute a preoccuparmi, è ciò che implicano. «Non possiamo mettere in scena il lieto fine. Papà la prenderebbe nel modo sbagliato.»

«Eh?» Oskar aggrotta la fronte, chiaramente confuso.

«Penserà che significa che siamo tornati amici. È proprio per questo che ha scritto due finali.»

«Che ha scritto... scusa, come?»

«Papà pensa che è quello che avrebbe architettato mia madre per farci riappacificare. Spera che forzandoci a lavorare insieme sullo spettacolo dimenticheremo il passato e torneremo a essere buoni amici.»

Lui mormora tra sé e sé, l'espressione stupita e... e compiaciuta.

«No, Oskar,» gli dico con fermezza. «No.»

«Perché no?»

Perché essere tuo amico è troppo complicato. «Perché dobbiamo provare un'ultima volta il finale tragico e metterci in macchina.»

Oskar mi accontenta, sebbene con un luccichio nello sguardo che sembra fuori luogo, considerato quant'è stato distante per l'intera serata. Arrivato alle ultime battute, quando ha la spada puntata al mio petto pronta a trafiggermi il cuore, pronuncia la frase sbagliata.

Pronuncia quella del lieto fine. «Non posso più farlo, Casper.»

Scuoto la testa e lui mi sorride. Comincia a recitare le battute di entrambi, la voce più acuta su quelle di Casper. Le sue *battute*. «*Non puoi fare cosa?* Non posso ferirti. *Mi hai ferito in passato.* E mi perseguita ancora. Non posso farlo di nuovo. Non lo farò.» Qui è dove Devin mi porge la spada. «Puoi uccidermi, Casper? O anche per te è lo stesso?»

A Casper dovrebbero tremare le braccia, con la spada di Devin in mano. Dovrebbe gettarla via di lato.

Oskar continua a recitare entrambe le parti. *«Per me è lo stesso,»* dice per Casper.

Poi un Devin al settimo cielo gli chiede di ripeterlo più forte e lui lo grida a gran voce. *«Sei mio amico,»* continua nel ruolo di Casper. *«Sei mio amico e voglio che il mondo lo sappia.»*

Assisto alla sua farsa. Recita le due parti con tale entusiasmo, così pieno di vita, che sento la sua passione scorrermi lungo la spina dorsale. Quando ha finito, faccio oscillare le chiavi. «Forza, andiamocene di qui.»

Non mi fa pressioni. Mi lascia da solo a cambiarmi, poi chiudiamo la chiesa e ci infiliamo in macchina.

Guida con prudenza, fermandosi ai semafori gialli invece di accelerare. La radio è accesa e lui canticchia un pezzo dei Tepid Creek che mi ricorda ciò che provavo nei suoi confronti al festival.

Guardo fuori dal finestrino nella città buia e tappezzata di graffiti e mi sforzo di trattenermi dal porgli domande su Jessie e Andre. Cazzo, devo ancora superare un'intera serata con Oskar e i Richter.

«Puoi fermarti al supermercato?» gli chiedo. Ho un

gran bisogno di qualcosa di forte. Dell'alcol che mi impedisca di pensare tanto.

Entro di corsa e compro del whisky da quattro soldi. Quando ci rimettiamo in strada, lo stappo e ne bevo una lunga sorsata.

Oskar aggrotta la fronte, ma non dice nulla finché non siamo quasi a casa e non ho buttato giù l'equivalente di altri due bicchierini di liquido ambrato.

Osserva la bottiglia che tengo incastrata tra le cosce. «Ho insistito troppo, prima?»

Io scrollo le spalle. Perché sì, ha insistito troppo. E no, non lo ha fatto.

«Zoe mi ha detto che sei stato di cattivo umore per tutta la settimana,» replico, poi mi maledico per averlo chiesto bruciandomi la gola con dell'altro whisky.

Oskar imbocca la nostra strada e cerca parcheggio. Dopo aver spento il motore, appoggia la testa al sedile e fissa la sua casa, poi forse la mia.

«È stata una settimana blu,» mi confessa piano. Il suo uso del colore cattura la mia attenzione.

«Blu... mi dispiace.»

Porto le mani impacciate sulla cintura perché l'aria è troppo densa e non sono sicuro di voler conoscere i dettagli.

«Io e Jessie non stiamo più insieme.»

Il cuore mi martella nel petto. Tento di bere un altro sorso, ma stavolta Oskar mi prende di mano la bottiglia.

Un ottavo del contenuto è andato e inizio a sentirne l'effetto.

Provo a riappropriarmene, però Oskar la tiene fuori portata. Affondo di nuovo sul sedile e lo fulmino con lo sguardo. «E va bene. Mi dispiace per voi, okay?»

«Ti dispiace davvero?»

No. «Eri il suo bravo ragazzo. Sono sicuro che sia a pezzi.»

Oskar sospira e manda giù un po' di whisky. «È lui il bravo ragazzo. Io? Io ho mandato tutto a puttane anche con lui.»

«Sul serio?» Dannazione, l'alcol si fa sentire e io suono fin troppo interessato. «In che modo?»

«Davvero non lo sai?»

«Non so cosa?» Mi gira la testa, che mi massaggio con un palmo. Non tocco cibo dalla colazione e il whisky picchia duro.

Oskar tappa la bottiglia e la infila sotto il sedile. «Dovremmo entrare e mangiare.»

Esce dall'auto e mi lascia lì, confuso. Mi affretto a seguirlo. L'alcol mi scalda il sangue a dispetto dell'aria fredda e pesante. Lascio che mi sospinga verso Oskar e la porta che sta aprendo. «In che modo hai mandato tutto a puttane?»

La spalanca di più e mi fa cenno di entrare. Obbedisco e mi fermo di fronte a lui sotto le luci taglienti dell'ingresso.

«Ero... distratto.»

La signora Richter ci chiama da in fondo all'atrio. «Oskar? Marco? Che fate, venite qui.»

Seguiamo la musica degli strumenti a corda. Zoe e suo padre stanno suonando il contrabbasso e il violino. Il resto dei presenti si serve dal buffet disposto lungo il tavolo.

Punto dritto al vino.

Due, forse tre bicchieri dopo, mi aggiro per la stanza tra le chiacchiere degli invitati mentre Oskar e Opa suonano il piano a quattro mani. Zoe si unisce a loro e canta.

A un certo punto, Opa si accomoda su una poltrona e Oskar gli porta un bicchierino di grappa.

Io continuo a bere.

«... solo una fase, magari?» Il signor Richter lo sta dicendo a sua moglie sopra una cucchiaiata di insalata di patate.

Mi fermo a qualche passo di distanza.

«Magari avremmo dovuto invitare quella ragazza adorabile che lavora al Bergers in fondo alla strada.»

Mi insinuo tra loro con un grosso sorriso e mi allungo a prendere una seconda bottiglia di Merlot. «Scusate.»

Mi serve altro vino.

«Oh, Marco. Come va? Stai sempre con Olivia, tesoro?»

Un sacco di altro vino.

Per le dieci e mezza, quasi non mi reggo in piedi. Gli ospiti ridono, papà chiacchiera con Opa, Oskar sorride a un commento di Elena e Zoe mi sta parlando di... qualcosa.

Mi sventola una mano davanti alla faccia e io mi concentro su di lei, che scoppia a ridere e scuote il capo. «Sul serio, non hai smesso di fissare mio fratello per l'intera serata.»

«Eh? Non è vero.» Recupero il Merlot, colpito di nuovo dal ricordo di noi due al lago, e mi verso l'ultimo rimasuglio nel bicchiere.

«Cosa non è vero?» chiede Oskar alle mie spalle.

Zoe ridacchia e, prima di avvicinarsi a Elena, risponde: «Convinci Marco a passare all'acqua.»

Io le scocco un'occhiataccia e mi giro lentamente. Oskar rimane fermo, così vicino da bloccare la luce. Studia il mio viso per valutare quanto sono sobrio... o quanto non lo sono.

«Ho speranze?» mi sussurra, accostandosi ancora. «Ho speranze di convincerti?»

«No,» gli rispondo. Ma intanto annuisco. Sollevo il bicchiere tra noi e mando giù l'ultimo goccio. Provo a svignarmela per sfuggire al suo sguardo, però inciampo nel tavolo. Oskar mi agguanta per un braccio e mi raddrizza. La sua presa è salda, seppur cauta.

Mi scappa da ridere e non riesco più a smettere. Prima che attiri troppo l'attenzione, Oskar mi guida fuori nel cortile sul retro.

La brezza mi scompiglia i capelli e lui allenta le dita e me le fa scorrere lungo il braccio. Individuo una sedia a sdraio e ci collasso sopra, la plastica che si conficca per un istante nella mia pelle accaldata. Oskar si siede sull'altra, di fronte a me.

Il cielo blu notte ci grava addosso. Per alleggerire la pressione sul petto, devo per forza chiedere. «Cos'è successo tra te e Andre tanti anni fa?»

Oskar mormora tra sé e sé. «Ne possiamo parlare, ma facciamolo domani.»

Domani? Mi si rivolta lo stomaco. Per un attimo penso di poter gestire la cosa, poi segue un'ondata di nausea. Scivolo giù dalla sdraio e mi lancio verso le ortensie, su cui inizio a vomitare. Penso di aver finito, invece il mio stomaco si contrare e ricomincio.

Una mano calda si posa sulle mie spalle e Oskar si china accanto a me. Mi accarezza con cerchi concentrici mentre mi svuoto la pancia.

Quando finisco sto tremando. E tirando su col naso. «Che odio. Odio,» ripeto in continuazione.

Mi fa male lo stomaco e ho la gola in fiamme. Mi ripulisco la bocca con una manica e mi stacco subito da lui. «Papà non può vedermi in questo stato. Devo andare a casa.»

Cammino a zig zag lungo il lato dell'edificio e armeggio con il cancello finché Oskar non arriva ad aprirmelo. Mi circonda con un braccio. «Lascia che ti aiuti.»

E io... accetto. Il mondo mi gira attorno, per cui gli appoggio la testa sulla spalla e gemo.

«Non bevi mai così tanto,» mi dice.

«Me ne sto pentendo.»

Lui ride, sbuffi d'aria che mi sfiorano la fronte.

Più camminiamo, più ho il capogiro. Cerco di concentrarmi su un solo senso alla volta. Il saporaccio che ho in bocca. Il profumo muschiato e silvestre di Oskar. Lo sfrecciare delle auto sulle strade bagnate. La stretta decisa sul mio braccio.

Tre isolati e due rampe di scale dopo, tiro fuori le chiavi. Oskar se ne appropria e mi apre la porta, per cui barcollo all'interno e mi tolgo le scarpe. Davanti alla cassettiera, mi procuro una camicia e dei boxer puliti. «Puoi andare adesso,» gli assicuro e mi trascino in bagno.

Per abitudine, chiudo a chiave. La stanza mi gira attorno e devo aggrapparmi al lavandino. Faccio tre respiri profondi prima di aprire l'acqua nella doccia e approfittare del tempo che ci mette a scaldarsi per lavarmi i denti.

Nel box, mi strofino con una dose generosa di bagnoschiuma all'oliva, fallendo nel tentativo di scacciarmi dalla mente l'odore silvestre. Mi appoggio alla parete e impreco, poi chiudo il rubinetto.

Devo buttarmi a letto e fingere che questa cazzo di serata non sia mai avvenuta.

Una volta vestito, sospiro e torno nella stanza principale. Mi accoglie la vista di Oskar seduto al mio tavolo. Di fronte ha un bicchiere pieno d'acqua e in mano la mia sirena d'argilla. Non sa quanto quella statuetta significhi per me, come mi strappi una risata e mi tiri su di morale nei giorni blu. Non voglio che la tocchi... non voglio che diventi l'ennesima cosa che mi fa pensare a lui.

L'alcol e una rabbia rovente mi pulsano dentro.

Lo raggiungo a passo di carica e gli tolgo di mano la statuetta. «Che ci fai ancora qui?»

Lui spinge il bicchiere d'acqua verso di me, la voce schifosamente comprensiva. «Volevo assicurarmi che ti mettessi a letto.»

«Smettila,» gli intimo. «Devi smetterla.»

Oskar si alza e dischiude le labbra, quasi volesse aggiungere qualcosa. Non ho intenzione di ascoltarlo. Sono frustrato, imbarazzato e non vedo altro che rosso. Digrigno i denti e stringo la sirena così forte che le si stacca la coda.

Per un istante la fissiamo entrambi, poi perdo la pazienza. Gli riverso addosso la mia rabbia.

«È colpa tua. Perché sei sempre qui?» Gli sbatto la statuetta sul petto, con la vista offuscata dalla collera. Oskar mi sfila i pezzi di mano e li appoggia con calma sul tavolo.

Odio la sua compostezza e gli urlo: «È a causa tua. Cazzo.»

«Cosa lo è?»

«Che non riesco a fare progressi. Che sono troppo insicuro per scoparmi uno sconosciuto.»

Mi avvicino di un passo e gli do una manata sul petto. Lui non barcolla, non si smuove. Sostiene il mio sguardo e accetta il mio sfogo. 'Fanculo anche per questo.

«Odio come mi hai ridotto. Come credi di conoscermi ancora. Come sei di nuovo al primo posto per Zoe. Come non perdi mai il controllo. Odio quanto cazzo sei sicuro di te. Odio che tu sia ancora qui.»

Gli piombo addosso e uso tutta la forza che possiedo per farlo cadere. Ira, frustrazione e dolore vibrano nell'aria tra noi, e io ci passo attraverso per afferrargli il viso e schiacciare le mie labbra sulle sue.

È un bacio feroce. Lo stringo troppo forte per la mascella. «Odio quanto mi manchi. Quanto mi manchi sempre.»

Torno sobrio non appena le parole mi escono di bocca. Mi immobilizzo, serro le palpebre e...

Oskar mormora il mio nome e preme le labbra sulle mie con urgenza. Sento sapore di zenzero e caramello. Un braccio mi avvolge in una presa decisa, calda e solida. La mano opposta mi scivola sulla nuca e mi attira nel bacio. La lingua di Oskar mi accarezza la piega delle labbra e il calore del suo respiro mi provoca un'ondata di brividi dalla testa alla punta dei piedi. Mi arrendo tra le sue braccia e approfondisco il bacio, le lingue intrecciate mentre i nostri corpi aderiscono con forza.

Il suo gemito mi solletica l'arco di cupido e l'eccitazione mi scorre dentro. Anche lui ha un'erezione e ci strofino sopra la mia a un ritmo perfetto ed esigente. Voglio che mi senta, voglio che capisca quanto ero vuoto senza questo. Senza noi.

Mugugno nella sua bocca. Oskar trema e si aggrappa a me, e tutto tranne lui è un turbinio confuso. Urto lo spigolo del tavolo con il sedere e le gambe di legno stridono quando Oskar mi si spinge addosso e io lo attiro più vicino. Sbattendo qua e là, ci trasciniamo fino al letto e ci cadiamo sopra, Oskar su di me. Il suo peso è tutto ciò che desidero, tutto ciò che ho sempre desiderato.

I nostri corpi si inarcano all'unisono, i sessi che supplicano attenzioni. Il mio cuore martella tra noi, saltando un battito ogni tre.

Oskar mi sfrega la barbetta sulla mascella e sotto l'orecchio. Ondeggia il bacino contro il mio, la frizione che m'infiamma ogni terminazione nervosa. Il mio uccello sta pulsando. Non ce l'ho mai avuto così duro in vita mia.

«Cazzo.» Cazzo, è bellissimo. Cazzo, voglio di più.

Oskar smette di baciarmi il collo. I suoi occhi velati mettono pian piano a fuoco ed esaminano la situazione. Mi appoggia la fronte sulla spalla, esala un respiro tremante e si alza da me.

«Devo fermarmi adesso o non ci riuscirò più.»

«Non fermarti, allora.» Mi puntello sui gomiti. L'aria è fresca dove non c'è più lui e lo rivoglio indietro, anche se mi maledirei per averlo baciato. *Che sto facendo?* «Baciami, Oskar.»

Gli manca il respiro e impreca prima di sfiorarmi il contorno delle labbra con le sue. Si scosta. «Sei ubriaco. Non avrei dovuto approfittarne in questo modo.»

Ricado sul letto, perché è vero. Sono ubriaco. I muri bianchi mi si stringono attorno. «Ho iniziato io.»

«Non hai idea di quanta speranza mi dia,» replica lui. Poi, dopo essersi schiarito la gola: «Ma sei ubriaco e il resto deve aspettare.»

Ancora stordito dal bacio, non so cosa rispondere. Vorrei che non si fosse fermato. Vorrei non aver mai cominciato.

«Dormi, Marco,» mi incoraggia Oskar. «Ne parliamo domani.»

SALMONE

Mi sveglio tardi, con la bocca secca e un post-sbornia da primato. Per un istante, sono convinto di aver sognato tutto. Mi giro su un fianco e scorgo la statuetta d'argilla rotta sopra il tavolo. Il peso di ciò che è successo è un macigno sul petto. Ho baciato Oskar.

Che ha risposto al bacio.

Affondo la testa nel morbido cuscino di cotone e gemo. È un cazzo di disastro.

Vuole che oggi parliamo. Di ieri sera. Di noi.

Posso ignorare il cellulare. Fingere di non ricordare nulla... tipo le sue labbra premute sulle mie o l'insistenza con cui l'ho tenuto stretto. O l'agilità con cui si è mosso, quasi avesse immaginato di baciarmi prima...

Basterà uno sguardo per fargli capire che mi ricordo tutto. Saprà che ripensarci mi eccita.

Mi acciambello su me stesso e ignoro le stilettate di piacere della mia erezione che sfrega sulle lenzuola.

Una parte di me vuole sciogliersi sotto il suo tocco, il che non significa che sia una buona idea.

Il nostro rapporto è troppo fragile e complicato. Non siamo nemmeno amici, come possiamo concederci di essere qualcosa di più?

Scosto le coperte e lascio che l'aria fredda mi trattenga dall'accarezzare il mio uccello in disaccordo.

Oskar sarà alla partita di Zoe stasera. Lo vedrò lì e poi... gli dirò che ieri sera è stato un errore causato dall'eccesso di alcol. Un errore che dovremmo evitare di ripetere.

Non appena vedo Oskar, il discorsetto che mi sono preparato durante la giornata si riduce a un balbettio mentale privo di senso. È seduto sulle tribune gremite, gambe aperte e gomiti sulle ginocchia, e sorride verso il campo.

Applaude e le rughe di espressione agli angoli degli occhi si acuiscono. Seguo il suo sguardo fino a trovare Zoe, che gli dedica un sorrisetto, si fa roteare la palla sul palmo e realizza un canestro da tre punti. Ottima forma, decisa e sicura.

Mi piacerebbe riuscire a prendere esempio da lei.

Invece mi trascino verso le tribune, incapace di non arrossire.

Sulla linea laterale mi scontro con l'allenatore della squadra avversaria, che mi incoraggia a spicciarmi e ad andare a sedermi dove Oskar mi ha chiaramente tenuto il posto.

Quando si accorge che mi sto avvicinando, toglie la borsa a tracolla dalla panca e se la sistema tra i piedi. Mi rivolge un sorriso, ma è diverso da quello che ha diretto a Zoe. Non è altrettanto grande, eppure è più profondo. Gli occhi nocciola incrociano i miei e brillano di una luce interiore.

... non hai idea di quanta speranza mi dia.

Mi butto a sedere sulla tribuna piena di incisioni, lasciando lo spazio necessario perché entrambi possiamo appoggiare le mani ai lati senza toccarci.

L'arbitro fischia e le Basket Bears e le Red Tails si posizionano sul campo. Due minuti dopo la partita è nel vivo, con entrambe le squadre già a punti. Stefanie dribbla le avversarie e passa la palla a Zoe, che si affretta a tirare. Colpisce l'anello e le ragazze in difesa se ne impossessano. Zoe fa una faccia sorpresa prima di lanciarsi all'inseguimento della numero tre.

Insistente e fastidiosa, la mia Zoe le sta incollata, non importa quanto l'altra cerchi di scrollarsela di dosso. «Giù e piano,» mormoro sottovoce, mentre Oskar le intima: «Allargati.»

Zoe approfitta di un rimbalzo e in cinque secondi il pallone è nella sua zona d'attacco. Quando le Basket Bears segnano di nuovo, io e Oskar festeggiamo alzando i pugni nell'aria sempre più soffocante.

Ci guardiamo e le mie labbra sono pronte a incurvarsi tanto quanto le sue. Zoe, quantomeno, è qualcosa che abbiamo in comune. Qualcuno di cui entrambi andiamo fieri, per cui vogliamo essere presenti, che vogliamo aiutare a crescere.

Oskar tira fuori due bottigliette d'acqua dalla tracolla e me ne offre una. «Scusa, niente whisky stasera.»

Gli mostro il dito medio e nascondo il sorriso bevendo un sorso.

La partita si mette a favore delle Red Tails e Zoe inizia a perdere la pazienza. Dopo l'intervallo, l'allenatore la sostituisce e lei esce sillabando imprecazioni. Mi scappa una smorfia, perché se ha imparato questa brutta abitudine da uno di noi, è da me.

Si calma in fretta e in breve è di nuovo in campo a contendersi la palla.

Oskar segue la partita con attenzione, io invece continuo a sbirciare il suo profilo, il naso leggermente segnato, le labbra rosee, la mascella rasata di fresco, la piccola cicatrice vicino all'orecchio. Una sensazione di calore mi avvolge, insieme al suo profumo di pino e muschio.

Oskar mi becca quasi sul punto di inspirarlo e studia le

mie mani serrate attorno alla bottiglietta. Si accosta e io abbasso le palpebre quando la sua voce mi solletica l'orecchio. «Sei autorizzato a guardare. A dire il vero, mi piace che guardi.»

Riapro gli occhi di scatto e deglutisco con forza.

L'arbitro fischia la fine della partita, salvandomi dal dover replicare. Mi concentro interamente sulla vittoria risicata delle Basket Bears e applaudo Zoe e compagne.

Lei stringe la mano alle avversarie e torna di corsa alla panchina. Incrocia il mio sguardo oltre la spalla dell'allenatore. Mi sorride e ci fa cenno di aspettarla fuori.

Oskar si carica la borsa in spalla. «Come sei venuto?» mi chiede, e non sembra sorpreso quando gli dico che ho preso il treno e fatto un pezzo a piedi. «Bene. Puoi tornare con noi.»

Lo seguo fuori. Nel buio spiccano i display illuminati dei cellulari di chi sta controllando i messaggi mentre raggiunge la propria auto.

«Ti unisci a noi per una pizza?» gli chiedo. La scorsa settimana, la sera prima del viaggio al lago, Oskar ci ha lasciato al nostro appuntamento abituale. Ha esitato, ma poi ha risposto che voleva vedere Jessie.

Ho diviso due pizze con Zoe e non ho pensato a lui nemmeno per un secondo. Okay, forse giusto un pochino.

L'auto di Oskar si apre con un *bip*. Lui mi sorride da sopra al tettuccio gelato. «Vuoi che venga?»

Si mette al volante e io mi accomodo sul vinile stridente del sedile del passeggero.

Mi osserva con la coda dell'occhio mentre litigo con la cintura. Quando riesco ad allacciarla, studio il parcheggio alla ricerca di Zoe. Non c'è niente a salvarmi dal rispondere, stavolta. Mi strofino i palmi sudati sui jeans. «Sono venuto con l'intenzione di dirti che ieri sera... non è stata una buona idea. Abbiamo ancora troppo da risolvere.»

«Sì, è vero.»

Mi giro verso di lui. I suoi occhi sono scuri, profondi, pazienti. «Voglio dire, non siamo nemmeno amici.»

Oskar mi posa un palmo sul viso, il pollice che mi scorre sulla guancia. «Vorrei che tornassimo a esserlo. Più di qualsiasi altra cosa. Lo vorrei davvero.»

Gli afferro la mano e me la stacco dalla faccia. Non la lascio andare, però. La blocco sopra il mio ginocchio. Il calore penetra attraverso la stoffa e mi ricorda di ieri, del suo intero corpo disteso sul mio.

Con il cuore che mi batte nelle orecchie, do voce a un briciolo di verità. «Io vorrei così tante cose.»

Zoe si sta avvicinando alla macchina, con addosso i jeans e la sua maglietta larga a quadri. Butta il borsone sportivo sul sedile posteriore e lo segue a ruota. «Ce la siamo vista brutta, eh? Credevo proprio che avremmo perso.»

«Avete cominciato bene,» le rispondo. Mollo la mano di Oskar e infondo di energia la mia voce, ma in realtà vorrei solo sprofondare nel sedile finché non riesco a capire che diavolo stiamo facendo. «Credevo che gliele avreste suonate di brutto.»

«Quell'idiota dell'arbitro ha finto di non vedere il fallo della numero tre.»

«E tu ti sei lasciata condizionare,» ribatto mentre il motore si accende. «Hai perso la concentrazione e mandato all'aria la partita.»

Zoe grugnisce. «Cazzo, me ne rendevo anche conto, peccato che non riuscissi a calmarmi. Sostituirmi è stata la decisione migliore che l'allenatore potesse prendere.»

Da sopra una spalla, la vedo soffiarsi via una ciocca dal viso. «Dominare le emozioni è un'abilità mica da poco, Zoe. Hai fatto faville quando sei tornata in campo. Hai trasformato una sconfitta certa in una vittoria.»

Lei arrossisce e si rannicchia sul sedile. «È grazie a voi due.»

«A noi due?» Io e Oskar lo chiediamo all'unisono e incrociamo gli sguardi.

«Vedervi lì insieme dopo tutti questi anni. Mi sono detta che diamine, se voi potete darvi una calmata, posso farlo anch'io.»

A Oskar scappa una risata bassa e gutturale e io mi mordo il labbro per reprimere un brivido. La mia testa insisterà pure che non voglio nulla da lui, il mio cuore mormorerà che ieri abbiamo commesso un errore, ma il resto di me non pare interessato ad ascoltare.

«Andiamo a mangiare una pizza?» domanda Zoe.

Oskar mi osserva di nuovo e inarca un sopracciglio.

La mia testa dice no. Il mio cuore prova ad avvertirmi battendo a ritmo irregolare. Annuisco comunque. «Oskar viene con noi.»

«Che buona.» Zoe si infila in bocca una fetta di pizza con mozzarella, pollo e rucola.

È un buco di pizzeria e siamo seduti su degli sgabelli instabili nell'unico tavolino esterno, i colletti dei giubbotti sollevati a ripararci dal freddo invernale. Zoe ha ragione, ne vale la pena.

Oskar è di fronte a me sotto un filo pendente di lucine natalizie. I capelli e il naso sono illuminati di un rosso acceso.

Abbiamo passato gli ultimi dieci minuti a discutere dei peggiori condimenti per pizza. Io dico ananas, perché chi diavolo vuole della frutta dolce e succosa buttata in mezzo a carne e formaggio? Oskar sostiene che siano gli spinaci, perché inzuppano la base e non hanno nemmeno un gran sapore.

Zoe cerca di convincerci che abbiamo entrambi ragione, ma noi sappiamo che può esserci un unico vincitore.

«Inoltre anche l'ananas inzuppa la pasta, oltre a essere disgustoso,» aggiungo. «Non c'è proprio partita.»

Oskar si lecca il sugo dall'angolo delle labbra e sorride tra sé e sé mentre prende la penultima fetta. «In ogni caso, questa è la miglior pizza che abbia mangiato da un secolo.» Sorride anche con gli occhi e io stritolo il tovagliolo con cui mi stavo pulendo le mani. «Magari su questo possiamo essere d'accordo?»

«Era la miglior pizzeria di Berlino,» commenta Zoe, un dito puntato ai vecchi riconoscimenti esposti in vetrina. «Se la rinnovassero un po', potrebbe vincere di nuovo.»

Il cellulare di Zoe vibra sul ripiano di vinile. La crosta della pizza le cade nel cartone. «Oh mio Dio. Il ragazzo di Steffi l'ha appena scaricata.» Digita in fretta e invia un messaggio. «La vedo male.»

Mi agito sullo sgabello, senza sapere bene cosa dire.

Oskar la circonda con un braccio e sbircia il display. «Da quanto stavano insieme?»

«Da un paio di mesi. Lei credeva che fosse vero amore.» Legge il messaggio in arrivo. «È a pezzi. Merda. Come si supera una cosa del genere?»

«Se è vero amore,» risponde Oskar, «non penso che si superi.»

«Se non lo è,» aggiungo io, «il tempo guarisce le ferite.»

Zoe geme. «Fantastico. Siete di grande aiuto.» Si allontana di qualche passo, il telefono premuto sull'orecchio.

«Steffi? Calmati... mi dispiace da morire... i maschi sono degli stronzi... Vuoi che dorma da te? D'accordo. Arrivo.»

Riaggancia e rivolge un sorriso smagliante a suo fratello. «Mi faresti un piccolo favore?»

Oskar alza gli occhi al cielo, ma sta già scendendo dallo sgabello e tirando fuori le chiavi della macchina. «Prima accompagniamo Marco.»

Io mi do qualche pacca sulle tasche della giacca per assicurarmi di avere portafogli, chiavi e cellulare. «Andate dritti da Stefanie. Da qui ci metto cinque minuti a piedi.»

Oskar tenta di protestare, ma Zoe emette un sospiro di sollievo e lo trascina verso l'auto.

«A più tardi, Marco,» mi dice da sopra una spalla. Dal tono è evidente che non sia finita qui.

NON DEVO ASPETTARE MOLTO. UN'ORA DOPO, MENTRE sono steso a letto a cercare – senza risultati – di concentrarmi sul mio testo di Economia Politica, il cellulare mi segnala l'arrivo di un messaggio. Convinto che sia Zoe che ha urgente bisogno di consigli di cuore, afferro il telefono.

Sbatto le palpebre alla vista del nome sul display. *Oskar.*

Oskar: *Sei arrivato a casa senza problemi?*

Mi giro a pancia in giù, appiattisco il cuscino con un pugno e rileggo due volte il messaggio.

Io: *Sì, grazie. Non mi ero accorto di avere il tuo numero.*

Mi risponde all'istante, come speravo.

Oskar: *Lo confesso, te l'ho salvato io la sera che abbiamo preparato la cena insieme.*

Io: *Come sei riuscito a sbloccare il mio cellulare?*

Oskar: ...*Zoe.*

Io: *Oh.*

Io: *Non era un oh dispiaciuto. Soltanto sorpreso. Zoe potrebbe beccarsi una ramanzina, però.*

Oskar: *Aveva buone intenzioni.*

Io: *Sì, lo so. Tu sei rientrato senza problemi?*

Oskar: *Mi sto infilando a letto proprio adesso. Domani ho un colloquio molto presto.*

Io: *Colloquio?*

Oskar: *Un posto part-time da barista.*

Io: *Tu che conosci solo tre ricette?*

Oskar: *Chiudi il becco. Non si tratta di cucinare. In realtà preparo un ottimo caffè.*

Io: *Dovrai dimostrarmelo.*

Oskar: *Contaci.*

Oskar: *Dunque, immagino che ci vedremo mercoledì alle prove?*

Io: *Già... a mercoledì, allora.*

Oskar: **Notte, Marco.**

«Notte, Oskar,» mormoro nello spazio vuoto tra i miei cuscini prima di girarmi di schiena e ripercorrere mentalmente ogni minuto, ogni sguardo condiviso della serata. «Notte.»

I DIECI GIORNI SUCCESSIVI SEMBRANO VOLARE. Mangio, lavoro, vado a lezione, dormo e mi sforzo di giochicchiare a calcio con Ben ma, in tutta onestà, non faccio che attendere l'avviso del prossimo messaggio.

Per la decima volta in una settimana il mio calorifero mi tradisce. Nel giro di venti minuti, il mio respiro fa la condensa.

Mi rifugio a letto con tre coperte trapuntate, il bagliore lieve dell'abat-jour e il cellulare a piena carica. Lo sblocco e lascio che mi scaldi le mani mentre scorro i messaggi dell'ultima settimana. Come ho fatto stamattina. E ieri. E il giorno precedente.

SABATO

Io: **HAI SBLOCCATO IL MIO TELEFONO PER OSKAR! TI ammazzo.**

Oskar: **Buongiorno. Immagino che il messaggio fosse per Zoe?**

Io: **Ehm, merda.**

Oskar: **LOL. Per altro, posso bocciare la tua proposta di uccidere mia sorella?**

Io: **Posso scuoterla molto forte?**

Oskar: **Ci sto.**

Sabato sera

Io: **Scusa per stamattina. Com'è andato il colloquio?**

Oskar: **Mi hanno dato il lavoro. Quindici ore a settimana... si incastrerà bene con le lezioni e le prove. Potrei fare ore in più, se mi ritiro dall'università.**

Io: **Ritirarti? Sei matto?**

Oskar: ***scrolla le spalle* Non so per certo cosa voglio fare, sai? Ma non è il dottore.**

Io: **Okay, però mollare la scuola...**

Oskar: **Più che altro prendermi un semestre di pausa per decidere che diavolo posso fare.**

Io: **Puoi fare un sacco di cose. Eri bravissimo in qualsiasi materia.**

Oskar: *Bravo in tutto, specializzato in nulla...*
è questo il mio problema.

Oskar: *Mi fa piacere che ti tenessi informato*
di come andavo a scuola. Facevo lo stesso con
te. Quella C in Educazione Fisica ti aveva
davvero fatto girare le scatole.

Io: *Ehi, ero bravo in Educazione Fisica. La*
professoressa odiava il mio atteggiamento nei
confronti del nuoto.

Oskar: *Quale atteggiamento?*

Io: *Non importa.*

Io: *Cioè, volevo nuotare con la maglietta*
addosso.

Io: *La infastidiva.*

Oskar: *In ogni caso era una pessima inse-*
gnante, e tu sei riuscito a frequentare tutti i
corsi che ti interessavano.

Io: *Politica, Matematica, Economia. Eppure*
stavo pensando...

Oskar: *Hai intenzione di finire la frase? Sono*
qui accoccolato a letto e pendo dalle tue labbra.

Io: *Scusa, il calorifero ha emesso uno strano*
rumore. Stavo pensando di darmi all'inse-
gnamento.

Oskar: *Lieto di sentirlo! È un po' che penso*
che saresti un insegnante eccellente.

Io: *Sul serio?*

Oskar: *Ti vedo con Zoe. Sei sboccato, d'accordo, ma procedi con calma. Le spieghi cosa ti aspetti da lei. Sei paziente e... ti illumini. Quando aiuti qualcuno, ti illumini.*

Io: *Non so cosa dire.*

Oskar: *Grazie? Figo? A questo punto non c'è dubbio, diventerò di sicuro un insegnante?*

Io: *Tutte e tre. Davvero mi illumino?*

Oskar: *È bellissimo da vedere.*

LUNEDÌ

OSKAR: *E ADESSO CHE FACCIAMO?*

Io: *Riguardo a cosa?*

Oskar: *Riguardo a Zoe. Che ha un ragazzo.*

Io: *La nostra Zoe ha un ragazzo? Non me l'ha ancora detto.*

Oskar: *Non sentirti escluso, non l'ha detto nemmeno a me. Li ho beccati a pomiciare nel giardino sul retro sotto il canestro.*

Io: *Non so se ridere o piangere. Cos'hai fatto?*

Oskar: *Ti ho scritto, ovviamente. Sono bloccato davanti alla porta sul retro. Ogni tanto* rischio un infarto sbirciando fuori dalla finestra.

Io: **Porca puttana! Sono lì adesso?**

Oskar: **Gli piombo addosso modello Hulk?**

Io: **Ti prego, non farlo mentre non sono lì ad assistere.**

Oskar: **Chi diavolo è questo bamboccio?**

Io: **Oh no... non avrà mica dei ciuffi viola nella frangia, vero?**

Oskar: **Perché? Chi è se ce li ha?**

Io: **Scoprilo!**

Oskar: **CE LI HA. CHI CAZZO È CHE STA BACIANDO LA MIA SORELLINA?**

Io: **Kevin.**

Io: **Non ha alcun senso. Continua a ripetermi quant'è irritante. Che è uno stronzo. Che non uscirebbe con lui nemmeno se cascasse il mondo.**

Oskar: **Leggi tra le righe! È il più classico dei "non lo voglio ammettere". E ora che faccio?**

Io: **Accendi la musica a palla. Probabilmente è convinta di essere sola. Appena farai rumore, lui se la darà a gambe.**

Oskar: **Ha funzionato. Ora Zoe è in cucina che fischietta mentre ci prepara una cioccolata** *calda. Il tizio se l'è svignata. Giuro su Dio che se si presenta di nuovo qui...*

Io: **Zoe ha sedici anni.**

Oskar: **Già, esatto. Sedici anni.**

Io: **No, intendevo dire... anche noi li abbiamo avuti...**

Oskar: **Cazzo, non la lascerò più avvicinare a nessun ragazzo. Mai più.**

Io: **Sto ridendo così forte che mi sento male. Ma sì, sono d'accordo. La prossima volta che lo vedrò sorridere, saprò che razza di pensieri sconci gli stanno passando per la testa. E lascerò che gli piombi addosso modello Hulk.**

Oskar: **Fingo di non sapere nulla? O tiro fuori l'argomento?**

Io: **Uhm. Suggerisco di aspettare che sia pronta a parlarcene.**

Oskar: **Ma potrebbero volerci giorni. Settimane!**

Io: **O perfino anni.**

Oskar: **Maledizione. Però... hai ragione. Quando sarà pronta.**

Oskar: **Ora vuole sapere perché sono così scontroso.**

Io: **Puoi dirle che ti ho fatto incazzare, se vuoi.**

Oskar: *Non ci crederebbe mai. ;)*

MERCOLEDÌ

OSKAR: *ERI IN OTTIMA FORMA ALLE PROVE!*

Io: *Sul serio?*

Oskar: *Mi fa male la spalla dalla spinta che mi hai (che Casper mi ha) dato. Credo che il litigio ci sia venuto alla perfezione*

Io: *Anch'io ho i miei lividi, comunque. Ti sei divertito un sacco a menare fendenti.*

Oskar: *Che vuoi che ti dica? Mi andava di punzecchiarti.*

Io: *Elena ha commentato che eravamo "un bello spettacolo" da vedere.*

Oskar: *Ti ho già detto quanto mi piace Elena?*

Io: *:P*

Io: *Ho una confessione: ho provato a parlare con Zoe stasera. Non ho avuto successo, ma ci ho provato.*

Oskar: *Riguardo a Kevin? Non avevamo deciso di aspettare?*

Io: *Mi è uscito di bocca! Era seduta dietro le quinte con una smorfia in faccia e... non volevo che dovesse affrontare tutti quei sentimenti da sola. Non volevo che si pentisse di non essersi confidata prima.*

Oskar: *Già. Ha bisogno di sapere che siamo qui per lei. Che può raccontarci qualsiasi cosa. Che le vogliamo bene.*

Io: *Esatto.*

Oskar: *Quindi niente Hulk?*

Io: *No, purtroppo.*

Oskar: *D'accordo, sarò verde oliva. Tranquillo.*

Io: *Ricordi cosa significano per me i colori.*

Oskar: *Ricordo tutto ciò che mi dici, Marco.*

Io: *Oskar...*

Oskar: *Vorrei che non fossi scappato via dopo le prove.*

Io: *Ho una tesina di Economia Politica da consegnare domani.*

Oskar: *Ti lascio lavorare, allora.*

GIOVEDÌ

Io: *RUGGINE.*

Oskar: *?*

Io: *È stato il tuo colore per anni.*

Oskar: *È stato? Qual è adesso?*

Io: *Sto ancora cercando di capirlo.*

Oskar: *Prenditi tutto il tempo che ti serve.*

VENERDÌ

Oskar: *MERDA. LA MACCHINA DI MIA MADRE SI È rotta, per cui devo accompagnare i miei al concerto.*

Io: *Non riuscirai a venire alla partita di Zoe?*

Oskar: *Ci proverò, ma è all'altro capo della città, per cui è improbabile.*

Io: *Lei lo sa?*

Oskar: *Sì, gliel'ho spiegato e mi ha detto che è abituata ad avere solo te nel pubblico. Un po' mi ha spezzato il cuore. Farai il tifo anche per me?*

Io: *Contaci.*

SABATO

Oskar: *COM'È STATA LA GIORNATA AL DEPOSITO DI legname?*

Io: *Lunga.*

Oskar: *Grazie per la montagna di messaggi sulla partita di Zoe ieri sera. Mi dispiace di averla persa.*

Io: *Ha fatto il culo alle avversarie. Non ho dubbi che la presenza sugli spalti di un certo tizio per cui ha una cotta abbia contribuito.*

Oskar: *PERCHÈ NON HA ANCORA SPUTATO IL ROSPO?*

Io: *Sospetto che tema, a buona ragione, i nostri istinti protettivi da fratelli maggiori.*

Oskar: *Stupidi istinti protettivi. Ha ragione però, le staremo addosso.*

DOMENICA

Oskar: *MARCO?*

Io: *Oskar?*

Oskar: *Che colore pensi di essere?*

Io: *Cambia di giorno in giorno. Salmone nel profondo, comunque.*

Oskar: *Salmone? Deve rappresentare gioia. Felicità. Risate.*

Io: *O, sai, vigliaccheria.*

Oskar: *Che cazzo dici? Non ci credo.*

Io: *Escluse le prove, ogni conversazione che abbiamo avuto è stata via messaggio. Ogni volta che abbiamo l'occasione di parlare di persona me la faccio sotto e trovo una scusa per scappare.*

Oskar: *Aspetta. Non dovevi consegnare nessuna tesina?*

Io: *Vedi, salmone.*

Lunedì mattina

Oskar: *Giusto perché tu lo sappia, a me va bene.*

Io: *Che cosa?*

Oskar: *Parlare così. Cioè, prima o poi vorrei che fossimo abbastanza a nostro agio da passare del tempo insieme, ma aspetterò. Non importa quanto tempo ci vorrà. Mi piace massaggiare.*

Oskar: *MASSAGGIARE.*

Io: *Forse il massaggio ti serve alle dita?*

Oskar: *Dannato correttore automatico. M-e-s-s-a-g-g-i-a-r-e.*

LUNEDÌ POMERIGGIO

Io: *ANCHE A ME PIACE MASSAGGIARE. ;)*

MARTEDÌ MATTINA

OSKAR: *ZOE HA SCOPERTO CHE CI SCRIVIAMO.*

Io: *Mi ha appena scritto TUTTO IN MAIUSCOLO.*

Oskar: *Prima ha visto il tuo nome comparire sul mio display e mi ha chiesto spiegazioni. Spero che tu non sia arrabbiato.*

Io: *Furibondo. :P Non dovresti essere da qualche parte a preparare cappuccini?*

Oskar: *Stavo giusto per correre al lavoro. Furibondo, eh? Immagino che dovrò trovare il modo di farmi perdonare.*

Rileggere le nostre conversazioni mi scalda il cuore. Affondo contro la testiera e comincio a scrivere. Parte di me vorrebbe confessare a Oskar che sono passato dalla caffetteria durante il suo turno. L'ho sorpreso a ridere con un cliente che era davanti a me in coda e il suo sorriso era così acceso e vivace che mi è venuta voglia di immortalarlo con la fotocamera del cellulare. Prima che ne avessi il tempo, Oskar è sparito sul retro.

Con uno strano miscuglio di delusione e sollievo, ho comprato un sacchetto di chicchi di caffè appena tostati e me ne sono andato.

Inspiro con forza l'aria che puzza ancora del pane che ho bruciato per cena e ricomincio da capo il messaggio.

Dannato calorifero! Funziona massimo per tre minuti, poi si blocca.

Mentre aspetto una risposta, controllo la posta e do un'occhiata alle news e... *bip!*

Oskar: **Ti aspetta proprio un inverno entusiasmante! Comunque, Zoe mi sta chiedendo che fai per il tuo compleanno.**

Io: **Una cenetta a casa con papà e tua sorella, come da tradizione. Lei lo sa già.**

Oskar: **Credo che stia ficcando il naso dove non dovrebbe.**

Mi viene la tentazione di chiamarla e invitarla a non impicciarsi. Ma forse alla fin fine non sono così arrabbiato?

Io: **Vuole che inviti anche te.**

Oskar: ***Credo di sì. Posso inventare una scusa e dirle che devo lavorare, se vuoi.***

Io: ***No. Cioè... posso pensarci su?***

Oskar: ***:-)***

Ci scriviamo ancora per un'ora, poi mi chiama mio padre. Digito rapidamente un **Buonanotte** e rispondo.

«Sembri allegro,» commenta papà.

«Stavo chiacchierando con...» Mi blocco sul nome di Oskar. Non dovrebbe essere difficile confessargli che abbiamo ripreso a parlare; ne sarebbe entusiasta. Eppure mi sembra di avere la lingua inchiodata al palato e il cuore mi martella nel petto.

«Olivia?» suggerisce lui in tono divertito. È un macigno nello stomaco. «Avrei dovuto immaginarlo. Sai che c'è? Perché non ti prendi l'ultimo fine settimana di novembre per andare a trovarla?»

È evidente che questo è il momento perfetto per confessare la verità e dimostrare che non sono salmone nel profondo. «E le prove?»

«Conosci le tue battute. Ci concentreremo su altre scene. Prendilo come un regalo di compleanno anticipato.»

«Grazie, papà.» Serro gli occhi e stringo il pugno sul copriletto trapuntato. Mi ci vuole tutta l'energia che possiedo per mantenere una voce serena. «Per cosa mi avevi chiamato?»

~

Mi giro e mi rigiro. Sprimaccio il cuscino, in cerca di una posizione comoda.

La luce della luna filtra dalle tende sottili e penetra nella mia camera gelata. Mi sollevo le coperte sul viso e gemo.

Recupero il telefono da sotto il cuscino e sbatto le palpebre alla luce tagliente del display. È quasi l'una del mattino.

Io: *Mi arrendo. Non riesco a dormire.*

Oskar mi risponde dopo qualche secondo: *Nemmeno io.*

Io: *Ti ricordi come sgattaiolavamo fuori e andavamo al parco nel cuore della notte?*

Oskar: *Cristo. Non vado al lago da una vita.*

Faccio un respiro profondo, il corpo sempre più teso mentre scrivo: *Ti va di andarci adesso?*

PERVINCA

Soffiandomi aria calda sulle mani ghiacciate, cammino a passo svelto verso il nostro vecchio posticino in riva al lago. Le mie suole scricchiolano sulla brina che ricopre foglie, erba e rametti spezzando la quiete. Gli scheletri scuri degli alberi incombono contro la notte blu ceruleo e la luna brilla sopra il lago immobile, conferendogli un luccichio pervinca.

Con addosso cappotto, sciarpa e un cappello fatto a maglia, Oskar è appoggiato a un tronco sul limitare dell'acqua e osserva il sentiero. Appena mi vede, si raddrizza.

Un briciolo di agitazione mi pulsa nelle vene e devo trattenermi dall'abbracciarmi da solo. Mi soffio di nuovo sulle mani e mi fermo a qualche metro da lui.

«Dove sono i tuoi guanti?» mi domanda, già sfilandosi i suoi. «Ti prenderai un malanno.»

«Li ho scordati. Non volevo tornare indietro.»

Rimango senza fiato quando mi prende la mano e mi infila a forza il primo guanto. Trattengo un sorriso. «Non c'è bisogno che tu mi dia i tuoi.» Ma la lana morbida foderata in pelle mi spinge a porgergli l'altra mano.

Mi afferra il polso con le dita calde e si concentra a sistemare correttamente il guanto. «Perché non riuscivi a dormire?» mi chiede.

«Non lo so.» Lo so eccome. «E tu?»

Mi lascia andare la mano e indietreggia di un passo fino a riappoggiarsi all'albero. Mi guarda negli occhi. «Non riuscivo a smettere di pensare a noi. Al passato.»

Deglutisco, perché è anche la mia risposta.

Gli interrogativi mi formicolano sottopelle, sulle ustioni che ho sul corpo. «Andre mi ha raccontato che l'hai sbattuto faccia a terra dopo quello che ha fatto.»

La luna accarezza un lato del viso di Oskar, che serra la mascella. «Ero infuriato con me stesso per non avergli tenuto testa e non averti aiutato. Ho sfogato la rabbia su di lui.»

L'amarezza e il rimorso nelle sue parole mi si riversano addosso. Il suo sguardo si addolcisce e supplica rassicurazione e perdono.

Espiro piano, spandendomi una nuvoletta di condensa sul petto. Annuisco e lui si rilassa.

«Andre ha detto che hai fatto dell'altro.»

Gli tremola un occhio e trae un respiro profondo prima di rispondere: «No, io... No.»

Mi calo il cappello sulle orecchie e lascio perdere. Per ora, quantomeno. «Perché hai rotto con Jessie?» gli domando. «Hai detto di aver mandato tutto a puttane.»

Oskar scoppia in una risata asciutta e si massaggia la nuca. «Jessie sapeva che rapporto avevamo io e te in passato. Sapeva quanto significavamo l'uno per l'altro.» Osserva il lago piatto. «Quando ha tentato di spingerti tra le braccia di Eliot, mi...» Scuote la testa. «Mi sono incazzato. Non sono stato corretto nei suoi confronti.»

«Cosa hai fatto?»

«Dopo che mi hai lasciato su quel molo, sapevo che dovevo dirgli che tra noi non avrebbe funzionato. Mi sono ritrascinato fino alla casa, fradicio e avvilito, e lui era lì ad aspettarmi. Lo sapeva già.» Oskar assottiglia le labbra e fa una smorfia. «Mi sono sentito un tale stronzo. È un bravo ragazzo, è che... non potevo proprio. Ho passato la notte al lago a lanciare pietre sull'acqua, trattenendomi a stento dallo sfondare la porta del cottage e strapparti dalle braccia di quel coglione.»

Mi si incrina la voce. «Non sono andato a letto con Eliot. Hai detto la verità. Non volevo. Non con lui.»

Oskar accascia le spalle e chiude gli occhi. «Continuavo a ripeterlo perché volevo che fosse vero. Non spettava a me dirlo. Sei in grado di decidere per conto tuo.»

Deglutisco e mi agito, un po' a disagio, fissando i ramoscelli sporgenti ricoperti di brina cristallizzata. È molto più difficile senza alcol. L'aria umida tra noi sembra elettrica.

Voglio entrarci dentro.

«Fa freddo qua fuori,» gli dico, e mi accosto piano.

I suoi zigomi si sollevano e una piccola fossetta compare ad accompagnare il suo sorriso. Allunga una mano e mi avvicina a sé di un altro passo. «Molto freddo. Un paio di giorni e il lago ghiaccerà.»

«Già. Zoe continua a tentare di convincermi a pattinare.»

«Te ne viene mai voglia?»

Il lago sbrilluccica di ricordi. Rivedo me stesso e Oskar da bambini che ci sfidiamo in una gara di velocità; ci rivedo a incidere i nostri nomi sul tronco rovesciato che ormai è andato a fondo da tempo; rivedo Oskar che mi abbraccia ogni volta che la superficie ghiaccia e io non me la sento di metterci piede. «Ancora non ci riesco, Oskar. Lo sai che non pattino da...»

«Tua madre.»

Scuoto il capo e mi si spezza la voce. «Da quando ho pregato che facesse una gelata.»

Lui mi osserva con un'espressione solenne e comprensiva. Agitato, distolgo lo sguardo. Un verso sofferente mi sfugge dal retro della gola e Oskar mi attira contro il petto. La mia bocca finisce schiacciata metà sul bavero del suo cappotto, metà sul suo collo.

Lui trema, il battito che pulsa a contatto con il mio

labbro superiore.

Faccio scivolare le mani verso l'alto lungo la trama di lana del suo cappotto e mi aggrappo a lui. Il suo calore mi avvolge in un bozzolo sicuro, solido, affidabile. Un singhiozzo mi risale dal petto ed è doloroso ricacciarlo indietro. Ho paura che Oskar percepisca il mio respiro strozzato sulla pelle.

Parla contro il cappello che mi copre l'orecchio, le parole che penetrano attraverso la stoffa sottile. «Non è stata colpa tua, Marco.»

«Lo so. È che... il senso di colpa non è sempre razionale.»

Mani fredde mi premono sulla nuca e Oskar mi posa le labbra su una tempia. «Dio, lo so. Però non è colpa tua.»

Assorbo il suo calore e gli permetto di lenire i dolori del passato. Non voglio lasciarlo andare, ma il vento è gelido e le sue dita sono ghiacciate.

Pian piano sciolgo l'abbraccio. «Sono stanco.»

Oskar si stacca dalla corteccia ruvida dell'albero. «Ti accompagno a casa.»

ARRIVATI NELLA MIA VIA, CI DIVIDIAMO.

Sospiro mentre entro a casa e mi sfilo cappotto, sciarpa, cappello, scarpe. Lascio i guanti per ultimi e mi appoggio pesantemente alla porta per sfilarmeli. Mi sento esausto e, da quando sono entrato qui da solo, svuotato.

Serro i guanti nel pugno e inspiro il profumo di pelle e di Oskar. Vorrei che ci fossimo già accordati per vederci di nuovo.

Tiro fuori il cellulare dalla tasca.

Io: ***Papà mi ha invitato a cena domani sera… vuoi venire un po' prima e fare qualche tiro a canestro?***

Oskar: ***A che ora finisci le lezioni?***

Io: ***Intorno alle tre.***

Oskar: ***Anch'io. Posso accompagnarti a casa?***

ARRIVO NEL PARCHEGGIO CON QUINDICI MINUTI DI anticipo. Individuo la macchina di Oskar e mi appoggio al cofano coperto di brina, soffiandomi aria calda dentro il giubbotto chiuso. Do una scorsa al libro di Storia, senza prestargli troppa attenzione. La mia vista perimetrale fa gli straordinari ed esamina i gruppi di studenti alla ricerca di spalle larghe e una camminata decisa.

L'auto si apre con un *bip*. Sobbalzo e mi stacco dal cofano. Oskar si sta avvicinando dalla strada dietro di me.

Ricambio il suo sorrisetto, reprimendo il bisogno di afferrarlo per il bavero e abbracciarlo. Invece apro lo sportello del passeggero e scivolo all'interno. Oskar si sfila il cappotto e fa altrettanto.

Guidando con cautela, mi fa domande a raffica sulla mia giornata e mi lascia armeggiare con l'autoradio, i Tepid Creek che si diffondono nell'abitacolo.

«Siamo vicini al club di Zoe,» commento, notando la zona familiare della città.

«Dovrebbe rientrare in treno dopo gli allenamenti,» replica Oskar e poi, con un'occhiata all'orologio, svolta a sinistra sulla strada principale. «Ma buona idea. Passiamo a prenderla.»

Parcheggiamo lungo il marciapiede proprio mentre le sue compagne di squadra escono dalla palestra. Quando Zoe non compare, mi slaccio la cintura. «Resta qui, la trovo io.»

Mi imbatto in Stefanie nell'atrio. Lei arrossisce sospettosamente come un peperone... prima ancora che le abbia detto ciao. «Steffi?» la saluto con un sopracciglio inarcato.

«Marco,» risponde lei. «Non, ehm, non credo che Zoe ti aspettasse.»

Mi irrigidisco. «Che significa?»

«Niente. Niente,» replica lei.

La supero a passo deciso. L'aria sa di sudore, gomma e deodorante profumato.

Zoe sta giocando uno contro uno con Kevin. Ridendo, lo scarta con un palleggio e segna. Lui recupera la palla e gliela restituisce, con la bava alla bocca.

Impreco tra i denti e indietreggio fino alla porta. Attiro la loro attenzione? Torno in macchina e fingo di non aver visto nulla? Mi avvicino a lei e mi comporto come se fosse un ragazzo a caso?

Senza nemmeno rendermene conto, mi ritrovo con il telefono in mano e un messaggio inviato a Oskar: ***Zoe ci sta dando dentro uno contro uno con Kevin.***

«Cazzo,» borbotto nel rileggere la frase probabilmente fraintendibile e incriminante. Ci riprovo. Prima che possa inviare, Oskar si precipita nell'atrio avvolto da una cappa di indignazione fraterna. E meno male che dovevamo darci un contegno ed essere comprensivi. Oskar è a un passo dal piombare sul campo modello Hulk.

Gli balzo davanti e gli piazzo entrambe le mani sul petto. «Wow, Oskar. Aspetta un secondo. Stanno giocando a basket. Tutto qui. Pessimo messaggio.»

Lui esamina la scena con sguardo omicida e, resosi conto che è una situazione piuttosto innocente, lo riporta su di me. «Che cazzo, Marco?»

«Volevo scrivere *in* un uno contro uno.»

Oskar scuote il capo, ma nei suoi occhi c'è un luccichio divertito. Li punta in basso sulle mie mani, che gli stanno allisciando il maglione morbido. Le ritraggo e mi volto, proprio nell'istante in cui la voce di Zoe tuona nell'atrio. Non sembra granché contenta. «Oskar? Marco? Che cazzo...»

Il suo allenatore, che chiacchierava di azioni difensive

con la numero quarantaquattro, si gira subito verso di lei e le grida di moderare i termini, se non vuole ritrovarsi in panchina alla prossima partita.

Zoe arrossisce e si cuce la bocca, ma continua a lanciarci occhiatacce mentre molla la palla e ci raggiunge a lunghe falcate. Kevin la segue titubante ed evita i nostri sguardi. Mossa intelligente.

«Che ci fate qui?» ci domanda lei.

«Potrei chiederti la stessa cosa,» sbotta Oskar.

Io sposto il peso da un piede all'altro, pronto a intervenire se fosse necessario. «Volevamo farti una sorpresa,» le spiego. «Invitarti a giocare una partitina con noi.»

Lei incrocia le braccia sul petto. È infastidita perché abbiamo interrotto la tresca pomeridiana con il suo ragazzo segreto, ma non può rinfacciarcelo, quindi ringhia e borbotta qualcosa sull'andare a recuperare la sua roba.

Kevin tenta di seguirla quando ci supera diretta agli spogliatoi, io però lo agguanto per il colletto e lo trattengo. «Kevin. Buffo vederti qui.»

Lui si agita un po' e il rossore sulle sue guance è ben più che eloquente. Oskar lo sta fulminando con lo sguardo.

«Lasciami,» mi ordina senza mezzi termini.

Prima di farlo, gli sorrido e mi accerto che mi legga le labbra. «Ti comporterai bene con lei. La rispetterai. Userai sempre degli stramaledetti...»

«Marco!» strilla Zoe.

Mollo la presa su Kevin, che scappa via rivolgendole un brevissimo cenno di saluto.

Oskar si frappone tra me e Zoe e mi appoggia delicatamente una mano sull'avambraccio.

«Voglio che ti tratti come si deve,» le dico.

Da quant'è rossa, mi aspetto che da un momento all'altro le esca il fumo dalle orecchie. «Lascia perdere, okay? È un bravo ragazzo.»

«Sarà meglio per lui,» ribatte Oskar. Sospira e mi stringe più forte il braccio. «Perché non volevi dirci di lui?»

Zoe osserva suo fratello, poi me e alla fine il pavimento lucido. «Quando l'avete scoperto?»

«Oskar vi ha beccati a baciarvi.»

Lei strofina il piede per terra prima di guardarmi. «Non sapevo come dirvelo.»

«Siamo dalla tua parte, Zoe,» le ricordo con la gola gonfia. Il calore della mano di Oskar, dal palmo ai polpastrelli, mi penetra attraverso il maglione. «Puoi confidarci qualsiasi cosa.»

«Vi avevo detto che lo odiavo,» replica lei a voce bassa. «Che era uno stronzo. Non sapevo come rimangiarmi quelle bugie.»

Oh. Non posso far altro che annuire.

Gli occhi di Oskar mi perforano mentre mi faccio avanti e avvolgo Zoe in un abbraccio. «Va tutto bene. Tra noi. D'accordo?»

Lei mi sospira nell'orecchio e si arrende, seppure con riluttanza. «D'accordo.»

STIAMO SCENDENDO DALL'AUTO PARCHEGGIATA DI fronte alle nostre case, quando papà mi telefona.

Zoe si carica in spalla il borsone sportivo e se la svigna. Oskar invece recupera le sue cose dal sedile posteriore in tutta calma.

«Marco, mi hanno trattenuto al lavoro. Puoi passare al supermercato e comprare del pangrattato per le cotolette? Io rientrerò tra un paio d'ore.»

«Solo il pangrattato?» gli chiedo. Oskar esce dall'abitacolo e grida a sua sorella se le serve lo zaino. «Nient'altro?»

«Magari delle uova, giusto per essere sicuri. Sei con Oskar e Zoe?»

«Pangrattato e uova. E sì, sono entrambi qua attorno.»

«Allora compra anche della carne e invitali a cena. I Richter faranno tardi stasera.»

Metto via il cellulare e mi stacco dal cofano, girandomi verso Oskar. «Devo correre al supermercato. Tu e Zoe mangiate con noi.»

«Dove credi di andare?»

«Te l'ho appena detto. Al supermercato.»

Oskar scuote il capo con un gran sorriso. «Riporta le chiappe in macchina, Marco. Ti accompagno.»

Cinque minuti più tardi, parcheggiamo al Green Corner. «In una scala da uno a dieci,» gli domando, guardando fuori dal finestrino, «quanto siamo stati tremendi oggi con Zoe?»

Lui scoppia a ridere di cuore. «Non lo so davvero. Ho apprezzato molto la lezioncina sul sesso sicuro, però. Sono felice che ci abbia pensato tu, perché per quanto non vorrei mai che mia sorella... be', certe cose vanno dette.»

«O non dette, in realtà.»

«Non dubitarne, Marco, sei stato chiaro.»

Cerco di trattenere una risatina, ma mi scappa di bocca. Oskar si unisce a me e sbatte la testa contro il volante. «Non riuscirò mai più a rilassarmi.»

«Sono sicuro che troveremo presto un nuovo equilibrio.» Il maglione gli si tende sulla schiena, un'unica piega dritta nel cashmere morbido. Gli passo una mano sulla spalla e la faccio scivolare fino al collo per afferrargli la nuca calda e solida. Lui si immobilizza e, resomi conto di ciò che sto facendo, ritraggo la mano e mi precipito fuori dall'auto, oltre il parcheggio e dentro il supermercato.

Oskar non dice nulla. Mi segue mentre infilo nel cestino di metallo una dozzina di uova e un pacco di pangrattato.

«Grazie del passaggio,» gli dico, perché è meglio che qualcuno parli. «Sarebbe stata una camminata spiacevole, con questo tempaccio.»

Si ferma davanti alle albicocche e mi sfila il cestino di

mano. Ho paura che voglia chiedermi di quel momento in macchina, ma non lo fa. «Come riesci a fare la spesa senza un'auto?» mi domanda.

«La trascino a casa,» replico con una scrollata di spalle. Devo ancora guardarlo negli occhi.

«Bene, allora,» ribatte, quasi si fosse aspettato la mia risposta. «Sostituiamo il cestino con un carrello e compriamo le tue provviste per la settimana.»

Si avvia prima che possa riflettere sulla sua offerta. Mi affretto a seguirlo.

«Non dirmi di no,» mi avverte.

Finalmente incrocio i suoi occhi. Sono dolci e gentili, non mi giudicano. «Non ho detto una parola.»

Lui sorride. «Stavi per farlo.»

È vero.

Riempiamo il carrello con tutto quello che può servirmi per un paio di settimane. Oskar sfrutta i muscoli per piazzare sul fondo dei cartoni di latte e qualche cassa d'acqua extra, i bicipiti che si flettono sotto il maglione. Si rialza da dove si era accucciato e io distolgo subito lo sguardo dalla sua nuca e comincio a esaminare gli scaffali dei succhi di frutta.

Quando il carrello è strapieno, controllo chi c'è in cassa stasera. Nessuna traccia di Andre.

Il mio sospiro di sollievo è troppo frettoloso. Mentre torniamo verso l'auto, scorgo un Andre bardato per l'inverno che si trascina al lavoro. Mi nascondo dietro il corpo più stazzato di Oskar nella contorta convinzione che ad Andre non interessi parlarci.

«Ehm, Marco?»

«Continua a spingere il carrello.»

Oskar emette un verso divertito e io sbircio con cautela...

Andre gli rivolge un cenno di saluto amichevole. Ma che cazzo?

«Credo che ci abbiano beccati,» commenta Oskar con le labbra incurvate.

Gemo e smetto di nascondermi. Sorrido debolmente ad Andre, che ci sta passando accanto.

«Ehi,» ci dice, spostando lo sguardo da noi due al carrello pieno. Un sorriso gli illumina pian piano il viso arrossato dal freddo. «Hai tutto ciò che volevi?»

Oskar non risponde. Io mi limito ad annuire.

«Immagino che vi vedrò in giro.» Punta il pollice oltre una spalla, verso l'ingresso del supermercato. «Devo scappare. Il mio turno è già iniziato. Usate la mia cassa la prossima volta, okay?»

Io e Oskar svuotiamo il carrello e andiamo al mio appartamento. Non nomina Andre mentre mi aiuta a portare la spesa nel monolocale disordinato, e nemmeno io lo faccio. Mi sfugge qualcosa, però. Ne sono sicuro. Eppure, in qualche modo, c'è troppa tensione tra noi perché possa chiederglielo.

Oskar infila i pacchi di pasta nel mobile più in alto. Sto

per dirgli che non deve sistemarmi la spesa, quando tira fuori dal ripiano il caffè che ho comprato nel suo bar. Lo fissa per un bel pezzo. «Quando l'hai preso?» mi domanda con dolcezza.

Io evito il suo sguardo e afferro una confezione di spugne. «Un po' di tempo fa.»

«Marco...»

Oskar si gira di scatto verso il terribile rumore sordo che proviene dai tubi. «Che diavolo era?»

«Il riscaldamento.»

«Non suonava salutare.»

Scoppio a ridere. «È un cazzo di disastro, altroché.»

Oskar rimette a posto il caffè e si solleva le maniche sulle braccia in una mossa decisamente da macho. «Non posso lasciarti gelare per tutto l'inverno. Diamogli un'occhiata.»

Inarco un sopracciglio. «Fa' pure. Io mi siedo qui e sto a osservare.»

Oskar assottiglia lo sguardo e lo punta sul termosifone, che fa più casino di un martello pneumatico. «Cassetta degli attrezzi?»

«Sotto il lavandino.»

Piazza la cassetta blu fiordaliso di fronte al calorifero disobbediente. Io finisco di sistemare la spesa e poi mi accomodo al tavolo. Dondolo sulle gambe posteriori della sedia e incrocio le braccia sul petto. «Da quand'è che sei diventato un tuttofare? È parte di quel "bravo in tutto" a cui mi accennavi?» Il che mi ricorda un'altra cosa, che volevo chiedergli da un po'. «Stai davvero pensando di prenderti una pausa dagli studi?»

Oskar traffica con i bulloni del calorifero. «Continuo a rifletterci su. Non odio la facoltà di Medicina, ma non voglio diventare un dottore. Non... niente, non importa.»

«Non importa? Scordatelo, non te la scampi così. Continua.»

Una risatina tesa. «Non metterti a ridere.»

«Lo prometto.»

«Credo che preferirei fare l'infermiere.»

«Perché mai dovrei ridere?»

Agita la chiave inglese per aria. «Mi piacerebbe sviluppare un sistema migliore per prendersi cura degli anziani nelle loro case. Mi piace la varietà del lavoro da infermiere, ma mi piace anche aiutare le persone nella loro vita di tutti i giorni. Essere qualcuno con cui possono parlare e uscire a passeggiare e, sai, suonare o fare giochi da tavolo e contribuire a organizzare eventi locali per la comunità.»

Be'... cazzo. «È... penso che chiunque sarebbe fortunato ad avere te che lo assisti.»

«Grazie,» mi dice con un sorriso assorto, armeggiando di nuovo con il radiatore. Dopo qualche minuto, ripone la chiave inglese nella cassettina degli attrezzi e si rialza, pulendosi le mani sulle cosce. «Bene. Ho capito qual è il problema e ho trovato una soluzione.»

Osservo il calorifero alle sue spalle. «Che sarebbe?»

«Il problema è che non so cosa sto facendo. Ho passato gli ultimi dieci minuti a cercare il coraggio di dirti che, per quanto io sia bravo in tante cose, le riparazioni domestiche non sono tra quelle.» Si strofina la nuca, le guance appena arrossate. «La soluzione è semplice, però: chiamo qualcuno che te lo ripari.»

Un grosso sorriso mi incurva le labbra. «Non preoccuparti. Contatterò il padrone di casa. Grazie comunque per averci provato.»

«Stai ridendo di me.»

«Un pochino?»

Oskar scuote la testa. «Torniamo a casa di tuo padre. Tutto questo duro lavoro mi ha messo appetito.»

Ridacchio e la mia sedia comincia a ribaltarsi. Oskar mi salva. Mi piazza i palmi sulle cosce e spinge verso il basso, il calore delle sue mani che mi penetra attraverso i jeans, finché la sedia non riappoggia tutte e quattro le gambe per terra.

Deglutisco. Lui mi guarda intensamente, gli occhi nocciola profondi e sempre più dolci.

Tento di dire qualcosa, ma l'agitazione mi imprigiona la gola in un nodo serratissimo.

Oskar mi sorride e si scosta, fornendomi una scappatoia che non sono certo di voler sfruttare. «Cena, allora?»

«Giusto. Cena.»

TURCHESE

Di ritorno al mio appartamento dopo una sessione di prove stressante, scrivo a Oskar: *Mi dispiace di aver fatto casino con le mie battute stasera.*

Oskar: *Nessun problema.*

Io: *Immagino sia troppo tardi per venire qui a provarle un'altra volta?*

Io: *Sì? No? Forse? Devo salvare un gatto bloccato su un albero, torno subito?*

Io: *Sei impegnato, a quanto pare. Non importa.*

Dio, perché gli sto ancora scrivendo?

Io: *Buonanotte.*

Alle mie spalle sento un bussare leggero. Schiaffo il telefono su una mensola vicina e spalanco la porta.

«Volevi provare le battute?» Un Oskar a corto di fiato entra nell'appartamento, lo sguardo che cattura il mio.

Con lo stomaco che fa le capriole, tiro un lembo della sua sciarpa. Lui scatta in avanti e i nostri corpi collidono. Mi preme contro il muro mentre gli tiro giù il cappotto dalle spalle. Se lo scrolla di dosso e lo lancia ai piedi della porta.

Il suo bacio è deciso ed eccitante, e il suo profumo silvestre me lo fa venire duro da morire. Si scosta di qualche centimetro. Nei suoi occhi brilla una luce intensa che mi spinge ad avvicinarmi e, al tempo stesso, ad allontanarmi. Oskar percepisce la mia esitazione e mi solleva il mento con un dito. «Che c'è?»

«Non ho ancora tutte le risposte,» dico.

«È meglio se ci fermiamo?»

Serro un pugno sulla stoffa morbida della sua felpa per assicurarmi che non si scosti. «Non so cosa ci sia tra noi, Oskar, ma ho bisogno che mi tocchi. Che mi tieni tra le braccia.»

La sua bocca sfiora la mia, risale fino alla punta del naso, mi scorre sulle guance. Si ferma al mio orecchio. «Non sogno che di tenerti tra le braccia.»

Mi si stringe il cuore e altrettanto fa il mio pugno sulla felpa. Oskar mi traccia una scia di baci lungo il collo. Il suo labbro inferiore è lievemente screpolato e il modo in cui mi gratta sulla pelle mi fa affluire ancora più sangue all'inguine. Voglio che mi baci in altri punti. Ovunque.

Trattengo il respiro. *Non* posso *lasciare che mi baci ovunque.* Non posso lasciare che mi veda.

Dovrei fermarmi finché sono ancora in tempo.

Oskar fa saettare la lingua nell'incavo tra il collo e la spalla e i suoi denti mi strisciano sulla pelle. Non riesco più a pensare. Sull'onda del desiderio, getto la testa all'indietro e mi inarco contro di lui, strofinandogli il mio uccello pulsante sulla coscia.

Oskar mi preme un palmo alla base della schiena per offrirmi più attrito. Gli cingo il collo e gli passo le dita tra i capelli corti mentre lo attiro in un nuovo bacio. La sua lingua mi lecca la piega della bocca e io la succhio all'interno con un gemito. Oskar fa roteare il bacino, l'erezione grossa e lunga che mi aderisce a un fianco. Ci strusciamo e intanto ci esploriamo le bocche a vicenda, assaporando gli ansiti dell'altro. Ci stacchiamo di un centimetro per riprendere fiato e il suo sguardo mi penetra nell'anima.

È ora di perdere il coraggio. Trova una scusa per fermarti!

Oskar mi posa baci lievi sulle guance, la fronte, entrambi gli occhi. Ha rallentato nel tentativo di capire cosa voglio.

Lo afferro con forza e gli spingo la lingua in bocca. Con il cuore che martella, gli artiglio freneticamente la schiena per non lasciarlo sfuggire. Lui geme e mi grava addosso con tutto il peso, una rassicurazione silenziosa di come sia a mia totale disposizione. Se lo voglio qui, ci resterà.

Una fame disperata si scatena dal profondo del mio essere. «Di più.»

Oskar mi inchioda i polsi al muro rustico sopra la mia testa e sfoga la passione nel bacio seguente, le lingue che duellano, succhiano, si allacciano. Ondeggia il bacino contro il mio e la mia erezione pulsa, imprigionata dolorosamente nei jeans.

La sua mano libera mi scorre sotto l'orlo del maglione. La pelle d'oca si scatena lungo la curva del mio fianco e per un istante corpo e mente si danno battaglia. Il mio corpo teso è pronto per il suo tocco, ma la mia testa mi ringhia di non lasciargli tastare la pelle liscia delle bruciature.

Mi libero i polsi con uno strattone e mi riabbasso il maglione. Oskar sposta la mano e smettiamo di baciarci. Appoggia la fronte sulla mia. «Cos'è che vuoi?»

«Voglio che mi tocchi. Non voglio che mi *senti*.» Schiaccio l'interruttore della luce e la stanza si fa buia. Oskar emette un piccolo verso gutturale ma, prima che possa parlare, lo coinvolgo in un altro bacio. L'oscurità mi dà forza. «Voglio noi due. Così.»

«Marco...»

Lo trascino fino al letto. Le mie ginocchia sbattono sul materasso e cadiamo fianco a fianco sul letto disfatto, la trapunta appallottolata sotto la mia coscia. «Ti prego,» gli dico. «Ho bisogno di venire.»

Lui trattiene il fiato, poi mi rotola sopra in un turbinio confuso di movimenti. Con il suo respiro caldo che mi soffia sul collo, lo afferro per il sedere e mi inarco contro di lui.

Il mio sesso pulsa così forte che Oskar deve sentirlo di sicuro a contatto con l'inguine.

«Posso toglierti i jeans?» mi domanda, la voce talmente roca per l'eccitazione da farmi saltare un battito. *Sono io che l'ho ridotto in questo stato.*

«Sì. I pantaloni. Il maglione.»

«Giusto perché tu lo sappia,» mi sussurra all'orecchio. «*Voglio* vederti. Ho...»

«No, Oskar. Non ora.»

Si morde la lingua e si muove su di me, contorcendosi sopra la mia erezione. Io sibilo e mugugno qualcosa di incoerente. Quando mi sbottona i jeans, sollevo il sedere per permettergli di tirarmeli giù. Sta attento a sfilare la stoffa con cautela senza spostare i miei boxer stretti. Una gamba alla volta, i jeans vengono via. Con una folata d'aria e un tintinnio, finiscono sul pavimento.

Mi levo il maglione e lo lancio nella stessa direzione. Alzando un piede sul letto, libero la coperta incastrata sotto di me e scivolo più al centro del materasso. I miei brividi non hanno nulla a che fare con l'aria gelida o con le lenzuola fredde.

Appena gli occhi si sono abituati all'oscurità, mi puntello sui gomiti e osservo Oskar che si scopre il petto ben segnato prima di togliersi i pantaloni. L'uccello duro gli tende i boxer. Si avvicina alla sponda del letto, tra i miei piedi. Abbassando lo sguardo su di me, si libera dell'intimo. Con un gemito forte e incontrollato, si avvolge le dita attorno al sesso nudo e si accarezza. Così aperto. Così *esposto*.

«Tu,» farfuglia, «sdraiato lì ad aspettarmi. Ho paura che mi sveglierò da un momento all'altro e mi ritroverò di nuovo solo.»

Emana eccitazione e desiderio, che si irradiano verso di me. Mi afferro l'erezione. Vorrei spogliarmi di tutti i vestiti e lasciare che mi scopi fino a raggiungere un oblio in cui le mie imperfezioni non esistono. Se anche succedesse, purtroppo, dovremmo comunque affrontare la realtà una volta finito.

Oskar mi fa scorrere i polpastrelli sull'arcata del piede e attraverso i peli che mi ricoprono la parte inferiore delle gambe mentre sale sul letto, tra le mie ginocchia. Mi sfiora le cosce con i palmi, per poi irrigidirsi e bloccarsi arrivato al bordo dei miei boxer. «Mi piacerebbe da morire toccare e baciare ogni centimetro del tuo corpo,» mormora. «Ma non farò niente che tu non voglia.»

Le sue mani procedono sopra la stoffa, i pollici che accarezzano le pieghe dell'inguine, tanto vicini alla mia erezione da farla contrarre. Mi abbandono all'indietro sul materasso.

Un bacio si posa sopra la cucitura dei boxer, su una coscia.

Mugugno quando Oskar, con il respiro affannato, mi preme il naso sul retro dell'uccello e risale fino alla punta.

«Hai un profumo buonissimo, Marco.»

Cazzo. Potrei esplodere solo a sentirgli pronunciare il mio nome con un tale desiderio contro la mia fessura gocciolante. Tento di aggrapparmi alle lenzuola, ma sono troppo tese sul letto.

Oskar trova le mie dita e le intreccia alle sue. Succhia il mio glande, racchiuso nel cotone stretto e nella pressione bollente della sua bocca.

Gli stringo la mano e lui ricambia. *Sono qui*, mi sta dicendo. *Fidati di me.*

Voglio fidarmi. Voglio arrendermi tra le sue braccia, eppure la paura continua a bloccarmi. Non lascio avvicinare nessuno così tanto da quel giorno nella tenda in cui gli ho mostrato il mio petto.

Il cotone sulla punta è bagnato dalla sua lingua e dal mio sperma. Temo che finirò per scoprirmi l'uccello e spingergielo oltre le labbra screpolate, giù fino alla gola.

Lo tiro per la mano. «Stenditi su di me,» gli dico. «Voglio il tuo peso addosso.»

Oskar risale finché non ci troviamo alla stessa altezza.

Ondeggia su di me con tutto il corpo, chinandosi a baciarmi. Il suo gemito mi solletica l'angolo della bocca e il suo sguardo incrocia il mio. Gli sfioro un fianco con le nocche e insinuo una mano tra di noi per afferrargli l'erezione. Delle goccioline sono fuoriuscite dal glande gonfio e io ci passo sopra il pollice. Aggiusto il mio uccello sotto i boxer per allinearlo al suo. Oskar sorride e ci si strofina sopra.

Gli cedo il controllo perché sono inesperto. Perché voglio che prenda lui le redini. Che si occupi di me.

«Un giorno sentirò la tua pelle bollente contro la mia,» mi assicura, e intanto ci porta sempre più vicini al culmine. «Mi seppellirò dentro di te fino in fondo e tu urlerai il mio nome mentre vieni.»

«Cazzo.» Il bisogno mi fomenta, mi porta a superare l'apprensione. «Chiudi gli occhi, Oskar.»

Lui obbedisce e io mi calo i boxer sulle cosce. Oskar emette un sibilo quando avvolgo le sue dita attorno a entrambi.

L'attrito tra i nostri sessi nudi mi fa girare la testa, mi fa spingere nel suo pugno. Oh, cazzo. Cazzo. «Non... non resisto...»

Lui serra la presa e aumenta il ritmo, le dita dell'altra mano che si conficcano nel dorso della mia.

Sollevo la testa per baciarlo.

Basta un'ultima carezza a farmi gridare sulla sua bocca mentre l'orgasmo più intenso della mia vita mi sommerge in ondate rapide e impetuose. Schizzo il suo stomaco e la mia maglietta. Oskar grugnisce in risposta e, subito dopo, il suo uccello pulsa tre volte e il suo seme caldo mi gocciola sul membro spento.

Mi lascio ricadere sul letto. «Cazzo,» ripeto, il piacere dell'orgasmo che aleggia ancora e mi formicola sulla pelle.

Oskar mi guarda negli occhi e mi bacia con dolcezza. «Sei bellissimo,» mormora. Le sue parole fendono il delirio.

Afferro l'orlo dei boxer e me li tiro su goffamente a coprire l'inguine appiccicaticcio.

«Lo dici perché hai il cervello ottenebrato dal sesso,» rispondo asciutto, scostandomelo di dosso.

Oskar sospira. «Non è per quello. Dico sul serio. Ti ho sempre trovato attraente e...»

«Smettila,» lo avverto. Deve rendersi conto di quanto sono serio, perché mi dà retta.

Mi costringo a guardarlo. Si sta passando le dita sullo stomaco piatto, giocherellando con il mio seme. Il suo uccello flaccido è incollato a una coscia. Si infila un braccio sotto la testa e se lo risistema, senza il minimo disagio.

«Oskar,» comincio con voce titubante. «Non... È stato, cazzo, incredibile, ma...»

Lui si muove in fretta. Si gira su un fianco e mi pressa un dito impiastricciato di sperma sulla bocca. «Smettila,» mi ordina, con la stessa enfasi che ho usato io poco fa.

«Ma non possiamo...»

Sostituisce il dito con le labbra e le preme forte sulle mie, respirandomi. «Lo so che non sai ancora cosa c'è tra noi,» continua. «Ti prego, possiamo vedere come va?»

Mi accoccolo attorno a lui e lo tengo stretto.

Purtroppo la mia testa mi sussurra di no. Finirò solo ferito e umiliato.

~

Mi sveglio tra le braccia di Oskar, che mi cinge da dietro. Il piumone è appallottolato attorno alle nostre ginocchia e la luce tenue del mattino tinge l'appartamento di un color albicocca. Attento a non disturbare il suo corpo caldo, con tanto di erezione mattutina che mi preme sulla schiena, scivolo fuori dal letto. Le lenzuola sibilano traditrici e Oskar si muove. Mi giro a guardarlo e gli vedo afferrare assonnato il bordo del mio cuscino e strofinarci sopra il viso, la bocca dischiusa.

Il mio stomaco fa una capriola e i muscoli mi formicolano sottopelle. Raggiungo in punta di piedi la cassettiera e ne estraggo degli abiti puliti. Maglietta a maniche lunghe e jeans scuri.

Chiudo il cassetto con delicatezza per evitare di svegliare Oskar. Non perché io sia preoccupato di fargli perdere sonno, ma perché non voglio affrontare ciò che è successo ieri notte. Non voglio proprio pensarci.

Sgattaiolo in bagno e faccio una doccia, perdendo un sacco di tempo a lavarmi e ancora di più a vestirmi.

La nottata si ripropone all'infinito nella mia mente e il mio uccello mi prega di ripeterla presto. È facile far svanire l'eccitazione: mi basta immaginare l'espressione di Oskar alla vista delle ampie ustioni sul mio petto.

Mi piacerebbe da morire toccare e baciare ogni centimetro del tuo corpo. Era solo la frenesia del momento. Non l'avrebbe mai detto, se non fosse stato sul punto di venire.

Esco dal bagno in una nuvola di vapore che profuma di

erbe e oliva. Oskar – capelli crespi e un'ombra di barba sulla mascella – è davanti alla porta che si mette le scarpe.

«Non sto scappando via,» mi assicura tirando i lacci. «Devo essere al lavoro entro un'ora. Bisogna che corra a casa a farmi una doccia.»

Dondola sui talloni, come se volesse annullare il poco spazio che ci separa e attirarmi in un abbraccio. Invece si infila le mani nelle tasche del cappotto. «Passi alla caffetteria dopo le lezioni?»

Un po' agitato, mi appoggio alla porta del bagno. «Non lo so. Sono impegnato. Ho delle tesine da scrivere.»

«Tesine.» Si massaggia la nuca. Incrocia il mio sguardo e sa che non c'è nessuna tesina. «Be',» replica in un tono che è contemporaneamente speranzoso, paziente e triste. «Se ti avanza tempo, ti offro un cappuccino.»

Si gira verso la porta, posa una mano sulla maniglia ed esita un istante prima di aprirla e lasciare l'appartamento.

La stanza sembra più grande, ora che se n'è andato. Più grande e più vuota.

I suoi guanti neri attirano la mia attenzione. Li recupero da sotto le chiavi e li stringo forte mentre mi avvicino distrattamente al letto. Le coperte aggrovigliate mi scherniscono e io vorrei accoccolarmici dentro e...

Dalla porta proviene un *toc toc* deciso. Corro a spalancarla. «Oh.»

Sulla soglia c'è Ben, il viso mezzo nascosto da una

sciarpa. Inarca un sopracciglio e studia il pianerottolo attorno a sé. «Deduco che stavi aspettando qualcun altro?»

Scuoto il capo. Cazzo. Avevo scordato che sarebbe passato qui prima delle lezioni. Papà mi ha avvertito ieri sera. Ha bisogno che gli diamo una mano a portare gli arredi scenici nella chiesa, visto che stamattina ha un furgone a disposizione.

«Sei pronto, allora?» mi chiede.

Indosso i guanti, agguanto chiavi e portafogli e mi accingo con riluttanza ad affrontare la giornata.

AL DEPOSITO C'È UN FORTISSIMO ODORE DI LEGNO umido e segatura e, nella zona del magazzino dedicata alla costruzione della scenografia, di vernice. Ci mettiamo un'ora a smontare le navi in quattro parti e caricarle sul furgone.

Ci trasciniamo sopra anche una grossa sedia a dondolo. Papà vuole sostituire la poltrona a fiori tutta macchiata di Opa. Ben è di un umore allegro, turchese. Sospetto che c'entri il messaggio che ha letto qualche minuto fa e che gli ha fatto comparire il sorriso sulle labbra.

«Spara,» dico d'impulso.

«Spara cosa?»

«Chi è che ti ha fatto venire quel sorriso da ebete?»

Ben sbuffa divertito. «Sono solo di buon umore, tutto qui.»

Un buon umore chiaramente targato Sebastian.

Aggiusto la presa sulle gambe incurvate della sedia a dondolo, che è ingombrante e scomoda da gestire, un po' come l'aria tesa che c'è tra noi. Vorrei potergli dire che non m'importa se gli piace un ragazzo. Che piacciono anche a me.

Carichiamo la sedia sul furgone e la assicuriamo con delle cinghie. «Ben?»

Lui la fa dondolare per accertarsi che sia stabile. «Marco?»

«Ho notato che tu e Sebastian passate un sacco di tempo insieme.»

Si irrigidisce. «È un tipo a posto. Un po' sfortunato, ma...»

Sollevo le mani. «Lo so. Volevo proporti di andare a vedere un film insieme, magari? O fare due tiri a pallone? Sembra simpatico, tutto qui.»

Le sue spalle si rilassano. «Lo è. È un ragazzo strepitoso. Lavora come un dannato, sai? Io invece sono un coglione ricco e privilegiato.»

Gli do una pacca sulla spalla. «Sei anche generoso, Ben,» ribatto con sincerità. «Hai lavorato sodo, da quando hai cominciato qui. A dire il vero, ne sono sorpreso.»

Lui mi affibbia uno scappellotto. Scoppiamo a ridere.

Papà ci raggiunge. «Andiamo a scaricare questa roba.

Ben, perché non ci segui con la tua auto? Così puoi andare dritto al campus, appena abbiamo finito.»

DOPO CHE ABBIAMO SCARICATO GLI ARREDI SCENICI alla chiesa e Ben è sfrecciato via, io e mio padre rientriamo a casa e parcheggiamo il furgone. Lui mi osserva con la coda dell'occhio e sorride.

«Tra poco è il tuo compleanno,» mi ricorda. «Qualunque cosa tu voglia, dimmelo e te la cucinerò. Siamo solo noi due, Opa e Zoc quest'anno?»

«Ehm, sì. Forse dovrò invitare anche Oskar. Per via di Zoe.»

«Di Zoe?»

«Sì, le è mancato davvero tanto lo scorso anno. Ora che è tornato, le piace trascorrere più tempo possibile con lui. Non è un problema. Abbiamo un rapporto civile adesso.»

«Mi fa piacere sapere che le cose vanno meglio.» Papà mi sorride, le zampe di gallina che si acuiscono. Ha un'espressione felice e nostalgica. Mi domando se stia pensando a mia madre. A quanto sarebbe fiera di me.

Lo spero.

Guardiamo fuori dai rispettivi finestrini. Papà apre lo sportello e l'aria fresca si intrufola nell'abitacolo.

Trasportiamo la sedia a dondolo oltre il cancello, verso casa. Il sole filtra sul vialetto bagnato attraverso i rami spogli del castagno e la sua luce si riflette sulle finestre dei Richter. Vengo scosso da un brivido quando il ricordo di ieri notte fa capolino nella mia mente.

Mio padre si schiarisce la gola. «Ho l'impressione che stasera ci sarà un'atmosfera tesa alle prove.»

Appoggiamo la sedia sul patio intanto che apre la porta. «Tesa?» Perché lo pensa?

«I Richter hanno avuto una discussione stamattina. Ne ho sentito una parte mentre uscivo per andare al deposito.»

In genere papà non è tipo da spettegolare, quello è il ruolo della signora Richter. Ma sembra davvero preoccupato, il che mi rende nervoso. «Di cosa discutevano?»

Ti prego non dire Oskar. Non dire Oskar.

«Oskar.»

Con il cuore che batte a velocità tripla, stringo lo schienale della sedia tra i palmi sudati. «Cosa di preciso?»

Papà la solleva dalla base e la trasportiamo dentro. Parla più forte per sovrastare il russare rumoroso che rimbomba dalla camera di Opa. «Non è rientrato a casa ieri notte.»

Tutti i miei muscoli si irrigidiscono e il rossore minaccia di incendiarmi il collo e il viso. La mia voce suona stridula quando rispondo: «Oskar è un adulto. Di sicuro può dormire fuori senza chiedere il permesso.»

Mi appoggio all'indietro contro il tavolo e giocherello con l'orlo della tovaglia inamidata.

«A Sigrid è sembrato che Oskar stesse sbandierando i

suoi... gusti davanti all'intero vicinato. Perché è rientrato con quel sorriso in faccia, come se avesse passato... una gran bella nottata.»

Strattono la tovaglia un po' troppo forte e il vaso a centrotavola si rovescia. Ne approfitto per dare le spalle a mio padre e raddrizzarlo. «Che cosa gli ha detto?»

«Che dovrebbe essere più rispettoso dei suoi sentimenti.»

«Ah.» Dovrebbe essere più rispettoso? E Oskar invece come dovrebbe sentirsi?

«Più che arrabbiata, era delusa.» Mi si aggroviglia lo stomaco. Se era delusa, è anche peggio. Mio padre continua: «Credeva che ci fosse una speranza che ricominciasse a uscire con le ragazze.»

«Come sapeva con chi ha passato... una gran bella nottata?» domando.

«La conversazione è andata tipo: "Allora, lei chi è?" E Oskar ha ringhiato a voce piuttosto alta: "Lui, mamma, lui." Mi è dispiaciuto per lei.»

Per lei?

Riesco a malapena ad annuire. Voglio andarmene.

Papà mi attira a sé e mi stringe forte. «Tutto okay, Marco?»

Avevo scordato quanto mi sa leggere bene.

Sbatto le ciglia per contrastare il pizzicore agli occhi e mi immergo nel suo abbraccio forte e protettivo. Mi ricorda di come ci siamo sostenuti a vicenda negli anni dopo l'incidente, mi ricorda del modo disperato in cui mi ha afferrato e tirato fuori dall'auto in fiamme. Ho paura che, se gli premessi il naso addosso, sentirei le lacrime salate che ha versato per mia madre o le tracce di vaniglia delle torte che preparava per tirarmi su di morale.

«Mi aiuti a portare la vecchia poltrona in soffitta? Poi ci preparo un paio di panini, prima che tu vada al campus.»

LE LEZIONI SONO LENTE E NOIOSE, PER CUI PASSO LA maggior parte del tempo a tamburellare le dita sul banco e immaginare quanto debba sentirsi uno schifo Oskar.

Da ragazzino, era la luce degli occhi dei suoi genitori. Adoravano vantarsene con i loro amici e familiari... e perché non avrebbero dovuto? Era alto, robusto, scolpito. Il primo della classe, dotato di talento musicale e a suo agio con la gente. Si faceva in quattro per aiutare la sorella negli studi e davanti al suo sorriso spontaneo tutti si sentivano rilevanti e apprezzati.

Adesso i signori Richter lo osservano con occhi profondamente tristi, quasi non capissero dove hanno sbagliato.

Abbasso lo sguardo sugli appunti che ho accartocciato. La mia calligrafia scarabocchiata – così come l'aula strapiena – si fa offuscata. Con il capogiro e la nausea, metto via la mia roba e me ne vado strascicando i piedi.

Noto a malapena ciò che mi circonda mentre mi

trascino per le strade e prendo la metropolitana. So dove sono diretto, ma non lo assimilo davvero finché non mi ritrovo fuori dalla caffetteria.

C'è un'atmosfera animata, tra la musica in sottofondo e il chiacchierio allegro. L'aroma intenso del caffè mi avvolge e riesco quasi a gustarne la morsa confortante.

Per prima cosa cerco dietro il bancone. Un punk con ombretto pesante e collarino sta servendo un cliente. La paura mi si insinua al centro del petto all'idea che Oskar oggi non sia nemmeno venuto al lavoro ...

Una familiare voce femminile fa breccia tra la confusione.

Zoe è seduta a un tavolino davanti alla vetrata, con una cioccolata calda a bloccarle lo spigolo del quaderno di scuola. È girata verso Oskar, che è in piedi contro il muro nella sua camicia nera e jeans stretti. Mi lascio sfuggire un sospiro e indietreggio di mezzo passo verso la porta.

Oskar dice qualcosa e scuote il capo, rassegnato.

Appoggia la testa all'indietro e mi nota. Si stacca subito dalla parete e mormora il mio nome, come se pronunciarlo a voce più alta potesse mettermi in fuga... e non ha tutti i torti.

Zoe segue il suo sguardo e le brillano gli occhi.

Mi incurvo nel giubbotto e tiro su la cerniera, nonostante qui dentro ci siano milioni di gradi. Ho ancora addosso i guanti di Oskar e, dal modo in cui ha guardato in basso, direi che l'ha notato.

Zoe si alza di scatto dallo sgabello. «Marco, e *tu* che ci fai qui?» Ha un tono accusatorio, il che mi fa fermare di colpo.

Oskar la acchiappa dal collo e risponde per me. «Gli ho chiesto io di venire,» le spiega. «Gli ho promesso che gli avrei dato un passaggio alle prove.»

Riporto l'attenzione su di lui e i suoi occhi stanchi si illuminano.

Zoe inarca un sopracciglio, come se avesse ricevuto conferma di ciò che sospettava. «Da quand'è che gli dai passaggi?»

«Da quando non sono più uno stronzo,» risponde lui. «Circa una settimana?»

Zoe si appoggia a suo fratello e ridacchia. In compenso, continua a studiarmi con aria scaltra. Felice e cauta.

Oskar le posa un bacio sulla testa e la spedisce di nuovo a sedersi. «Ti porto un cappuccino?»

«Ehm, io, ah...»

Oskar dimezza la distanza che ci separa. Ne rimane a sufficienza, ma è sul punto di invadere il mio spazio personale. Abbassa la voce e mi dice con calma: «È solo un cappuccino, Marco. Solo un passaggio alle prove.»

Giocherello con la cerniera del giubbotto. Dovrei essere lieto e sollevato dalle sue rassicurazioni, ma la parola "solo" mi schernisce.

«Un cappuccino. Certo.»

Si allontana con un sorriso che mi riecheggia nel petto.

Con la testa leggera e la gola asciutta, mi tolgo giubbotto e guanti e mi accomodo accanto a Zoe.

Lei mi guarda di sbieco. «Oskar non è rientrato ieri notte.»

Le rubo la cioccolata e ne bevo un sorso. «Vieni sempre qui dopo la scuola?» le domando.

Lei si acciglia. «No, è che... dopo che mamma l'ha fatto a pezzi stamattina, mi sentivo uno schifo. Volevo assicurarmi che sapesse che a me non importa di chi si innamora.» Mi sta fissando con un'intensità che per me è dura da sostenere. «Perché sei qui?» mi chiede di nuovo.

Osservo il nostro riflesso appena accennato sul vetro. Vedo le mie labbra dischiudersi e la verità sfuggirmi di bocca insieme al nodo che mi serrava la base dello stomaco. «Non voglio che torni a vivere a Mannheim.»

Zoe sbatte le palpebre con forza e mi appoggia la testa sul braccio. Il suo respiro caldo mi penetra attraverso la maglietta, delicato e compassionevole sulle cicatrici al di sotto. Per la prima volta non mi irrigidisco. Per la prima volta da quando ho lasciato che Oskar mi vedesse tantissimi anni fa, sento un legame saldo di fiducia e so di essere al sicuro.

Mi prude il retro del naso e mi pizzicano gli occhi.

Oskar arriva con la mia tazza. Un'espressione preoccupata gli compare sul viso mentre il suo sguardo fa la spola da me a Zoe. «È tutto okay?»

Il mix di caffè e latte forma un cuore sulla schiuma e

un brivido lieve mi scuote il petto. Alzo la testa e mi perdo nelle sue iridi nocciola. *Non voglio che sia* solo *un cappuccino,* solo *un passaggio.*

Ma il salmone inghiottisce il mio coraggio e non riesco a far altro che annuire.

ARANCIONE BRUCIATO

«Manca poco più di una settimana alla prima,» ci ricorda mio padre, come se non avesse già menzionato la data un centinaio di volte.

Siamo riuniti nella stanza dietro le quinte. Un forte odore di menta mi risale dalle suole degli stivali, con cui ho accidentalmente camminato sul tè che Elena ha versato per terra. Lei mi rivolge un sorriso stanco dal lato opposto del gruppetto. Ha fatto gli straordinari per regolare e perfezionare i nostri indumenti per la prima prova in costume di oggi.

Zoe sembra particolarmente carina, seppur desolata, nelle sue gonne; Oskar invece ha un'aria scaltra e spietata. Tutto in nero a esclusione della fascia rossa: un oscuro principe dei sette mari.

«Marco?»

Sobbalzo e stacco lo sguardo dalla mano di Oskar,

incurvata attorno all'elsa della spada. La maggior parte del cast si sta dirigendo sul palco, ma mio padre mi sta parlando.

«Hai scordato di appendere i nomi delle navi,» mi dice.

«Sono ancora dietro al divano.»

«I nomi delle navi. Giusto. Rimedio subito.»

Papà si allontana e rimaniamo in due.

Oskar mi sorride, quasi sapesse con esattezza dove avevo la testa, dove implora di essere il mio corpo.

Inarca un sopracciglio, perplesso, e io inspiro l'aria stantia della chiesa. «Mi dai una mano?» Punto un pollice verso le insegne.

Un formicolio mi percorre quando Oskar mi segue, grattandosi pigramente la parte inferiore dello stomaco e sollevando così la camicia fino a scoprire i muscoli sodi al di sotto. I suoi leggings stretti da pirata hanno la vita bassa e la striscia di peli sulla pancia si allarga all'altezza della cintura.

«Una mano a fare cosa, di preciso?»

Una mano a farmi venire di nuovo. Ti voglio. Fremo di desiderio.

Cazzo. Devo riuscire a cavarmi di bocca quelle parole. Ho bisogno di sentirlo addosso. Che mi mordicchia il collo in una replica di ieri sera...

Sbatto i polpacci contro il divano e Oskar mi agguanta prima che cada all'indietro sui cuscini. La sua presa sugli avambracci è solida e sicura.

«Oskar...» Non ho il tempo di aggiungere altro, perché la signora Richter entra nella stanza, strillando a Zoe da sopra la spalla di sistemare i leggii.

Mi divincolo e sposto di lato il divano, in modo da poter prendere le due tavole di legno con su incisi i nomi delle navi di Casper e Devin. Tiro fuori per prima *La Razzia Insanguinata* e la piazzo con mani tremanti tra le braccia di Oskar. «Portala alla tua nave. I chiodi sono sotto il palco, dentro una cassettina degli attrezzi arancione.»

Quando la sua figura attraente ammantata di abiti pirateschi scompare alla vista, la signora Richter mi parla e il sangue smette di formicolarmi nelle vene.

«È bello vedere te e mio figlio andare di nuovo d'accordo,» comincia, la custodia del violino sistemata sotto un braccio. È vestita in abiti maschili da pirata. «Mi fa piacere sapere che ha degli amici durante questo... periodo complicato.»

Mi irrigidisco. «Con un pochino di appoggio in più da parte tua, lo sarebbe molto meno.»

Il mio tono grave e determinato sorprende entrambi. Inclino il cappello a tricorno per mascherare il calore che mi infiamma le guance.

La signora Richter sospira e accascia le spalle. Il fondotinta fa le crepe nelle pieghe sotto i suoi occhi stanchi. «Non ho gestito bene la cosa, ma fidati, ci sto provando.»

Un guizzo di istinto di protezione mi pulsa nel petto. Vorrei farmi avanti e spiegarle quanto ha ferito suo figlio...

che è stata *lei* a portarlo via a me e a Zoe. Voglio che sperimenti il dolore di Oskar. Il mio.

Voglio che si rimangi ogni parola egoista e gli dica che lo ama incondizionatamente.

Voglio che sia la ficcanaso con cui spettegolavo sempre. Voglio che mi racconti cose divertenti che ha sentito fare ai miei genitori. Voglio che mi stringa a un fianco, avvolto nel profumo di resina e mirtillo, e mi prometta che a mio padre non importerà che sono gay, così come non sarebbe importato a mia madre.

Tiro la tavola su cui è inciso *La Dannata Dannazione* e mi alzo in fretta, sentendo ampliarsi lo spazio che ci divide.

«Prova di più,» ribatto in tono asciutto e giro sui tacchi, diretto allo scheletro della nave di Casper.

Inchiodo l'insegna sullo scafo con le dita che tremano.

La mia vista si offusca e la scritta si deforma finché non leggo più *Dannata Dannazione*, ma *Dannato Dalmata*.

La mano mi scivola sulla tavola e il martello mi sbatte sull'unghia. «Cazzo!» Lo mollo, però il nome della nave rimane al suo posto, a deridermi. «Cazzo, cazzo, fanculo.»

Una pressione delicata sulla spalla attira la mia attenzione.

Oskar mi volta verso di sé, la fronte corrucciata mentre mi prende la mano. «Ti sei fatto male?»

Ho la pelle d'oca per il panico. Sono felice di avere la schiena rivolta alla platea, perché Oskar china il capo e mi soffia sulle dita. Non sopporto l'idea che qualcuno si accorga di quanto mi toglie il fiato.

Una parte di me vuole accasciarsi su di lui, lasciare che mi stringa forte e mi sussurri che andrà tutto bene.

L'altra parte mormora: «Dalmata.»

Mi ritraggo e distolgo gli occhi per non vederlo accigliarsi ancora di più. Papà mi invita a raccogliere il martello e mettermi in posizione.

Lo sguardo di Oskar è più infuocato delle luci che illuminano il palco.

L'insegna della nave sfonda come un cazzotto i margini del mio campo visivo. Mi lascio sfuggire una risata tremante, salmone, e mi butto spada alla mano nell'ultima scena del finale tragico che abbiamo sempre provato.

Oskar schiva e affonda; io inciampo e precipito all'indietro sull'insegna a cui cercavo con tutte le mie forze di sfuggire. Mi giro per riacquistare l'equilibrio e Oskar è lì, che mi attira schiena contro petto, la spada finta puntata alla gola. Con la musica dei violini che ci martella attorno, mi bisbiglia all'orecchio: «Di qualunque cosa si tratti, possiamo parlarne più tardi?»

Mi sforzo di annuire, di darmi un contegno, ma non rispondo.

Il suo sospiro mi spiove su una guancia mentre finge di tagliarmi la gola.

Quando le luci di scena si abbassano, mio padre ed Elena applaudono. L'illuminazione centrale della chiesa si accende e ci riuniamo tutti nella parte frontale del palco. Papà ci fa i complimenti con gli occhi lucidi.

«Avete dato vita alla trama di Anna,» ci dice. Sbatte le palpebre e si concentra su di me, la voce roca e profonda. «Credo che sarebbe stata fiera di noi.»

Vorrei emozionarmi alle sue parole. Vorrei provare il brivido che mi attraversa quando penso a mia madre che sorride su di noi dall'alto. Non arriva.

Mi dirigo in bagno. Nella testa mi rimbombano centinaia di battute e una delusione che non mi dà pace. Mi strappo via cappello e panciotto e mi appoggio al lavandino, dopo essermi sbottonato la camicia. Lo specchio riflette una striscia di petto e stomaco tonici, finché non mi sfilo l'indumento.

La mia pelle rovinata mi restituisce lo sguardo.

«Cazzo.»

Come possono gli altri essere fieri di me, quando nemmeno io riesco a esserlo?

Elena continua a lanciarmi occhiate mentre mi accompagna a casa. Io fingo di guardare fuori dal finestrino verso gli alberi di Natale che illuminano le strade buie.

«E va bene,» esordisce. «Parlo io. Zoe sembrava una principessa stasera, vero?»

«I tuoi costumi sono fantastici. Lo sai.»

«Già, ma mi piace sentirmelo dire.»

Una risata mi risale la gola. Mi volto verso di lei. «Scusa, mi stavo comportando da stronzo egocentrico. Hai le mani d'oro. È un peccato che abbiamo scoperto il tuo talento solo alla nostra ultima rappresentazione.»

«Deve per forza essere l'ultima?»

Scrollo le spalle. «Papà è pronto a chiudere bottega. Lo spettacolo natalizio è sempre difficile per lui.» Per *noi*. «Soprattutto la prima.»

Elena parcheggia fuori dal mio appartamento. «La fate sempre nell'anniversario della sua morte?»

Esatto. È il nostro modo di includerla.

«Comprendo perché sia così spossante da un punto di vista emotivo,» sussurra. «Farlo ogni anno...»

«I tuoi costumi sono stupendi,» la interrompo in tono allegro. Mi slaccio la cintura e apro lo sportello del passeggero. «Magari potresti farne una carriera, se non dovessi aver successo con l'arte. Non che voglia suggerire che le altre cose che fai non andranno alla grande, volevo solo...»

Lei mi afferra con calma un braccio e mi tiene fermo. «Ho parlato troppo, scusami.»

Io deglutisco. Poi impreco tra i denti e mi accascio sul sedile. «Non c'è problema.» Sono di un orribile arancione bruciato. Diffidente. «Ho la testa a puttane, al momento.»

Lei inclina il capo e aspetta che finisca la mia risata forzata.

«C'è niente che posso fare?» si offre.

L'istinto mi dice di rifiutare. Ringraziarla, saltare giù dall'auto e andare a piangermi addosso per conto mio. Invece mi ritrovo ad annuire. Non voglio essere salmone, né arancione bruciato, né nessun altro colore vigliacco.

«Chiedi pure, Marco.»

Incrocio il suo sguardo. «Disegnami.»

Dentro al mio appartamento, le trovo un taccuino e delle matite.

La lascio disegnare.

Dopo che se ne va, mi siedo e fisso il ritratto.

È mezzanotte passata quando scrivo un messaggio a Oskar. ***Ne parliamo?***

Oskar si presenta alla mia porta in cappotto, jeans e la mia felpa verde preferita. Ha fatto una doccia dopo le prove, lavando via il trucco pesante attorno agli occhi, anche se le sue ciglia restano più scure del solito. Trasporta un grosso cestino e sul braccio opposto una coperta a quadri. La usavamo sempre. È molto spessa. Perfetta per i nostri vecchi picnic tradizionali.

Ha gli occhi che brillano e le fossette sulle guance.

Non deve nemmeno chiedere. Le mie labbra si dischiudono in un «Sì» automatico.

Aspetta che mi metta scarpe, cappotto, sciarpa e cappello. Sorride mentre mi infilo i suoi guanti.

Torno indietro fino al tavolo e arrotolo con cautela il ritratto di Elena, che blocco con un elastico.

Oskar inarca un sopracciglio incuriosito quando apro il suo cestino e lo sistemo con cura all'interno, ma non dice nulla.

Al parco, l'erba coperta di brina ci scricchiola sotto i piedi e i nostri respiri si condensano nell'aria.

Ci fermiamo al nostro albero, la punta degli stivali a filo del lago gelato. Prendo la grossa coperta di Oskar e me la avvolgo sulle spalle. «Devo lasciarmi dietro il passato. Definitivamente. Facciamolo qua fuori,» gli dico. «Sul ghiaccio.»

Lui mi porge la mano libera. Intreccio le dita inguantate con le sue e muovo un passo sulla superficie d'acqua congelata. Oskar non mi mette fretta, mi dà una stretta delicata e mi distrae commentando come i tronchi sembrino alberi maestri che si stagliano contro il cielo notturno.

Lo strato di ghiaccio è spesso e solido, con una spruzzatina di neve che si sposta quando ci camminiamo sopra.

Fa freddo, ma non c'è vento. La quiete intensa mi fa aggrovigliare lo stomaco per l'agitazione. Ci fermiamo al centro del lago. Oskar mi attira accanto a sé sulla coperta da picnic. «Apri il cestino.»

Mi sfilo i guanti e sbircio all'interno. Il ritratto arrotolato è la prima cosa che vedo. Sotto c'è un ampio contenitore. Lo tiro fuori, apro il tappo e scoppio a ridere. «Biscotti.»

«Con le gocce di cioccolato.»

Il loro aroma delizioso mi colpisce le narici. «Appena preparati. Verrebbe da pensare che tu abbia programmato questo incontro da un pezzo.»

«Non riuscivo a dormire,» replica lui. Il suo sorriso dolce mi penetra nel petto, smuove corde che non dovrebbe toccare e va perfino più a fondo.

Afferro un biscotto e lo spezzo in due. Oskar ne prende metà. Il cioccolato è ancora un po' sciolto. Mugugna: «Non sono buoni quanto quelli di tua m...»

«Sì che lo sono.» Finisco il mio pezzo fissando il ghiaccio.

«Ti ricordi il giorno che abbiamo gettato i nostri segreti sul letto del lago?» mi domanda.

Finisco di inghiottire e mi ripulisco le briciole residue con il dorso della mano. «Eravamo proprio in questo punto.»

Oskar si stende di schiena e osserva il cielo terso, trapuntato di stelle. Si sbottona il cappotto e usa cappello di lana e sciarpa a mo' di cuscino. Un sorriso assorto gli incurva le labbra. «Sono tornato a cercarle, sai.»

«Davvero?»

«Ho setacciato l'intero lago, ma le nostre bottiglie non c'erano più.»

Mi mordicchio il labbro. «Che avresti fatto se le avessi trovate? Letto il mio segreto?»

«Pensavo che restituirtele sarebbe stato un gesto simbolico. Che avresti ascoltato le mie scuse.»

«Credevi che sarebbe bastato per convincermi a perdonarti?»

Con un movimento repentino, mi afferra dalla giacca e mi tira finché non sono chino sul suo viso. Mi studia con attenzione. Forse scorge la cautela nel mio sguardo e l'incertezza sulle mie labbra assottigliate. Deglutisce con il pomo d'Adamo in rilievo, poi molla la mia giacca e risale con le dita a sfiorarmi la mascella. Mi accarezza una guancia con il pollice. «Ero un coglioncello che non sapeva come affrontare le cose, Marco. Mi dispiace da morire di averti ferito.»

La mia voce viene fuori in un sussurro. «Eri disgustato dal mio aspetto...»

Le dita tracciano la curva della mia spalla. «No, non disgustato. Inorridito.» Scatto all'indietro, ma Oskar serra la presa. Mi supplica con gli occhi di ascoltare. «Inorridito da me stesso. Perché avevi sofferto tanto. E io non ne avevo idea. Vedere la tua pelle ridotta così mi ha fatto male.»

«Hai detto ad Andre e ai suoi amici che sembravo un dalmata.»

«Perché avevo paura.»

«Paura che ti picchiasse? Che ti prendesse in giro?»

La mascella di Oskar si contrae. La sua mano si sposta sulla mia scapola e mi attira più vicino.

Attraverso la coperta le mie ginocchia premono doloro-samente sul ghiaccio freddo, ancorandomi. «Va avanti, Oskar. Cosa ha reso accettabile umiliare e abbandonare il tuo migliore amico?»

Lui alza il capo e mi ringhia sulla bocca: «Niente l'ha reso accettabile.»

«E allora perché l'hai fatto?»

«Non avrei dovuto. Vorrei poter tornare indietro.»

«Perché, dannazione?»

«Perché Andre *lo sapeva.*»

«Sapeva cosa?»

«Che io... che...»

Gli appoggio una mano sul petto, i cordini della felpa sotto il palmo. Chiudo gli occhi e mi sento invadere da un impeto di compassione. Eppure non è abbastanza. «Sapeva che sei gay.»

Oskar mi attira sopra di sé e le mie gambe si intrec-ciano alle sue. Una mano scivola sulla coperta accanto alla sua testa, l'altra rimane inchiodata sul suo petto. Oskar mi fissa con la disperazione di un uomo che sta cercando di far udire la propria voce. «Sì,» conferma. «Andre aveva capito che sono gay. Chiedimi come.»

«Come?»

«Perché mi aveva beccato a piangere.»

Sbatto le palpebre. Si era messo a piangere al campo estivo? Non lo faceva mai. «Piangere?»

Oskar mi fa scorrere le dita sul petto, proprio sopra la peggiore delle mie cicatrici. «Tu hai pregato di avere una gelata,» mi spiega a voce bassa. «Ma io ho pregato di avere *te*. Ho pregato di avere una ragione per tenerti stretto. Perché tu lo volessi. E poi, dopo l'incidente, hai lasciato che ti prendessi tra le braccia. Hai lasciato che fossi io a restituirti il sorriso. Ero triste per ciò che avevi perso, ma ero anche...» Chiude gli occhi. Ha le ciglia bagnate. «Ero anche felice.»

Non... non riesco... «Felice?»

«Di essere la persona che ti era più vicina. Poi, al campo, mi hai mostrato il tuo petto e mi ha colpito come un cazzotto in faccia.»

«Cosa ti ha colpito?»

«Quanto fosse sbagliato esserne felice. Ho visto il dolore che avevi marchiato letteralmente addosso e mi sono ritrovato inorridito da me stesso. Per quanto avevi sofferto. Dopo che ti sei addormentato, sono riuscito a uscire dalla tenda giusto un attimo prima che i singhiozzi mi scuotessero. Non riuscivo a smettere. Credevo di essermi allontanato abbastanza perché nessuno mi sentisse. Non stavo solo singhiozzando, Marco. Imprecavo. Prendevo a calci un ceppo d'albero quando Andre mi ha sorpreso a gridare il tuo nome.»

La sua confessione mi lascia senza parole. Non so come articolare il battito impazzito del mio cuore, né l'improvviso vuoto allo stomaco.

«Mi ha chiesto perché diavolo piangessi per te e io non ho risposto. "Ho capito", mi ha detto. "Sei un finocchio."» Oskar ha gli occhi lucidi. «Aveva ragione. Non sapevo come reagire, né come gestire la cosa ed ero convinto di non meritarti. Ero smarrito e spaventato. Dovevo riprendere il controllo. Le parole con cui ti ho descritto mi hanno lasciato un sapore disgustoso in bocca, Marco. Non appena mi sono uscite dalle labbra ho capito di aver spezzato qualcosa tra noi. Sapevo che mi avresti odiato per non averti difeso, ed era ciò che volevo.» La sua pancia trema sotto di me e la sua voce si fa acuta per il rimorso. «Volevo che mi odiassi. Me lo meritavo, perché ho pregato di averti. Ho pregato e tua madre è morta.»

La sua onestà mi uccide. Gli appoggio la testa su una spalla e tento di trovare una risposta. Magari si aspetta che mi arrabbi con lui, ma sono stato infuriato per troppo tempo e adesso sono stufo. Stufo di usare la rabbia per mascherare il turbinio di altri sentimenti che si agita al di sotto.

«Hai gridato il mio nome,» sussurro con voce roca contro la sua gola.

Mi serra tra le braccia, il pomo d'Adamo in rilievo mentre deglutisce. «Sì.»

Gli premo le labbra sul collo, dove pulsa il sangue.

«Hai sentito il resto della mia confessione, vero?» mi domanda.

«Lo so che è più facile dirlo che crederci, però l'incidente non è stato colpa tua. Né tua, né mia.»

La tensione abbandona il suo corpo, le braccia si allentano, gli occhi si chiudono per un istante. «Mi perdoni lo stesso?»

Bacio la pelle morbida sotto la mascella ricoperta da un velo di barba e mi sposto di lato. Mi lascia andare con riluttanza.

Estraggo delicatamente lo schizzo di Elena dal cestino da picnic e mi siedo sui talloni. «Volevi tenermi stretto... eri attratto da me?»

«Lo ero,» risponde Oskar, voltandosi su un fianco. «Lo sono ancora.»

Sfilo l'elastico e ruoto il foglio che ho in mano. «Avevo paura di mostrarmi agli altri. È per questo che non sono mai stato con nessuno. Che non riesco nemmeno a scopare in giro.»

«Marco...»

«Il passato è passato.» Srotolo con cautela il disegno e osservo il mio corpo. Elena ha catturato così tanto di me: le ustioni – ombre più scure sul petto, sulla parte superiore del braccio e all'attaccatura dell'inguine – ma anche la mia agitazione, l'insicurezza nella mia postura. Più ancora, ha catturato le linee forti e solide del mio corpo e le rughe d'espressione delle mie risate. «Ho lasciato che Elena mi vedesse. Mi disegnasse.»

Oskar guarda il foglio, poi me al di sopra. «Vorrei tanto vederti anch'io.»

La sua voce suona malinconica, addolorata. Forse tinta di gelosia perché non è stato il primo a cui mi sono mostrato.

Mi premo il ritratto sul petto. «Non potevi essere tu il primo,» gli spiego.

«Ho perso quel privilegio, lo so.»

Non è questo.

Piazzo il foglio sulla coperta tra noi, una mano a tenere fermo il bordo superiore. Quello inferiore si arrotola, coprendo lo schizzo dalla vita in giù. La voce mi trema nel petto. «Con te c'è di più in gioco.»

I suoi occhi nocciola non si abbassano sul disegno, rimangono fissi su di me. «Sei bello da impazzire.» La sua voce ha un timbro denso e pesante. «Da quando avevo quattordici anni, non è passato giorno in cui tu non sia stato nei miei pensieri. Volevo stringerti, farti ridere; volevo anche stenderti nudo sul mio letto, spingermi dentro di te e scoparti fino a farti contorcere con il mio nome sulle labbra. Ti voglio, Marco. Ogni centimetro di te.»

Con la mano libera mi tocco l'erezione che cresce in fretta. Le sue parole sono schiette e potenti, e mi ritrovo a un passo dall'abbandonarmi tra le sue braccia e concedermi a lui.

«Le parole non mi bastano.»

«Vieni qui, allora.»

Scuoto il capo.

Lui sembra capire di cosa ho bisogno. Traccia un dito sul ritratto a partire dal naso, sopra il labbro inferiore, lungo il collo. L'unghia gratta con delicatezza sul foglio seguendo la curva della mia spalla. Indugia sulla bruciatura in quel punto, poi si sposta sul petto e segue con cura i contorni di ogni cicatrice, quasi volesse impararle a memoria.

Il dito scende a srotolare il foglio e scoprire il mio inguine e le mie cosce. Le sue palpebre tremolano, le labbra si dischiudono. «Marco...»

Ha la voce tesa per il desiderio. Il mio sesso si contrae e io ci premo sopra il palmo. «Di più,» lo incito.

Lui alza gli occhi scuri su di me, disarmati e vogliosi. «Dicevo sul serio. *Ogni centimetro.*»

Il disegno si riarrotola a metà quando Oskar lo lascia andare. Il cuore mi martella a un ritmo forsennato nel vederlo liberare un braccio dal cappotto e sbottonarsi i jeans.

Il suo uccello duro spinge la biancheria verso di me e Oskar infila una mano sotto la stoffa e gliela avvolge attorno. Il glande non circonciso sbuca dalla banda elastica, gonfio e scuro contro la striscia di maglietta bianca che spunta dalla felpa. «Tienimi aperto il ritratto, Marco, e guarda. Guarda quanto ti desidero.»

Per un paio di secondi resto a fissarlo sbalordito, poi mi

sfrego con vigore l'erezione dolorante attraverso i jeans. «Cazzo, Oskar.»

Lui si morde il labbro inferiore e abbassa il mento, cominciando ad accarezzarsi. «Il ritratto.»

Con entrambe le mani che tremano, apro il foglio.

Nuvolette di respiro caldo velano lo schizzo mentre Oskar lo osserva e muove il pugno.

Anch'io ho il fiato corto a guardare lui, il cervello a un passo dal cortocircuito. La mascella coperta di barbetta, la fronte corrucciata, il labbro inferiore che sporge in un broncio sexy, il naso lievemente adunco. La luce della luna gli inonda i capelli chiari e luccica sulle sue guance. I suoi addominali si contraggono a ogni carezza sul suo sesso. Dio, come fa scorrere il pugno per tutta la lunghezza, passaggi brevi e rapidi seguiti da altri più lunghi e lenti. Oskar geme e le carezze si fanno più bagnate e incontrollate; il loro suono, unito ai suoi ansiti, mi porta a premere il foglio con forza sulla spessa coperta di lana alla ricerca del ghiaccio fresco sottostante.

Oskar tiene gli occhi incollati sullo schizzo. Si inumidisce il labbro inferiore con la lingua e poi lo morde, inarcando i fianchi per spingersi nel pugno. «Bellissimo,» geme. «Ogni centimetro.»

Gli affondi del suo uccello mi seducono finché non mi ritrovo a tremare dal bisogno disperato di essere toccato.

«Credimi,» continua lui, la voce stridula. Il suo corpo

sembra più teso e credo che non gli manchi molto. «Voglio baciarti. Voglio scoparti così forte. Voglio tenerti stretto.»

Il foglio si riarrotola di scatto. Oskar alza gli occhi socchiusi su di me, che torno ad accucciarmi sui talloni. Mi infilo una mano nei pantaloni, graffiandomi le nocche contro la stoffa stretta. Non mi importa. Le sue parole sono intense e reali e...

Cazzo. Oskar schiude le labbra e si masturba più in fretta. Sussulta e si irrigidisce, il sesso che pulsa schizzi di sperma sulla maglietta e sulla felpa.

Bastano tre carezze decise perché l'orgasmo mi travolga. Il seme mi si riversa sulla mano e nei boxer. La pelle mi formicola mentre Oskar abbandona i flebili tentativi di riabbottonarsi i jeans e mi attira a sé.

Mi accoccolo contro di lui, il fianco protetto dalla coperta, calore dove i nostri corpi si incontrano. I suoi occhi brillano intensamente nei miei. Chino il capo e glielo poso sul petto, incurvando una gamba sul suo fianco. Le sue braccia mi avvolgono, le dita mi scorrono tra i capelli.

Gli intrufolo una mano tra le cosce e la premo sulla cucitura dei jeans, assorbendo il suo tepore. Sollevo la biancheria a coprirgli il membro rilassato e gli richiudo i bottoni. Mi piace il modo in cui mi tira piano i capelli per la sorpresa.

«Ti voglio anch'io,» mormoro sul suo petto, perché non oso incrociare il suo sguardo. «Ma...»

«Hai paura che possa ferirti di nuovo,» conclude Oskar.

Mi fermo. Ciò che ha detto è vero, eppure non si tratta solo di questo. Sono ancora... imbarazzato. «Sono salmone.»

Lo stesso colore tenue, nudo e pieno di dolore delle mie cicatrici. Un ottimo colore dietro cui nascondersi.

Lui mi rivolge un sorriso sghembo e triste, quasi mi leggesse nel pensiero. «Vorrei che mi credessi quando ti prometto che non lo farò.»

Io deglutisco.

«Prenditi un po' di tempo per pensarci su.» Mi sfiora la fronte con la sua. «Averti come amico è la cosa più importante per me.»

Il sabato sul tardi, scoppia una tempesta. Scrivo a Zoe perché lampi e tuoni la mandano in agitazione. In genere viene da me e ci accocciamo sul divano, guardiamo un film e mangiamo un'intera confezione di orsetti gommosi.

Io: ***Ti mando un sacco di abbracci.***

Zoe: ***E io me li prendo!***

Io: ***Hai gli orsetti gommosi e un film?***

Zoe: ***Ho Oskar.***

Io: ***Immagino che dovrai accontentarti.***

Oskar: **Ehi! Sono perfettamente affidabile durante una tempesta... Porca puttana, ha appena tremato la terra?**

Zoe: **Scusa. Oskar ha letto sul mio telefono. Razza di impiccione. In realtà credo che abbia bisogno di abbracci PIÙ di me.**

Io: **Potresti aver ragione. Meglio non viziarlo o se li aspetterà ogni volta.**

Mi squilla il cellulare. Sorrido, convinto che sia Oskar che vuole rimbeccarmi per aver tentato di deprivarlo dei suoi abbracci, ma sul display compare il nome di Ben. Gli rispondo.

«Mi serve il tuo aiuto,» mi dice. Sembra sconvolto.

«Cos'è successo?»

IL GIORNO DOPO SUL PRESTO, IO E MIO PADRE CI dirigiamo verso casa di Ben. Nel giardino sul retro un fulmine ha colpito una quercia, che si è schiantata sul bunker hobbit che Ben ha costruito con tanta fatica per suo fratello. Ci portiamo dietro l'attrezzatura dal deposito di legname per poter rimuovere l'albero.

Al nostro arrivo, Ben mi trascina in camera sua e indossa dei pantaloni impermeabili. «Non potrò mai ringraziarti abbastanza.»

Mi appoggio alla porta chiusa e mi infilo le mani nelle

tasche. «Ti serve una mano. Voglio che tu sappia che io ci sono, per te.»

Lui smette di abbottonarsi i calzoni. Mi fissa in modo così intenso che mi ritrovo a distogliere lo sguardo.

Con gentilezza, mi spinge fino alla sponda del letto. «Siediti.» Si ferma in piedi davanti a me. «In quest'ultimo paio di mesi, ti è capitato qualcosa. Spero che anche tu sappia che io ci sono per te, di qualsiasi cosa si tratti.»

Apro la bocca, il salmone che mi si insinua fin dentro alle ossa, poi la richiudo. Maledizione. Stavolta non gli lascerò prendere il sopravvento. Basta con questa merda. «Ti vedo con Sebastian. Voglio la stessa cosa. Potrei addirittura averla trovata. Ma mi... cazzo, mi vergognavo troppo di me stesso. Volevo nasconderlo, Ben. A te, a tutti gli amici e alla mia famiglia.»

«Che sei gay?»

«Sì. E...» Raddrizzo le spalle e gli mostro le mie cicatrici. «Questo.»

Gli occhi di Ben sono colmi di sorpresa, empatia e comprensione. Traggo un respiro e gli racconto la mia storia.

Quando finisco, mi tira in piedi e mi stringe in un abbraccio. «Cammina a testa alta. Ne sei degno, amico. Non hai niente di cui vergognarti.»

Mio padre ci chiama dal piano di sotto, così portiamo giù le chiappe. Non solo l'attrezzatura è stata spostata nel cortile sul retro, ma papà ha fatto venire ad aiutarci tre ragazzi del deposito.

Ben gli dà una pacca sulla spalla. «Come farò a ringraziarti?»

Papà scoppia a ridere e gli dice che, per cominciare, può venire a vedere il nostro spettacolo teatrale.

Ben ci osserva entrambi. «È ancora previsto un finale tragico?»

Trattengo il respiro quando papà incrocia il mio sguardo. «Confido che il mio Marco sceglierà il finale che sente più giusto.»

IL VENERDÌ MATTINA – DOPO UNA SETTIMANA DI PROVE in costume in cui sono stato amichevole ma distante con Oskar – chiudo una chiamata con Zoe, che mi sta cantando "tanti auguri" a squarciagola. Mi trascino al supermercato a comprare latte e biscotti.

Ho ampia scelta di casse libere, così opto per quella di Andre, a testa alta. Si è tolto qualche piercing e ha i capelli arruffati come se si fosse appena alzato.

Il sorriso sfacciato invece non gli manca mai. «Marco.»

«Cos'altro ha fatto Oskar?»

Le sue sopracciglia si inarcano all'istante. «Ti ho detto di chiederlo a lui.»

«Lo sto chiedendo a te.»

Andre passa la mia spesa. In genere mantiene lo sguardo puntato su di me. Adesso, mica tanto. «Te ne sei andato dal campo estivo e Oskar era a pezzi. Dubito che abbia dormito granché, in quegli ultimi giorni. Io ero... ascolta, posso ripeterti di nuovo che non ne vado affatto fiero?»

«Afferrato. Continua.»

«Ero annoiato e cercavo di provocarlo. C'erano un altro paio di ragazzini al campo che mi davano l'impressione di essere gay, così ho iniziato a dare il tormento a loro. Uno dei due, però, aveva davvero le palle. Mi rispondeva per le rime. Solo che era più piccolo di me e una spanna più basso. Oskar mi ha beccato che stavo per colpirlo. Si è messo in mezzo e si è preso un cazzotto sul naso. Era bello forte, gli è uscito il sangue. Lui era furibondo. Mi ha dato uno spintone e mi ha chiesto quanti vermi dovevo mangiare prima di piantarla di essere un tale coglione.»

«Aspetta. Sei *tu* che gli hai rotto il naso?»

Gli angoli delle labbra di Andre si incurvano verso il basso. Non riesce a incrociare i miei occhi. «Gli ho riso in faccia. Gli ho detto che lo sapevo, che alla fin fine era un... finocchio.» Solleva lo sguardo su di me per un secondo, poi lo distoglie. «Non ha risposto alle mie provocazioni. Non subito, almeno. Quando i miei genitori sono venuti a prendermi l'ultimo giorno, li ha informati che avevano cresciuto un bullo. Che, per colpa mia, aveva perso la sua occasione di essere felice.»

Deglutisco con forza. «Te lo sei meritato.»

La vergogna gli tinge le guance di rosso. «Lo so. L'ho cercato un paio d'anni fa e mi sono scusato. Mi ha perdonato. Che è più di quanto meritassi.»

L'aria mi riempie fin troppo i polmoni. «Gli hai rotto il naso. Hai distrutto la nostra amicizia.»

«Credimi, se potessi tornare indietro, lo farei.»

Serro le palpebre e mi sforzo di annuire una sola volta. Con la sportina a tracolla, esco dal supermercato, il cellulare premuto sull'orecchio.

«Marco!» mi saluta Oskar in tono allegro. Non ha idea di quanto mi senta vulnerabile.

«Mi passi a prendere per andare alla partita di Zoe stasera?» Cavolo, è difficile non far tremare la voce.

«Come potrei mai negarti qualcosa?»

Ingoio il nodo alla gola e tiro fuori una risata. Mi rimbalza nel petto, inseguendo lo sciame di farfalle. «Be', in tal caso...»

Davanti alla sua risata sommessa, il mio stomaco fa le capriole. «Ci vediamo alle sei, Marco.»

«Vinci la partita, Zoe.»

È l'ultima prima di Natale e la palestra è rivestita di decorazioni verdi e rosse. Le Basket Bears hanno piazzato una coroncina con le corna sulla testa del loro allenatore e

Zoe ne ha preparata una anche per me. È pesante e ingombrante, per cui non posso girarmi o infilzerò in un occhio un Oskar divertito.

A pensarci bene, se non la pianta di sorridere potrei girarmi comunque.

«Dio, è ridicolo quanto sei adorabile,» commenta Zoe con una risatina. Si apre la giacca della tuta e la appende a una delle corna. «Sono perfino pratiche.»

Il suo ragazzo si aggira a pochi metri di distanza, a bordocampo, agitato e a disagio. Quando ci ha visto dirigerci verso la prima fila delle tribune, è diventato talmente rosso da intonarsi con i decori natalizi. Se avesse le corna, sarebbe un ottimo Rudolph.

Oskar si sporge in avanti e toglie la giacca. «Mi copre la visuale,» dice a Zoe. Sento l'allegria nella sua voce... se la sta godendo fin troppo.

L'allenatore chiama le ragazze e Zoe corre via, passando davanti a Kevin per dargli un bacio sulla guancia.

È ancora strano vederla con un ragazzo, ma sono deciso a non alienarla comportandomi da stronzo protettivo. «Ehi, Kevin. Vieni qui.»

Lui sobbalza come un cervo accecato dai fari.

Oskar fa una risatina gutturale. «Che stai combinando, Marco?»

Lo sbircio con la coda dell'occhio, senza girare la testa, e ammicco con le sopracciglia. Kevin si avvicina con cautela. «Hai da fare dopo la partita?»

Lui assottiglia lo sguardo, quasi stesse cercando di capire se è una domanda a trabocchetto. «No. Zoe dice che è troppo impegnata. Torno a casa.»

«Chiama chi di dovere e digli che sei stato invitato a cena.»

«Eh?» mi domanda.

Oskar tossisce per lo stupore. Alzo un braccio e gli do una pacca sulla schiena, gli occhi puntati in avanti su Kevin. «È il mio compleanno. Sei invitato.»

«Perché?»

«Perché voglio che Zoe si diverta. E voglio che tu abbia modo di conoscerci, invece di trasalire come se stessimo per prenderti a calci ogni volta che ti salutiamo.»

Kevin si allontana per chiamare sua madre e a Oskar scappa una risatina asciutta. «Non mi dispiace vederlo trasalire, a essere sincero.»

Gli sorrido e, con cautela, appoggio i gomiti sul gradone alle mie spalle. Mancano pochi minuti al fischio d'inizio e i genitori di Oskar stanno entrando a passo svelto nella palestra.

Si fermano a salutarci e la signora Richter giocherella con una delle mie corna. Ha un tono nervoso quando parla, il che mi ricorda la nostra ultima conversazione durante le prove. Mi rivolge un piccolo sorriso. «Buon compleanno, Marco.» Apre la bocca e la richiude, poi si gira verso Oskar, gli getta le braccia al collo e gli dà un bacio sulla guancia.

Mi volto mentre si ritrae e le sbatto sopra con la coroncina, che mi cade dalla testa e mi finisce sul grembo. La blocco lì e scambio un'occhiata con un Oskar sorpreso quanto me.

«Ehm, ciao, mamma,» la saluta. «Possiamo stringerci, se vuoi sederti qui.»

Lei osserva suo marito, che ha trovato posto nella fila sopra alla nostra. Si accomoda dall'altro lato di Oskar. «Contro chi gioca Zoe stasera?»

«Di nuovo le Black Eagles,» rispondo. «Sarà una partita dura.»

All'intervallo, quando la signora Richter va in bagno, Oskar fruga nella borsa che tiene sotto la seduta. «Quindi, stasera c'è la cena per il tuo compleanno...»

C'è qualcosa di strano nel suo tono. È teso e...

Di colpo capisco. Non l'ho mai propriamente invitato.

Si raddrizza, con in mano un piccolo pacchetto avvolto in carta rosa. Un rosa acceso. *Magenta*. «Ho una cosina per te.»

Sposto lo sguardo dal regalo a lui e il cuore mi salta un battito. Scuoto il capo e Oskar aggrotta la fronte.

«Non ti piacciono i regali?» scherza, ma negli occhi gli balena un'espressione spaventata e ferita.

«No, cioè, sì. Cioè, cazzo.» Sorrido e poso una mano sulla sua, attorno al regalo. Lui trattiene il respiro e una scossa di elettricità mi risale lungo il braccio. «Me lo dai dopo a cena?»

Le sue spalle si rilassano e il sollievo gli scalda le iridi nocciola.

Si posa il regalo in grembo e mi stringe la mano. È un gesto discreto, visto che siamo curvati l'uno verso l'altro. Una parte di me, però, odia nasconderlo. Il formicolio stordente che mi scorre nelle vene è troppo meraviglioso per essere tenuto segreto.

«Sono felice che tu voglia che venga.»

Deglutisco e abbasso lo sguardo sulla coroncina con le corna. «Bene.»

Perché la tua presenza è quella a cui tengo di più.

Zoe sta ancora parlando delle migliori azioni della partita quando mio padre ci serve le bistecche con purè di patate che avevo richiesto per la cena. Kevin, seduto impacciato accanto a me con un gomito sul tavolo, le pende dalle labbra.

Oskar assapora il cibo con calma e osserva la bottiglia di Primitivo tra noi. Una scossa elettrica mi scorre giù per il fianco.

Quando a Opa cade il coltello, Oskar lo raccoglie e taglia per lui la carne ostinata. Provo un buffo fremito al centro del petto.

«C'è anche il dolce,» annuncia papà alla fine della

cena. «Penso sia arrivato il momento di darti il primo regalo.»

Zoe balza in piedi, appoggiandosi a Kevin, e ride. «Aspetta qui», mi dice. Poi, rivolta a mio padre: «Cominciamo con il nostro, vero, Joshua?»

Lui ride di cuore. «Ti serve aiuto?»

«Ho i muscoli d'acciaio,» ribatte lei. «Ci penso io.»

Non mi avevano mai comprato qualcosa insieme. Che avranno in mente? Sento la porta d'ingresso aprirsi e una brezza fresca intrufolarsi nella stanza.

Mio padre sparecchia la tavola, con l'aiuto di Kevin.

Oskar posa delicatamente il suo regalo tra di noi. Vorrei strappare via la carta, ma... prima quello di Zoe e papà.

Mio padre torna indietro con dei tortini al cioccolato dal cuore morbido e una busta incastrata sotto il braccio. Ho l'acquolina in bocca e il cuore pieno di gioia. È la ricetta di mamma. «Vorrei che fosse il mio compleanno ogni giorno.»

Con le labbra incurvate in un sorriso triste, mi porge la busta. «Un po' di soldi per fare qualcosa di carino. Invita fuori i tuoi amici. O esci con Oskar.»

Oskar quasi rovescia il bicchiere del vino. Lo raddrizza prima che l'ultimo goccio si sparga sulla tovaglia a quadri zafferano di mia madre.

Accetto il regalo con lo stomaco aggrovigliato. Cosa intende con "esci" con Oskar? Non penserà mica che siamo... e se avessi detto la cosa sbagliata nel modo sbagliato e l'avesse capito?

Preso dal panico, le parole mi sfuggono di bocca. «Come se volessi passare con lui più tempo del dovuto. L'ho invitato per Zoe.» Odio la lieve energia statica che scorre tra noi e che ora mi sembra pungente e dolorosa. Vorrei poter chiudere il becco e non aggiungere altro, ma papà sta sbattendo le palpebre. La bugia ha un retrogusto di cenere. «Non vedo l'ora di spenderli domani con Olivia.»

Oskar si agita sulla sedia, che scricchiola. Serro gli occhi per un istante, le labbra tese nel sorriso che mi sforzo di mantenere per mio padre.

«Questi tortini hanno un profumino delizioso,» commenta Oskar con finto entusiasmo.

Kevin interviene dall'altro capo del tavolo. «Bella sfiga essere intollerante al glutine.»

Oskar borbotta tra i denti: «Intollerante al glutine. Come no.»

«No, sul serio. Terribili flatulenze. Per l'intera nottata. Non è affatto divertente starmi attorno.»

Zoe rientra nella stanza e lo sguardo di Kevin si illanguidisce.

«Terribili flatulenze per l'intera nottata, eh?» Oskar si sporge sul tavolo e gli mette un tortino nella coppetta. «Mangia.»

Zoe solleva un grosso secchio di tinteggiatura sul bordo

del tavolo. «Buon compleanno, Marco.» Fuori ci sono venti litri di fissante.»

Gira il secchio nella mia direzione. Giallo sole.

Papà aggiunge: «È ora di dare un tocco di colore alle pareti del tuo appartamento. Sembravi indeciso su quale, così io e Zoe ne abbiamo parlato.»

«Giallo sole!» esclama lei. «Perché una volta mi hai accennato che è stato il tuo primo colore.»

Ho un groppo in gola. Con gli occhi che pizzicano, mi azzardo a sbirciare verso Oskar, che mi sta osservando. Mi sillaba: «Giallo sole?»

Mi alzo e catturo Zoe in un abbraccio. Poi papà.

«Se non ci abbiamo preso, possiamo trovarti un colore che preferisci,» mi assicura lui, stringendomi forte.

«È perfetto.»

«Ora il regalo di Oskar!» grida Zoe.

Mi risiedo e lo guardo. *Me lo merito ancora, dopo quel momento salmone da manuale?*

Lui lo afferra e me lo offre. «È una cosina che ho fatto io.»

Zoe sbuffa e incrocia le braccia sul petto. «Una cosina che hai fatto?» ripete. «Tutto qui? Credevo che gliel'avresti detto.»

«Detto cosa?» domando.

«Cosa significa davvero,» mi risponde lei.

Oskar scuote il capo e lancia un'occhiata significativa

verso mio padre, che per fortuna è concentratissimo su una cucchiaiata di tortino.

Zoe chiude il becco. Si acciglia, però. Mi piacerebbe saperne di più, ma ho l'impressione che Oskar non voglia spiegarlo davanti a papà.

La carta magenta mi fruscia tra le dita. «Grazie, Oskar.»

Lui ridacchia. «Non l'hai ancora aperto.»

Rimedio e le farfalle cominciano a svolazzarmi nello stomaco. È una statuetta d'argilla che raffigura una sirena, storta e piena di bozzi come quella che ho rotto la sera che l'ho baciato.

«È...» La mia voce è sul punto di spezzarsi. «Grazie.»

A Oskar brillano gli occhi.

Mio padre dà un colpo di tosse, così spostiamo l'attenzione su di lui mentre Opa allunga una mano a dargli delle pacche sulla schiena. Papà butta giù il suo bicchiere di Primitivo. Quando si riprende, è rosso come un peperone. «Bene.» Si schiarisce la gola. «Buono.» Riprende con cautela il cucchiaino e lo riempie moderatamente. «A chi va una partita di Scarabeo?»

Più tardi, Oskar e Zoe accompagnano Kevin a casa. Papà mi augura un buon viaggio in treno per domani e se ne va a letto.

Io non torno al mio appartamento. Resto con Opa in salotto e studio la riproduzione in argilla di Oskar.

Non mi fa scoppiare a ridere e sghignazzare quanto l'originale, anche se è altrettanto goffa e ha tutti i colori mescolati insieme. Questa mi scatena una terribile tormenta interiore.

La riavvolgo nella carta da regalo magenta, che stringo tra pollice e indice e sfrego tra i polpastrelli, deglutendo con forza.

Opa emette un verso gutturale. Mi giro e lo trovo a guardarmi.

«Ho passato proprio un bel compleanno,» gli dico e gli scocco un bacio sulla fronte.

Lui mi sorride, poi mi indica la porta con un doppio cenno di mano.

Con una risatina che mi scalda il petto, esco dalla stanza e mi intrufolo in soffitta. C'è qualcosa che nascondo qui da un pezzo. Una specie di tesoro. Dopo averlo trovato, scendo nella mia vecchia camera e mi siedo davanti alla finestra. Osservo la stanza buia di Oskar. Se ci fosse più caldo, aprirei le ante e mi metterei a cavallo della soglia come facevo anni fa...

La luce di Oskar si accende e lui entra nella sua camera. Sta sorridendo tra sé e sé mentre raggiunge la sponda del letto e ci si butta sopra.

Senza neanche rendermene conto, gli telefono.

Si sfila il cellulare di tasca e il suo sorriso si allarga quando mi risponde. «Marco?»

Un'urgenza profonda mi attraversa. E si riversa al di fuori.

«Ti amo.» Sono parole che bruciano. Le ho trattenute troppo a lungo. Ho le dita che tremano, la voce gonfia. «Ti amo da morire, Oskar. Fa male. Ti amo e non riesco a smettere di dirlo. Sono innamorato perso di te. Ti ho sempre amato.»

Oskar si è sollevato di scatto e ha sul volto il più grosso sorriso che abbia mai visto.

Il mio cuore si libra in volo. «L'ho capito dal momento in cui hai inciso i nostri nomi su quell'albero morente perché volevi che *noi due* forgiassimo una nuova vita.»

Batto il nostro ritmo segreto sul vetro e, al rumore, lui gira subito la testa. Balza in piedi, il corpo carico di vitalità, e corre alla finestra.

Io continuo: «Non è mai stato in programma che mi scappasse di bocca così, nella mia vecchia stanza. Per telefono. Ma non sono riuscito a trattenermi. Ti ho amato per le nostre intere vite, ogni singolo giorno. Non hai perso la tua occasione di essere felice, se la vuoi ancora.»

Sento il suo respiro irregolare nell'orecchio e lo vedo premere un palmo sul vetro. «Oh, Marco. Non sai che effetto mi fai... Vieni qui. O verrò io da te.»

Lo raggiungo in meno di due minuti. Lascio il mio piccolo tesoro fuori dalla porta della sua camera prima di aprirla con una spalla. Oskar mi attira subito in un abbraccio. Mi bacia e io bacio lui.

«Ti volevo anche allora,» gli mormoro sulle labbra, «e ogni singolo giorno che è passato. Perfino quando ti odiavo.»

Lui si scosta un po', le mani che continuano a sorreggermi il viso. «Sei la ragione per cui sono tornato a casa.» Mi si blocca il respiro in gola. «Ho raccontato a tutti che non mi piaceva Mannheim, potrei addirittura essermene convinto, ma era semplicemente perché tu non c'eri.»

Mi avvicino per un bacio lieve. Non dico nulla, eppure sono sicuro che Oskar sappia cos'è successo. «Mi dispiace per quello che ho detto a papà. È che... mi sono lasciato prendere dal panico. Ho combinato un casino. Mi...»

Mi posa un bacio sul labbro superiore. «Lo so. Stai tranquillo.»

«Adesso crede che debba passare il fine settimana a Mannheim con Olivia. Dice che si è accorto che lei mi rende felice. Gli ho risposto che Olivia è tutto ciò che desidero.»

La sua bocca si incurva in un sorriso. «Giusto perché tu lo sappia, preferisco Oskar a Olivia.»

Mi scappa una risatina nervosa.

Lui aggiunge: «Ci siamo girati attorno parecchio, eh?»

«È ora di rimediare.» Mi stacco da lui e alzo una mano per indicargli di restare fermo. Recupero quello che ho lasciato fuori dalla porta. «Queste sono per te.»

Lui sbatte le palpebre, poi capisce. Fa un passo avanti e ride, uno scroscio vivace che mi rimbomba attorno. «Le hai trovate?»

«Le ho ripescate dal lago una settimana dopo che ce le abbiamo buttate.»

Il suo sguardo eccitato incrocia il mio. «Possiamo aprirle?»

«L'idea è quella.»

«Spiritoso.»

«Hai ancora il tuo coltellino?» gli domando.

Oskar fruga nel cassetto più in alto e lo tira fuori. Ci mette poco a dissigillare le bottiglie. Mi passa la sua. «Possiamo farlo così?»

Prima di capovolgerle, le battiamo una contro l'altra.

Presi dalla foga, le scuotiamo nel tentativo di smuovere i fogli all'interno. È più difficile del previsto. Alla fine utilizziamo delle pinzette. Il mio foglio si rompe mentre viene fuori. Peggio ancora, anni fa l'acqua dev'essere penetrata all'interno, perché l'inchiostro della lettera di Oskar si è sbavato. Riesco a leggere qualche parola, ma non abbastanza da afferrarne il senso.

Oskar estrae la mia dalla bottiglia, la apre avidamente e studia la pagina. Sbatte le palpebre e la rilegge. A giudicare da come i suoi occhi si spostano lungo le righe, si legge molto meglio della sua.

Poso la bottiglia sulla cassettiera e mi appoggio al mobile, cercando di ignorare il nodo allo stomaco.

Ricordo la mia lettera. Dice quanto sia grato di avere i Richter nella mia vita. Quanto mi abbiano aiutato nei mesi dopo l'incidente. Quanto mi sia stato accanto Oskar. Come mi abbia impedito di perdere il sorriso. Quanto lo amo, seppure senza usare quelle parole.

«Marco.» La voce di Oskar è nuda e profonda e mi fa formicolare la pelle.

«La tua lettera si è rovinata,» gli spiego.

Lui arrotola il foglio e lo spinge oltre il collo di vetro. Il suo respiro mi soffia sulla guancia mentre mette la bottiglia accanto alla mia. È di fronte a me, le punte delle scarpe che toccano le mie. Mi posa entrambe le mani sulla curva tra il collo e le spalle. «Nella mia lettera dicevo quanto mi dispiaceva che tua madre fosse morta. Ammettevo che mi piaceva starti accanto. E intimavo a me stesso di confessarti la verità, in caso non l'avessi ancora fatto.»

La verità. La verità è il sentimento assurdo e sconvolgente che c'è tra noi.

Oskar mi preme un bacio delicatissimo sull'angolo delle labbra. Mi passa le mani sulle spalle e una si ferma sull'ustione sotto la manica. «Lasceresti che ti spogli?»

Tremo dalla testa ai piedi al solo pensiero. Vorrei rispondere di sì per dimostrargli quanto lo amo, ma l'assenso mi rimane intrappolato in gola dietro a un frustrante nodo di paura.

E se avesse scordato quanto è brutta e schifosa la mia pelle? E se, rivedendola, perdesse l'erezione? E se fingesse di apprezzare il mio corpo perché gli dispiace per me? Non sopporterei la sua pietà. Non quando spero così tanto che ricambi il mio amore.

Traggo un respiro profondo carico del profumo muschiato di Oskar. Al mio uccello non importa cosa pensa il resto di me. «Mi guardi come se... be', diciamo che voglio che continui ad avere quell'espressione in faccia.»

Oskar mi fa scorrere le mani sul davanti della maglietta e ne afferra l'orlo tra le dita. Le nocche sfiorano una striscia di pelle sul mio fianco. C'è sincerità nei suoi occhi. «Fidati di me. Quest'espressione non va da nessuna parte.»

Dischiude le labbra e abbassa lo sguardo sulla mia bocca. Si china a baciarmi e, cazzo, ne ho un bisogno disperato. Gemo. Lo attiro più vicino. Gli conficco le dita nel fianco.

Oskar mi fa indietreggiare fino alla parete accanto alla finestra. Mi godo il suo peso quando si preme forte su di me, approfondendo il bacio. Il calore penetra attraverso i nostri vestiti e il suo membro duro si allinea al mio, una pressione decisa e promettente.

Immergiti dentro di me. Succhiami via anche il cervello. Intreccia le mani alle mie e riempimi di te.

Oskar geme sulla mia bocca, quasi mi leggesse nel pensiero. Si scosta di qualche centimetro, le iridi nocciola infiammate dal desiderio, le dita che tastano di nuovo l'orlo della maglietta. I palmi scivolano sotto la stoffa e risalgono lungo il mio stomaco. Mi viene la pelle d'oca. Il passaggio delicato dei polpastrelli mi fa il solletico, ma è piacevole. Lo è altrettanto lo strofinio lievissimo delle labbra nell'incavo del collo. Eppure, quando il tessuto mi risale fino alla gola, mi irrigidisco. Gli stacco le mani di dosso e, d'istinto, me le avvolgo attorno alla pelle esposta.

Chiudo gli occhi.

Oskar china il capo, le labbra che mi sfiorano lo sterno. Posa dei baci leggeri nello spazio tra i pettorali e le braccia con cui mi proteggo. La sua bocca accarezza la pelle più liscia e appena in rilievo delle mie cicatrici.

Mi riempio i polmoni del suo profumo e tremo sempre più forte. Tento di afferrare la maglietta per coprirmi.

«No, ti prego,» mi sussurra Oskar, le labbra che tracciano per tutta la lunghezza l'ustione più grande, quella sul cuore, più in alto del capezzolo. «Hai un sapore stupendo. Voglio baciare più parti di te.»

Stritolo il cotone appallottolato, ma non lo tiro giù.

La lingua di Oskar guizza lungo il contorno della cicatrice, lambendomi il bordo del capezzolo. Mi mordo il labbro e mi sfugge un verso strangolato. È metà lamento, metà gemito. La mia pelle è macchiata dal dolore del passato. Il ragazzo che mi ha fatto sentire ogni centimetro della sua bruttezza, ora è l'uomo che mi bacia come se fossi ancora bello.

Oskar preme la bocca al centro della bruciatura più piccola e alza lo sguardo su di me. Le sue labbra si arricciano in un sorriso e il suo respiro caldo mi soffia sullo

. stomaco. Sbatto le palpebre per ricacciare indietro il calore traditore che mi ha invaso gli occhi.

Quello sguardo adorante e infuocato è troppo.

Mi si annebbia la vista e un singhiozzo represso mi intasa la gola. Mi tiro la maglietta sopra la faccia in modo che lui non lo veda.

Oskar mi prende tra le braccia e mi stringe forte. Io mollo la stoffa, che mi ricade attorno al collo. Ingoio a vuoto più e più volte, la fronte chinata sulla sua spalla. Le sue mani calde e rassicuranti mi accarezzano la schiena in movimenti circolari.

Le lacrime mi colano dagli angoli degli occhi. Cazzo. Non era così che doveva andare questo momento. Giro la testa fino a sfiorargli il collo. Tiro su col naso e cerco di stabilizzare la voce. «Scusa.»

Oskar fa risalire un palmo sulla mia nuca e mi scosta con dolcezza per vedermi il viso. Il pollice mi passa su uno zigomo, asciugando la lacrima che non sono riuscito a trattenere. «Ti stringerò per tutta la notte, se me lo permetterai.»

«Stasera non voglio che le mie insicurezze abbiano il sopravvento.» Sollevo lo sguardo. «Voglio fare sesso con te. Voglio che mi baci ancora. Voglio che mi prendi...»

Oskar mi preme di nuovo contro il muro. Mi toglie la maglietta con una certa urgenza. Per un attimo l'ansia mi pulsa nelle vene, poi la affronto e schiaccio le labbra sulle sue, infilandogli la lingua in bocca, strappandogli un lungo gemito.

Le sue mani sono sui miei jeans, che mi slacciano il bottone. Le dita mi strofinano l'erezione dolorante e io mugugno per il piacere. Armeggio anch'io con i suoi nel bisogno impellente di liberare il suo uccello e sentirlo a contatto con il mio.

Oskar mi solleva le braccia e me le blocca sopra la testa. Il muro freddo si scalda in fretta a contatto con il dorso delle mie mani. «Sai cosa voglio?»

Scuoto il capo.

«Voglio fare con calma, con te. Ti voglio completamente nudo davanti a me.»

Mi sento disarmato ed esposto ed eccitato come non mai.

«Ho solo... ho bisogno...»

«Di cosa hai bisogno?» mi chiede tra un bacio e l'altro sulla clavicola.

«Ho bisogno di vedere che sei eccitato. Di accertarmi...»

Mi morde la parte alta del pettorale e si raddrizza. Mi guarda negli occhi e fa aderire il bacino al mio. Ce l'ha duro mentre mi ondeggia contro. «Fidati, Marco. Non sono mai stato tanto eccitato in tutta la mia vita.»

Mi inumidisco le labbra.

Oskar fa ruotare di nuovo il bacino e il bisogno mi esplode dentro.

«C'è... un'altra cicatrice. È...»

Interrompe le mie parole con un bacio. «A meno che non ti faccia male, non m'importa.»

Espiro nervosamente. «A volte la pelle tira un po', ma non è doloroso.»

Oskar mi riabbassa le braccia e mi conduce fino al letto, la bocca incollata alla mia.

Mi sbottona i jeans e aggancia i pollici sui lati. Gli afferro le mani, fermandolo per un attimo. Con un respiro tremante, sostengo il suo sguardo e le spingo verso il basso insieme ai miei pantaloni. Sono in un curioso stato a metà tra eccitazione e imbarazzo. La mia erezione inizia a scemare.

Oskar mi fa sedere sul bordo del letto e cade in ginocchio. «Ho aspettato così a lungo di prenderti in bocca.»

Nessuna menzione alla cicatrice alla base del mio uccello che lascia una chiazza nuda tra i peli pubici. Non una singola esitazione prima che la sua bocca bollente mi si chiuda sul glande. Ansimo per il sollievo e per qualcosa di ancora più ancestrale. Oskar lavora con la bocca e intanto mi sfila i jeans, un piede dopo l'altro.

La sensazione di lui che mi consuma mi lascia affannato e a un passo dall'orgasmo. Non voglio venire così, però. Lo spingo a scostarsi. «Hai troppi vestiti addosso.»

Oskar se li leva tutti in rapida successione fino a restare in piedi accanto al letto, nudo.

Per un istante stordente, provo invidia per la sua posa

fiera e disinibita, una distesa di pelle liscia e muscoli sodi. Reprimo l'istinto di afferrare le lenzuola e coprirmi. Digrigno i denti, frustrato dalla mia reazione, poi mi siedo meglio e impugno la sua erezione, cingendogli i testicoli con l'altra mano. Oskar emette un verso di stupore, che si trasforma in un gemito quando decido che è il mio turno di succhiare.

Alzo lo sguardo e il mio sesso si contrae. Oskar ha il capo rovesciato all'indietro, il collo teso e il mio nome farfugliato a stento sulle labbra.

La sua testa scatta in avanti e i nostri occhi si incrociano. Serra le palpebre mentre mi do da fare, accogliendolo il più a fondo possibile. Profuma di muschio e ha un sapore caldo che somiglia vagamente al tartufo e che sembra non bastarmi mai.

Se me lo consentisse, potrei succhiarglielo ogni cazzo di notte per il resto della vita.

Oskar mi avvisa con un borbottio basso e roco: «Se continui finirò per venire.»

Me lo lascio scivolare in gola un'ultima volta, poi mi stacco con uno schiocco di labbra. «Voglio che mi vieni dentro.»

Indietreggio sul letto e mi stendo a pancia in giù. Il materasso si sposta quando Oskar gattona su di me, che sospiro nel sentire il suo peso caldo a cavallo delle cosce. Mi bacia la base della schiena e le fossette sul sedere mentre apre il lubrificante.

Il liquido mi gocciola nel solco tra le natiche e un brivido di agitazione mi attraversa.

Oskar me ne bacia una. «Se dovessi cambiare idea in qualsiasi momento, mi fermerò. Possiamo prendere le cose con calma.»

«Lo voglio. Ti voglio.»

«La prima volta... può far male.»

«Conosco il dolore, Oskar. Lo posso sopportare.»

Un sospiro mi spiove sul sedere. «Voglio che per te sia piacevole.»

«Non sono... cioè... ho usato dei giocattoli. Mi sono allargato altre volte. Parecchie, a dire il vero.»

Lui emette un piccolo verso strozzato. «Buono a sapersi,» replica. «Oltre che sexy da morire.»

Sorrido e inarco il bacino verso il dito che sta passando sulla mia apertura. Non si può accusarlo di non aver usato una dose generosa di lubrificante. Il polpastrello mi preme dentro e io impreco sulle lenzuola. Cazzo, è stupendo.

Ho un sedere sensibile, ne sono cosciente. Mi ci è voluta quasi un'ora, ma in un'occasione sono venuto grazie a un vibratore senza toccarmi l'uccello. È stato incredibile, ma niente a che vedere con ciò che mi sta facendo Oskar con le dita. Serro i pugni sulle lenzuola per evitare di accarezzarmi. Sarebbe finita in dieci secondi netti, se lo facessi.

«Voglio il tuo peso su di me,» soffio con voce rauca.

Oskar estrae le dita, si sposta tra le mie gambe e si stende su di me. Il suo petto mi aderisce alla schiena e la sua erezione mi si insinua nel solco ben oliato. Intreccia le dita alle mie e allarga le braccia di entrambi. Un gemito basso mi solletica la nuca, proprio nel punto più sensibile, e i miei fianchi scattano contro le lenzuola.

Oskar mi strofina l'uccello tra le natiche, scivolando sopra la mia apertura. «Sei bellissimo, lì a dimenarti sotto di me. Potrei venire così.»

Io gemo e alzo il bacino nel tentativo di catturare il suo membro al passaggio successivo. Il glande mi affonda dentro e le dita di Oskar stringono la presa sulle mie. Si scosta con una certa urgenza, recupera il preservativo e lo indossa. «Girati.»

Mi immobilizzo. In questa posizione sono meno esposto. Oskar scorgerebbe solo la cicatrice che ho sul braccio, nient'altro. Potrebbe penetrarmi, scoparmi senza che niente lo smonti...

«Voglio vederti, Marco.»

Deglutisco con forza e lascio che mi aiuti a voltarmi. «Dai, allora,» gli ordino. «Mostrami quanto...»

Oskar mi mette subito in posizione e si preme lentamente all'interno. Io boccheggio e lui si ferma. Prendo un paio di respiri per abituarmi all'invasione. Gli faccio cenno di continuare.

Brucia per qualche secondo, eppure mi sto già inarcando per incoraggiarlo a venirmi incontro. Per il bisogno di sentirlo tutto. Lui lo capisce e, con un gemito, mi penetra fino in fondo. «Ce l'ho così duro, Marco. Per te.» Si china a baciarmi. «Mi credi, adesso?»

Si ritrae e affonda di nuovo.

Gli credo. E glielo dico.

Oskar mi afferra le natiche e si spinge dentro di me, provando varie angolazioni, finché... porca puttana. «Scopami.»

«Lo starei già facendo.»

Ho giusto la razionalità necessaria per alzare il dito medio. Lui si china a succhiarmi via il sorriso dalla faccia, lo stomaco che mi strofina sull'uccello. Le mie terminazioni nervose sono in fiamme.

Oskar imposta un ritmo lento e regolare. Ha il petto che si solleva e si riabbassa, la pancia che si contrae.

Osserva la mia erezione sbattermi sull'addome a tempo con le sue spinte e il mio sedere inghiottire la sua. Un'ondata di emozione mi schiaffeggia quando si morde il labbro inferiore e accelera.

Come se non gli bastassi mai.

Mi sciolgo sotto di lui, che se ne accorge, perché emette un gemito sorpreso e soddisfatto. Mi inarco nell'affondo successivo, godendomi il calore e lo spessore del suo uccello che mi scivola sulla prostata.

I nostri sguardi si scontrano e l'attrito tra noi raddoppia. Il mio intero corpo è sull'orlo di un orgasmo. Lo sento che mi arriccia le dita dei piedi, mi solletica lo scalpo, mi fa formicolare i polpastrelli. Mi accarezzo i capezzoli turgidi.

Non mi chiedo nemmeno se sto attirando l'attenzione sulle mie bruciature.

Anche Oskar è nelle stesse condizioni. Lo percepisco dalle sue spinte sempre più rapide e disperate. Mi guarda attraverso le palpebre a mezz'asta, la bocca dischiusa.

Continua a colpire il mio punto più sensibile e, cazzo, non riesco più a reggere la pressione.

«Ho bisogno di venire.»

Per Oskar è troppo. Mi avvolge le dita attorno all'uccello e mi masturba.

L'orgasmo è un'esplosione che mi attraversa e si riversa in schizzi sul mio petto. Oskar fa altri due scatti in avanti e getta la testa all'indietro mentre mi viene dentro.

Non voglio che lo sfili. Mi piace sentirmi così pieno. Mi piace sentirlo affondato in me. Me lo attiro addosso e lui mi collassa sul torso umidiccio. Riprendiamo fiato e Oskar mi strofina il naso sulla gola e mi bacia.

«Potrei farlo per sempre,» mi sussurra sulla mascella.

Le nostre labbra si catturano in un bacio languido. Un verso triste mi sfugge di bocca quando il suo sesso scivola fuori.

Oskar mi accarezza il petto appiccicaticcio e mi sorride. Con delicatezza, passa le dita avanti e indietro sullo sperma che ricopre la pelle ustionata. Si abbassa ad assaggiarmi e il mio cuore salta un battito.

«Credo che tu abbia scatenato qualcosa in me,» lo informo.

Le sue sopracciglia scattano verso l'alto.

«Ti voglio in ogni modo possibile. E preferibilmente ieri.»

Lui ridacchia e si scosta per occuparsi del preservativo. Lo butta via e mi ripulisce, dopodiché si stende alle mie spalle e mi circonda la vita con un braccio.

«La carta regalo magenta,» gli chiedo piano. «L'hai scelta di proposito?»

«Sì.»

Ho la gola troppo infiammata per rispondere.

Oskar mi respira tra i capelli. «Ho cercato con tutte le mie forze di andare avanti. Poi però ti ho sentito parlare con Zoe mentre giocavate a basket nel tuo giardino. Sei tu il fratello migliore per lei, Marco. Ti vuole un bene dell'anima e, a vedervi insieme, sono stato assalito dal medesimo struggimento che provo ogni volta che siamo nella stessa stanza.»

Chiudo gli occhi. So cosa sta per dire e mi si stringe il cuore. «Se sono all'altro capo della stanza, già ti manco.»

«All'altro capo, e già mi manchi.»

Mi giro a guardarlo. «Oskar...» Sono di nuovo un disastro ambulante, come quando ho visto la sirena d'argilla che mi ha regalato. «Zoe voleva che mi spiegassi della statuetta?»

Lui mi sorride con dolcezza. «L'ho fatta per te.»

«L'avevo dedotto. Piuttosto simile all'originale.»

Mi accarezza il naso con la punta di un dito. «Be', ho

una certa pratica, considerato che ho fatto io anche quella che si è rotta.»

Mi ci vuole un attimo per assimilare ciò che sta dicendo.

«Tu? Credevo che Zoe...»

«Mi ha promesso che non ti avrebbe svelato che era da parte mia.»

«Perché non me l'hai data tu?»

«Quando mi odiavi? L'avresti accettata?»

Apro la bocca per confermare che sì, certo che sì, però la richiudo subito. Perché ha ragione. Ero troppo ferito. Non l'avrei accettata. «Mi ha fatto ridere, quella statuetta. Era talmente... brutta.»

Lui si acciglia, ma ha gli occhi che luccicano. «Rappresentava te.»

«Me? Merda. Credevo che fosse un sirenetto maculato.»

Oskar sbuffa. «Volevo dipingerlo di tutti i colori che eri, che sei, per me.»

«Che colori dovrei essere?»

La sua risposta mi spinge ad attirarlo in un bacio sensuale.

«Tutti, Marco. Sei tutti i colori.»

VIOLA

M i sveglio il sabato mattina con la musica di violino che penetra attraverso la struttura della casa. Oskar mugugna contro la mia nuca e io mi giro. È mezzo addormentato, le palpebre che tremolano. La luce del mattino inonda la camera. Sono ancora nudo e le coperte sono arrotolate attorno alle nostre vite.

Non mi preoccupo di tirarle su.

Mi scappa una risata.

«Perché stai ridendo, amore?» mi chiede Oskar assonnato.

«Non riesco a trattenermi.»

Un sorriso gli illumina il volto mentre mi prende tra le braccia. Zoe urla ai suoi genitori di piantarla con la musica troppo alta.

«Devo trovarmi un appartamento,» borbotta Oskar.

«Ci sono modi peggiori di svegliarsi.»

Lui ci riposiziona, un luccichio malizioso negli occhi. «E migliori.»

«Mi auguro che tu intenda il sesso.»

Mi rivolge un sorrisetto e comincia a farmi il solletico senza alcuna pietà.

Sgattaiolo fuori da casa sua un'ora più tardi, il sedere ancora indolenzito da un secondo round di sesso da urlo.

Oskar deve lavorare e io dovrei essere su un treno per Mannheim.

Un attimo prima che uscissi dalla sua stanza, mi ha afferrato per una mano e mi ha attirato in un ultimo bacio. Sarà paziente, mi ha assicurato. Mi darà tempo. Non devo dire a nessuno di noi, finché non sarò pronto.

Il problema è che non credo che lo sarò mai.

Questa consapevolezza è come un macigno sullo stomaco, un macigno color salmone.

Arrivato in fondo alla strada, faccio dietro-front e torno verso casa.

Con addosso un cappotto pesante e scarpe rivestite di pelliccia, Opa sta percorrendo il vialetto. Gli tengo aperto il cancello e lui mi ringrazia con un cenno del capo.

«Passeggiata mattutina?»

Annuisce.

«Ti va una partita a Scarabeo più tardi?»

Annuisce di nuovo.

Mi ha quasi superato quando si ferma e mi scruta. Mi posa una mano rugosa sulla spalla e me la stringe. Dopo un basso mugugno gutturale, dice più parole di quante gliene abbia sentito dire dalla morte di mia madre. «È un brav'uomo, Marco. Hai la mia benedizione.»

Mi strozzo per la sorpresa, il sollievo, la gioia. Non so come rispondere. «Grazie, Opa. Lo amo davvero.»

Lui annuisce ancora e inclina il capo verso la casa, incoraggiandomi a confessare la verità a papà una volta per tutte.

Lo osservo allontanarsi e mi dirigo all'interno.

Mio padre alza la testa, stupito di vedermi entrare in cucina. Lo stupore dura solo un secondo, poi si appoggia al mobile con la tazza tra le mani.

Ne recupero una anch'io e ci verso dentro il caffè, aggiungendo una spruzzata di latte. Lo sorseggio, lì in piedi di fronte a lui, e mi domando se si è accorto che ho gli stessi vestiti di ieri sera. «Ho mentito riguardo a Olivia.»

«Ah,» replica lui. «Okay.»

«Mi piaceva che pensassi che avevo una ragazza. Mi piaceva che ne fossi così felice.»

È lui stavolta a bere un grosso sorso di caffè. «Mi piaceva vederti felice, sì.» Assottiglia le labbra.

Mi frugo in tasca e gli restituisco i soldi che mi ha dato per portare fuori Olivia. «Sei arrabbiato?»

Lui trasalisce. «No. Sono... be', sono deluso.» Mi si sgonfia il petto. «Non deluso che tu non abbia una ragazza. Deluso che tu non possa essere sincero con me.»

Mi tremano le mani e il caffè schizza fuori dalla tazza. Butto un paio di tovaglioli sul macello che ho combinato e ripulisco. L'aria si smuove quando mio padre si china accanto a me.

Osservo le mani calde che si è ustionato per tirarmi fuori dall'auto. Mani che mi hanno sempre stretto forte. Lo guardo negli occhi.

«Sono gay, papà.»

Mi attira in un abbraccio. «È Oskar, vero?»

Io mi irrigidisco, poi mi costringo ad annuire sulla sua spalla. «Come lo sai?»

«Il suo regalo. Il modo in cui vi siete guardati.»

«Aspetta.» Mi scosto un po' per studiargli il viso. «È per questo che ti stavi strozzando?»

Lui mi prende il mento tra le dita. «Avrei dovuto notarlo prima. La chimica che avete sul palco. Quanto ti sei arrabbiato con sua madre. Diamine, il fatto che tu l'abbia invitato alla tua cena di compleanno.»

Si rialza in piedi, raccogliendo i tovaglioli sporchi.

Lo imito. «Sarà dura per te?»

«E se anche fosse? Non deve impedirti di vivere la tua vita.»

«Sì, ma...»

«Non c'è ma che tenga, Marco. Devi lottare per ciò

che sei. Devi volerti bene. Io sono tuo padre. Ti amerò sempre e comunque.» Una calda ondata di sollievo mi sommerge e attiro papà in un altro abbraccio. «Avevo intenzione di passare a donare i vestiti di tua madre mentre eri via.»

«Davvero?»

«Sono pronto ad andare avanti,» mi dice, serrando la presa. «Sei pronto a farlo con me?»

LE LUCI SI SPENGONO E UN FARETTO CELESTE BRILLA su *La Dannata Dannazione*. Il suono lieve delle onde che si infrangono riempie il teatro, seguito dai canti ubriachi. Papà e il signor Richter barcollano sul palco, mezzi abbracciati, con le bottiglie di whisky in mano.

«Entrambe le nostre mogli ci hanno donato un figlio maschio in questa notte gioiosa. Che le stelle e il mare ci siano testimoni, il mio Casper e il tuo Devin saranno i migliori amici del mondo, proprio come i loro padri.»

Oskar è accanto a me a un lato del palco, anche lui in pantaloni stretti, stivali, camicia svolazzante e spada. Quando mio padre finisce la sua battuta, Oskar mi rivolge un sorriso tirato e malinconico.

Non sa ancora che l'ho detto a papà.

Ho pensato di raccontarglielo subito, ma mi sono trattenuto. Non è abbastanza dirgli quanto voglio che tra noi funzioni. Devo mostrargli che sono disposto a far sapere al mondo che esiste un *noi*.

Elena ci raggiunge e ci piazza due cappelli a tricorno sulle teste. «Tocca a voi. Andate a spezzare un po' di cuori.»

Mi giro e la avvolgo in un rapido abbraccio. «Tu e Zoe restate a guardare,» le raccomando. «E avrete tutte le risposte.»

Prima che possa pormi delle domande, mi lancio sul palco e nella mia prima scena.

Le luci sono vivide, i suoni cristallini. Oskar mi circonda la vita con un braccio. «Canta con me, Casper.»

Mentre lo faccio, percepisco un refolo d'aria nel teatro e rabbrividisco, colpito da una sensazione eterea. Dev'essere mia madre che ci osserva. Sorrido più forte e recito le mie battute con energia e una nuova sicurezza.

Mamma ne sarebbe fiera.

Lo spettacolo va avanti; incrociamo le spade, danziamo sui ponti e sugli alberi maestri a cui abbiamo inchiodato delle impalcature. In una scena le navi sono fianco a fianco mentre noi combattiamo, le nostre sagome visibili dietro le vele.

Nel cuore della parte conclusiva dell'ultimo atto, accompagnato dal ritmo febbrile di un violino, Devin mi punta la spada sul petto.

I nostri sguardi si incrociano e si sostengono. Oskar sta per recitare il finale tragico che abbiamo provato innumerevoli volte. Scuoto piano la testa. Lui se ne accorge e sbatte le palpebre.

Sottovoce, gli spiego: «Voglio che tutti sappiano che abbiamo un lieto fine.»

Lui gonfia il petto e riprende a sbattere le palpebre, più velocemente, trasudando orgoglio e felicità. Sprofondo in centinaia di ricordi in cui ero io la ragione del suo sorriso.

Si schiarisce la gola. «Non posso più farlo, Casper.»

Recito la mia battuta forte e chiaro. «Non puoi fare cosa?»

«Non posso ferirti.»

«Mi hai ferito in passato.»

«E mi perseguita ancora. Non posso farlo di nuovo. Non lo farò.» Mi porge la spada. «Puoi uccidermi, Casper? O anche per te è lo stesso?»

Ho un Devin disarmato sotto la punta della lama.

La musica si ferma.

Il pubblico si agita sulle poltroncine in attesa della decisione finale: uccidere o non uccidere.

Getto via la spada di Devin e raccolgo tutti i colori. Rosso per coraggio, forza, determinazione. Viola per orgoglio, dignità, indipendenza, magia. Verde per crescita, speranza, sicurezza.

«Per me è lo stesso,» rispondo. Oskar trattiene il fiato, conscio che è Marco a parlargli.

Ha un sorriso così smagliante che temo quasi che

scordi il suo ruolo e mi trascini in un bacio. «Ripetilo più forte, Casper,» si sforza di dire.

«Sei mio amico.» Alzo la voce in modo che mi sentano in tutta la chiesa. Ho il cuore che martella, i palmi sudati. Ma non voglio più nascondermi. Per avere una vera intimità devo essere disposto a fidarmi. Disposto a rischiare di essere ferito.

Guardo Oskar negli occhi e lo attiro verso di me. «Sei il mio ragazzo, Oskar, e voglio che il mondo lo sappia.»

Elena e Zoe lanciano dei gridolini estasiati dal lato del palco.

«Lo sapevo!» urla Zoe.

Dovrebbero ripartire i violini, ma pare che abbia colto di sorpresa anche i signori Richter. Non so bene come l'avranno presa, però devo lottare per ciò che sono. Ci arriveranno quando saranno pronti.

Papà si alza dalla prima fila e comincia ad applaudire. Opa si unisce a lui, poi il resto del pubblico li segue a ruota.

Oskar mi guarda con la faccia di chi non pensava di potersi innamorare di me ancora di più, e io lo ammiro allo stesso modo.

Mi sorride e, sotto gli occhi di tutti i miei amici e familiari, mi accosto e lo bacio.

GIALLO SOLE PER SEMPRE

DUE MESI DOPO.

Oskar intreccia le dita alle mie e mi guida verso il lago, lontano dal picnic invernale a sorpresa. Lontano da Zoe ed Elena, chine sull'album da disegno di quest'ultima. Lontano da papà, Opa e il signor Richter, impegnati in una partita a Scarabeo. Lontano dalla signora Richter, che sta offrendo delle coperte in più a Ben e Sebastian, un team da due intento a divorare il contenuto del cestino da picnic.

Sono un'immagine che scalda il cuore, incorniciata dagli alberi coperti di brina e dall'erba scintillante.

Oskar lo è ancora di più. È in tenuta invernale, i pattini che pendono dalle spalle, pronto a balzare sul ghiaccio con me... e non ha smesso di sorridere per l'intera mattinata.

Inciampo su una radice in rilievo e lui mi agguanta prima che finisca in una pozzanghera di nevischio sciolto.

La mia sciarpa non se la scampa. Mi cade e le frange si inzuppano d'acqua gelida. «Merda. Voglio dire, accidenti.» Sto cercando di moderare la mia boccaccia, ora che ho deciso di diventare un insegnante di scuola superiore.

Oskar ride, le guance arrossate, la bocca aperta. «Ah, se vincerò la nostra prima sfida sul ghiaccio...»

Gli mostro il dito medio e strizzo la sciarpa. Oskar si sfila la sua e me la mette al collo. Tira le due estremità per attirarmi in un bacio. «Non posso mica lasciare che il mio ragazzo si congeli, no?»

Inspiro nella lana morbidissima. Profuma di legno e sapone, ed è avvolgente come un migliaio di abbracci. «Così mi farai diventare un ladro.» Non c'è verso che gliela renda.

«Ciò che è mio è tuo, Marco. Lo è sempre stato e sempre lo sarà.»

Scoppio a ridere e lo seguo fino al lago, dove appende la mia sciarpa bagnata a un ramo.

Una lastra spessa di ghiaccio scintilla di bianco sotto la luce del sole mentre infilo i piedi nei pattini.

Oskar è parzialmente nascosto dall'altra parte di un tronco annerito dall'inverno.

Mi sposto in avanti. Non sta calzando i pattini, sta incidendo qualcosa nella corteccia.

Si accorge che lo osservo e il sorriso che ha avuto in faccia per tutto il giorno si allarga. «Ecco fatto.» Richiude il coltellino e se lo rimette in tasca.

In equilibrio sulle lame, mi avvicino e passo le dita sulle nostre iniziali. MB + OR. Marco Brandt e Oskar Richter. «Credevo che gli alberi morti fossero meglio.»

«Giusto per andare sul sicuro. Sono perfino disposto a comprare un lucchetto, attaccarlo al ponte e gettare via la chiave. Stai ridendo di me.»

«Non riesco a contenermi. Quando sono con te, ho sempre una voglia surreale di ridere.»

Lui lancia un'occhiata alle nostre dita intrecciate e sorride, come ogni volta che mi vede indossare i suoi guanti.

Sbatte forte le palpebre e schiude le labbra.

Gli impedisco di parlare con un bacio. «Avrei una richiesta.»

«Qualsiasi cosa.»

«Mettiti i pattini e fai del tuo meglio.»

Lui se li infila e ci posizioniamo sulla riva del lago. Ci guardiamo storto a vicenda, entrambi determinati.

«Allora. Pronti...»

«Un'ultima cosa,» lo interrompo, e lui inarca un sopracciglio. Trattengo il sorriso. «Vieni a vivere con me? Via!»

Parto a tutta velocità, lanciato sul ghiaccio.

Dietro di me, Oskar emette un verso strangolato che potrebbe essere il mio nome. Io mi spingo in avanti, diretto verso il punto d'arrivo all'altro capo del lago. A metà strada mi arrischio a sbirciarmi alle spalle. Oskar mi insegue sul ghiaccio. Se già sembrava determinato prima, è niente rispetto a ora. Ogni parte di lui è puntata verso di me. Le braccia che ondeggiano come pendoli, le lunghe gambe armoniose, gli occhi nocciola sempre più scuri.

Rabbrividisco e perdo il ritmo. L'intensità del suo sguardo mi ha ridotto a un ammasso di ginocchia molli, risate represse e battito incontrollato.

Oskar sta guadagnando terreno, io invece mi sono fermato. Sono rivolto nella sua direzione, adesso. È un turbine possente di magenta, e io mi tengo forte.

Le sue braccia mi catturano e mi serrano contro il petto, strappandomi la risata dai polmoni. Oskar mi raddrizza per evitarci di cadere e mi coinvolge in un bacio profondo, da togliere il fiato.

Emette un basso grugnito dal retro della gola e il bacio diventa davvero selvaggio. La sua lingua si intreccia alla mia e le mani che mi tiene sulla vita e nei capelli stringono la presa, schiacciandomi contro di lui.

«Lo prendo per un sì,» commento.

«Sì. Tutti i sì del mondo.»

«Non hai bisogno di pensarci?»

«Spiritoso.»

Amo quest'uomo. «In più, so che saremo impegnati, ma mi piacerebbe prendere in mano la tradizione teatrale di mio padre.»

Oskar si scosta di qualche centimetro e mi osserva. «Ti amo, Marco. Voglio condividere ogni tradizione con te.»

Il sole brilla sopra le nostre teste, facendo spiccare i

riflessi dorati nei capelli biondi di Oskar. Vengo assalito da un'ondata di nostalgia, seguita dal bisogno feroce di abbracciarlo stretto. Di abbracciarlo per sempre.

«Stai bene?» mi chiede, e io annuisco.

«Sei stato il mio primo colore.»

Il sorriso di Oskar è dolce e incantato. «Davvero?»

Lo attiro a me e gli bacio il bozzo sul naso. «La mia felicità. Il mio tutto.»

GIALLO SOLE. L'INIZIO DELLA NOSTRA STORIA.

FINE

Ringraziamenti

Come sempre, ringrazio innanzitutto il mio meraviglioso marito che, oltre a fare il tifo per me, è uno dei miei primi lettori!
Grazie di cuore a Natasha Snow per la copertina, che è come sempre azzeccatissima!
Grazie a Teresa Crawford per il content editing iniziale e per aver riso con me di alcuni errori piuttosto sciocchi!
HJS Editing, ancora una volta, il tuo line editing ha fatto brillare questo manoscritto. Grazie!
Mando un milione di abbracci a Sunne Manello per avermi letta in anteprima. E ai miei beta readers Vicki e Wolfgang per il loro fantastico contributo.

L'autrice

Sono una grande, GRANDISSIMA fan dei romance a "cottura lenta". Amo leggere storie dove i personaggi si innamorano pian piano.

Alcune delle situazioni di cui preferisco leggere e scrivere sono: da nemici ad amanti, da amici ad amanti, ragazzi che proprio non vogliono saperne di cogliere i segnali, bisessuali, pansessuali, demisessuali, tutti (gli altri) se ne sono accorti, l'amore non ha confini.

Scrivo storie di vario genere: romance contemporanei con una buona cucchiaiata di angst, romance contemporanei spensierati e, a volte, persino storie con una spruzzata di fantasy.

Se volete saperne di più sui miei libri, visitate il mio sito: www.anytasunday.it.